中国古代文学理论与典型主题研究

庚 伟 著

天津出版传媒集团

天津人民出版社

图书在版编目（CIP）数据

中国古代文学理论与典型主题研究 / 庾伟著. -- 天
津：天津人民出版社，2020.10
　ISBN 978-7-201-16520-2

　Ⅰ. ①中… 　Ⅱ. ①庾… 　Ⅲ. ①中国文学－古典文学研
究　Ⅳ. ①I206.2

中国版本图书馆 CIP 数据核字(2020)第 196819 号

中国古代文学理论与典型主题研究
ZHONGGUO GUDAI WENXUE LILUN YU DIANXING ZHUTI YANJIU

出　　版　天津人民出版社
出 版 人　刘　庆
地　　址　天津市和平区西康路35号康岳大厦
邮政编码　300051
电子邮箱　reader@tjrmcbs.com

责任编辑　孙　瑛
封面设计　吴志宇

印　　刷　北京长阳汇文印刷厂
经　　销　新华书店
开　　本　710毫米×1 000毫米　1/16
印　　张　14
字　　数　216千字
版次印次　2020年11月第1版　　2023年4月第2次印刷
定　　价　68.00元

前　言

　　中国古代文学是指 1840 年鸦片战争开始之前中国的文学创作，在漫长的历史过程当中，很多文学理论家对我国的古代文学进行了剖析和研究，形成了丰富的文学理论。从先秦时代开始我国的文学就走上了一条独特的发展之路，从百家争鸣的春秋战国时代到封建大一统的最后王朝，中国文学随着政权的变化、经济的发展体现出了极为丰富的时代特征，想要对中国古代文学进行透彻的分析和总结是一件极困难的工作。本书着眼于基本文学理论和古代文学的创作主题，希望能够在某种程度上对中国文学的风貌进行概括。

　　对中国古代文学理论的研究和概括从来没有停止过。改革开放初期我国古代文学研究者着重对中国文学的特色和理论体系进行梳理，但是由于中国文学在数千年的发展过程中包罗万象，各界至今仍然对中国文学理论难以达成统一的认识。中国古代文学的创作技巧和语言特点决定了现代文学理论和创作逻辑在古代文学的研究中的适用性大打折扣。思虑再三，我们决定从作品的特点和创作的特点入手对中国古代文学进行基本概括，并确定了本书的写作框架。全书主要包括三个部分：第一部分以时代特点为基础，以著名的文学作品为对象，对中国文学史进行了概括性的梳理；第二部分是中国基本文学理论的概述，主要包括中国古代的文学观念以及创作理论两个部分；第三部分以创作题材为纽带，对中国文学的基本创作事实进行分析和概括，包括批评题材、守望题材、浪漫题材、哀怨题材等。

　　本书作为原理性研究中国古代文学的作品，创作的最终目的仍然是对构建中国特色文学理论体系进行尝试性的探索，所以本书着重对历史和当代文学研究中具有共性的研究方向和结论成果进行了进一步梳理和总结，对一些研究细节进行了拓展，希望能够为构建中国古代文学理论体系略尽绵力。

　　本书在撰写的过程中参考了很多同行的研究成果，并借鉴了一些研究成果的论证逻辑，在这里对这些同行表示衷心的感谢，如果疏漏万分歉意。中国古代文学作品浩如烟海，优秀的作家和文人不知凡几，每每想起不胜惶恐，以一家之说言古人之作甚觉力有不逮，书中所言定有不足，希望各位同侪不吝指正，必然虚心接受。

目　　录

第一章　中国古代文学历史概述

第一节　先 秦 散 文

一、先秦散文的产生与繁荣

先秦散文拉开了中国古代散文史的序幕，形成了中国散文史上的第一个黄金时代。

先秦时期的散文发展主要分为殷商、西周、春秋和战国四个阶段，经历了从萌芽、发展到繁荣成熟的过程，走过了由简单记事到长篇大论、由官府独占到百家争鸣的基本发展历程，体现出自己独有的特色，在内容和艺术形式上逐渐形成了中国古代散文的雏形，为中国古代散文的发展开拓了较为广阔的视野。

殷商时期是先秦散文的萌芽阶段。文章的产生开始于文字记事。中国的文字大约产生于夏商之际，而文字记事大约是从殷商开始的。殷商时期宗教迷信之风极盛，鬼神权威至高无上。《礼记·表记》中有一句话概括了殷商的特点："殷人尊神，率民以事神。"这说明殷商社会的各个角落都弥漫着浓郁的迷信气息，事无巨细，都要先卜而后行。因此，占卜成了殷商人一切行动的指南，祭祀几乎是殷商人日常生活中必不可少的内容。于是，占卜、祭祀成为这一时期文字记载的主要内容，或刻于甲骨，或铸于铜器，或书于典册，这些就是足以显示散文萌芽状态的甲骨卜辞、铜器铭文、《周易》卦爻辞和《尚书·商书》中的文告等。它们据事直书，几乎没有说教的文字，单纯质朴，内容简单，词语简短，或散或韵，已初步体现出先秦散文的一些特征。尤其是《尚书·商书》七篇，是殷商史实的记录，为官方文献，与甲骨卜辞、铜器铭文及卦爻辞相比，内容更加丰富，篇制更为完整，其中叙述了较为复杂的历史事件，表达了富有时代特色的思想，甚至有些语言可以看出一定的技巧，使人感受到当时的气氛和口气。这些文字虽然简朴，却有一定的文学色彩，已不再是分散零碎的片段，而是初具规模的文章。

西周时期是先秦散文的发展阶段。这一时期，周人已从殷商的敬天转到畏民，兴礼作乐，建立了一整套严密的典章制度，其中包括史官的设置。《礼记·表记》概括了周人有别于殷人的特点；"周人尊礼尚施，事鬼敬神而远之，近人而忠焉。"由于礼乐制度的建立和完善，散文也相应发生了很大变化，不仅有了历史经验和道德说教的内容，而且更加重视文采。这一时期主要的作品是《尚书·周书》和部分铜器铭文。《周书》原有数十篇，后来散佚，现存十九篇，主要包括西周到春秋前期的作品，多是周武王至穆王时王朝史官所记的文告和策书，即所谓"诰""命"等。尽管《周书》与《商书》同为官方文告，但《周书》在叙述历史事件、描摹人物语言方面更为突出，篇制更为完整，记事更加复杂，结构大都比较严谨，甚至有些篇章层次清楚、有条不紊，显示出古代文章日益成熟。但是，它们仍然古奥难懂，与春秋以后的散文差别很大。这一时期的铜器铭文，文体与《周书》相近。从其所记载的大量内容可知，当时散文的应用范围极为广泛。《周书》中的"诰""命"和铜器铭文为春秋以后散文的发展奠定了基础。

春秋时期是先秦散文的兴盛阶段。随着周代礼乐的崩塌、王纲的不振，散文也得到划时代的发展。这一时期，散文的代表作品多为史传著作，有孔子依据鲁国史料编纂而成的《春秋》，有相传为左丘明撰的国别史史书《国语》及敷衍《春秋》大义的史书《左传》。它们的出现标志着史传散文的日臻成熟，并在文辞上呈现出新的特征。它们已从官方文告变为私人著述，虽然仍有说教文字，但已多是往哲先贤的教诲之言。它们的内容更加广阔丰富，记言记事更富有文采，叙事状物、镂刻人物、语言表达和结构布局都达到很高的水平，不仅形成了完整的篇章，而且讲究遣词用语。

战国时期是先秦散文的繁荣鼎盛阶段。这一时期出现了历史上有名的"百家争鸣"的局面，文化学术由此发生了巨大的变革，散文也发生了空前的变化。这一时期散文的种类很多，艺术成就也很高。春秋末年到战国初年，诸子散文开始崭露头角，出现了《论语》《老子》《孙子兵法》等著作，基本上是语录体、格言体，文字简洁质朴，篇章短小，内容往往具有深刻的哲理性和策略性，是哲理散文的初创阶段。战国中期出现了以论辩体说理文为主要形式的《孟子》《墨子》和《庄子》，它们在体制上已具有一定规模，语言生动活泼，表达自由酣畅。其他各家著作，如《公孙龙子》《申子》和《竹书纪年》等，大体上也产生于这个时期。战国晚期，全国统一的条件趋于成熟，于是出现了为大一统帝国的建立制造舆论的《荀子》《韩非子》《吕氏春秋》等著作。从文章的体式来看，这一时期的散文已经由《论语》《孟子》那样的语录体、对话体发展为长篇大论乃至专门论著，结构严密，讲求逻辑和修辞，反映了先秦说理文的极高成就。

二、先秦散文繁荣的社会背景

先秦散文的发展有着政治、经济、思想、文化等多方面深刻的社会基础，其代表作品主要集中在春秋战国时期。这个时期发生的社会制度的根本变革，是促进散文繁荣昌盛的重要原因所在。

从周平王东迁洛邑到战国末期，是中国历史上第一次大动荡的时代。在政治上，这个时期的阶级斗争非常尖锐激烈，奴隶和平民的起义暴动史不绝书，各国诸侯和贵族集团的争斗愈演愈烈，弑君亡国屡见不鲜；大国争霸，小国结盟，兼并不已，干戈不息；号称"天下共主"的周王室已经失去了对各国的控制，统治地位、力量、权威急遽下降，以至于实际上沦为附庸。而诸侯和卿大夫的实力不断膨胀，所谓"春秋五霸"和"战国七雄"，事实上主宰着这个时代。春秋后期，鲁国三分公室，郑人"铸刑书"，晋国"铸刑鼎"，就是政治制度变革的征兆。战国初年，田氏代齐，韩、魏、赵三家分晋，标志着旧的依靠宗法制维系的奴隶制政权已走到它的终点，新的地主政权已经正式确立。

在经济上，生产力的迅速发展，导致了生产关系的一系列变动。铁制农具和牛耕已相当普遍，农业和手工业空前发展，自由农民和手工业工人的队伍一天天壮大。奴隶主无法继续迫使奴隶和农民集中到"公田"去集体劳动，导致井田制逐渐瓦解。建立在土地国有制基础上的奴隶制农业生产已无法维持。于是从春秋中叶开始，有些国家从改革分配关系入手，逐渐对生产关系进行一些调整；在不同程度上承认土地的私有权。例如，宣公十五年，鲁国实行"初税亩"；昭公四年，郑国实行"作丘赋"；袁公十二年，鲁国季孙氏"用田赋"。进入战国以后，许多国家竞相实行"变法"。魏国任用李悝，"尽地力之教"，实行"平籴法"；楚国用吴起，赵国用公仲连，韩国用申不害，秦国用商鞅，都做了不同程度的改革。其中商鞅的两次变法比较彻底，明文规定"废井田，开阡陌"，允许买卖土地，奖励耕战。这对于解放生产力、巩固地主政权的经济基础，具有决定性的意义。于是，到了战国中后期，城市日益扩大，有的相当繁荣，商品交换活跃起来，交通逐渐发达，各地区之间的经济联系越来越密切，统一的趋势越来越明显了。

上述社会制度和经济关系的变化，加深了人们对客观世界的认识。政治、军事、外交上的复杂斗争促使各阶级、阶层为了各自的利益，不断总结历史经验，分析当时情况，交流思想观点，进行理论探讨，提出各式各样的政治主张。这样，旧有的《诗经》式的民歌自然不足以表现这样复杂多变的新内容，早期《尚书》式的古奥文体也不能够满足现实的急切需要。于是，以崭新面貌出现的历史散文和诸子散文便应运而生，成为记录和反映这个时代的主要工具。

三、先秦散文的伟大成就

从成就上看，先秦散文的两座高峰便是以记载历史事件和人物为主的史传散文和以议论为主的诸子散文。其中史传散文首先用于古代史官记载历史事件的过程中，甲骨卜辞和殷商铜器铭文是最早的记事散文，《尚书》和《春秋》提供了记言记事文的不同体例。之后的《左传》《竹书纪年》和《晏子春秋》为叙事体之典范，《国语》《战国策》则为记言体之典范。这些史传散文的出现，标志着叙事散文的成熟，开启了中国叙事文学的传统。诸子散文是先秦时期"百家争鸣"时局出现后产生的一大景观，它们主要记载了诸子百家的理论思想，其中《论语》《老子》《墨子》《孟子》《庄子》《荀子》《韩非子》等成为中国说理散文创作的典范。它们以成熟的说理文体制、形象化的说理方式、丰富多彩的创作风格和语言艺术影响了后世说理散文的创作。史传散文和诸子散文双峰并峙，在内容、体裁、风格、结构、语言艺术等方面各显风采，各自以其杰出的艺术成就促成了中国散文的第一次繁荣，对后世产生了深远的影响。

（一）史传散文

史传散文是以记言叙事为主的。中国散文的发展，源于史官记事，可谓史实、传说无所不录，现象、占卜无所不通。人类各种生活的内容以及人类在生活中获得的各种认知、评价与审美，最初都以史传散文的形式记录下来，如事变、灾异、占卜、天文、典章、制度、礼乐、刑法等。因此，史传散文完全是一种各学科融为一体的综合形态，它以历史的形式，包罗社会万象，是人类全部生活的缩影，鲜明地体现了先秦时代的民族文化精神和中国文化的民族特色。

春秋战国时代产生了数量更多的史传之作，除了官方文献和有特定用途的材料外，又有了内容广泛的私家著述，它们成了代表史传散文较高水平的标志，在散文的体裁、题材和表现方法上都为古代散文的发展奠定了基础。除了《尚书》《春秋》之外，这一时期又产生了以记载各国卿大夫和新兴阶级的士的言论以及各诸侯政治、外交和军事活动为主要内容的著作，这就是《左传》《国语》《战国策》和《晏子春秋》等。这些新型史传著作虽然各具成就与特色，但相互之间又呈现出明显的先秦史传散文发展变化的轨迹。下面将通过对《春秋》《左传》《国语》的分析来展示先秦时期史传散文的特色。

1. 《春秋》

(1) 《春秋》的作者。《春秋》是中国现存最古老的、私家著述的断代编年体简史，是孔子根据鲁国史料编纂的以记事为主的重要史书。其体式、内容、叙事、语言均自成一家，不仅是后世编年体史书之祖，也是后世散文叙事之祖，在散文发展史上占有重要的地位。

(2) 《春秋》的内容。《春秋》以年为经，以事为纬，记载了上起鲁隐公元年，下迄鲁哀公十四年，凡二百四十二年间鲁国与春秋各国间的主要史实和所出现的一些异常的自然现象。文字简洁，平均每年的记事不超过九条，每年记事总字数不足七十字，最短的几条记事仅用一字，最长的两条记事仅用四十七个字，但涉及的方面很广，包括诸侯攻伐、盟会、篡弑及祭祀、灾异、礼俗等。

(3)《春秋》的特点。孔子曾概括《春秋》"属辞比事,《春秋》教也",精练地道出了《春秋》的体例特征与写作特点。

"属辞"就是遣词造句。《左传·成公十四年》概括属辞的特点是:"微而显,志而晦,婉而成章,尽而不污。"这就是常说的"春秋笔法"的具体内容,《春秋》提炼语言,精选词句,并在简洁的语言中隐喻褒贬。如同是叙述杀人,杀无罪者用"杀",杀有罪者用"诛",下杀上则用"弑"。记载战争,按其性质、情形、结局的不同来选择不同而又恰如其分的词汇对其进行评价,如分别运用"伐""侵""袭""入""克""灭""取""战""图""歼"等不同的词汇来记述不同的战役,选词炼句可谓一丝不苟。同时,《春秋》语言凝练平浅,叙事既简明扼要又谨严有方,如《春秋》僖公十六年载:"春,王正月,戊申朔,陨石于宋五。是月,六鹢退飞,过宋都。"此文字写非正常的自然变化,简要的两句话中,载明了时间、地点、数目,还用一个"退"字写出了动向和动态。寥寥十余字,叙述得简要合理、文约义丰、错落有致,与《尚书》、金文大不相同,极为后世学者推崇。韩愈曾把《春秋》的特征概括为"谨严"(《进学解》),加上《春秋》语言的凝练、平浅,形成了《春秋》鲜明的特色,从而摆脱了《尚书》语言的古奥,使史传文学语言向着流畅清新的方向发展。

"比事"就是把事件按时间顺序严格加以编排,从而使《春秋》成为中国第一部真正成系统的"书"。《春秋》在记述事件时,使用了简洁而谨严的格式。它的记事结构一般是以何年、何月、何日、何地、何人、发生何事、结果如何为先后次序,又以鲁国国君"十二公"——隐、桓、庄、闵、僖、文、宣、成、襄、昭、定、哀为时间顺序,逐年编排,年下再分四季、月、日,严格按时间发生的先后有系统地依次记叙,并将人物、地点、时间、事实结合。这种比事方法正如杜预在《春秋左传集解·序》中所说:"以事系日,以日系月,以月系时,以时系年。"因此,《春秋》严格而系统地展现出史实发展的时间脉络,具备了明确的时间观念和自觉的记事意识。如公元前 720 年 2 月 22 日发生了日全食,《春秋》鲁隐公三年如是记载:"春王二月,己巳,日有食之。"这种按岁时日月为顺序来记事的方法,既说明了这件事发生的时间,又说明了与彼事的相互时间关系,给历史记载以明确的时间概念，明确了史实的发展过程，把历史记载引上了真正科学化的轨道。

(4)《春秋》的影响。《春秋》是一部春秋时代的历史提纲，但其记事毕竟过于简练，没有详细写出每一事件的原委，使后人很难从标题式的记载中了解所记史实的因果关系。孔子在讲学时，把"不可以见书"的许多史实以口述方式传给了弟子。因此，孔子之后出现了许多解释、传注《春秋》的著作，传习《春秋》的人因观点不同、解说角度不同，产生了不同学派。这些学派推崇孔子，称《春秋》为"经"，而把自己解释《春秋》、补注《春秋》具体事件原委的合作称为"传"。其中著名的是"春秋三传"（《公羊传》《谷梁传》《左传》），后世儒家经典著作中成就最高、影响最大的是《左传》。

2.《左传》

(1)《左传》的作者。《左传》在西汉时被称为《左氏春秋》，因为西汉人认为它是为传述《春秋》而作，到了东汉时，改名为《春秋左氏传》，简称《左传》。关于《左传》的作者和写作年代，历来说法不一，但唐以前并无争议。司马迁、刘向、班固、杜预等都认为《左传》的作者是盲人左丘明，写于春秋末年。唐以后许多学者提出异议，认为《左传》的作者不可能是孔子同时代的左丘明。现代学者一般倾向于《左传》一书是春秋末战国初期的作品，后人有所增益，可能不是成于一人之手，具体作者难以确考。

(2)《左传》的内容及思想倾向。《左传》近二十万字，记事上起鲁隐公元年，与《春秋》一样，下止于鲁哀公二十七年，比《春秋》多十三年。《左传》最后附鲁悼公四年事一条，结尾提到晋韩氏、魏氏灭知伯之事。而据《史记》所载，韩魏杀知伯事发生在鲁悼公十四年，依此，则《左传》记事比《春秋》多二十七年。与《春秋》相比，《左传》记事详明，情节曲折，语言优美，乃是一部卓越的历史著作和文学著作，是我国第一部详细、完整的编年史。

《左传》所呈现出来的思想倾向主要体现在以下几方面。

第一，民本思想。《左传》通过许多历史事实的记叙，强调国君应该"养民如子"(见《左传·襄公十四年》)，并强调"国之兴也，视民如伤(唯恐惊动)，是其福也；其亡也，以民为土芥，是其祸也"(《左传·哀公元年》)。《左传》还通过一些著名政治家的事迹，如郑子产不毁乡校、广泛听取民众对执政者的批评一类事例的描写，从另一个角度突出了这一思想。

第二，重人事，轻天命。在人与神的关系上，《左传》更重视人。书中多处讲过"天道远，人道迩"(《左传·昭公十八年》)、"夫民，神之主也，是以圣王先成民而后致力于神"(《左传·桓公六年》)一类的话。

第三，批判统治阶级的罪恶。《左传》常以嫌恶的语气揭露统治者凶残暴虐、荒淫无耻等丑恶本性。例如《左传·宣公二年》记载了晋灵公"厚敛以雕墙""从台上弹人而观其辟丸也""宰夫胹熊蹯不熟，杀之，置诸畚，使妇人载以过朝"的三件事，通过这三件事来斥责他"不君"。

第四，历史发展思想。《左传》对社会变革、阶级关系的调整，已经能用历史发展的观点来看待。例如，昭公时，鲁国新兴势力的代表季氏掌握了政权，而旧贵族利益的代表昭公由于失掉民心而被季氏驱逐出境，最后死在境外。《左传》如实地记录了史实，并没有指责季氏，而是评论说："鲁君世从其失，季氏世修其勤，民忘君矣。虽死于外，其谁矜之？社稷无常奉，君臣无常位，自古以然。故《诗》曰：'高岸为谷，深谷为陵'，三后之姓，于今为庶。"(《左传·昭公三十二年》)与之类似的观点还有很多，揭示了社会变革的趋势。

(3)《左传》的特点。《左传》的叙事艺术达到了空前的高度，其特点主要是文约事丰、精妙优美。具体表现为：一是叙事的具体性和丰富性，充分显示出《左传》饱满的叙事内容，这是《左传》划时代的发展。二是情节的集中性和篇章的完整性。它突破了编年体的局限，运用多种叙述方法记载复杂的历史事件，使其真实生动、委婉周详、有条不紊。这种写法是《左传》的首创，也是《左传》最常用的手法。三是叙事富于故事性、戏剧性，有紧张动人的情节。尽管《左传》是历史著作，但作者有时就像一个故事的讲述者，把事件叙述得颇具戏剧性。

(4)《左传》的影响。《左传》的产生，形成了中国优良的史学传统，标志着中国史传文学自《尚书》《春秋》之后有了很大的发展。它以杰出的史传艺术，对后世的史传文学、小说、散文产生了巨大影响。写历史而具有文章之美，是中国文学史的优良传统，它由《左传》开创，经《战国策》《史记》等史传的继承发扬而一直保持下来。由于《左传》的叙事技巧和人物形象的刻画与小说创作相通，后世的小说家很自然地接受了它的影响。从唐宋传奇至清代蒲松龄的《聊斋志异》，都从《左传》中吸收了丰富的营养。此外，《左传》对后世散文的影响尤为巨大。汉代以后，很多散文家把《左传》看成文章的楷模，特别是唐宋古文家和桐城派古文家，无不标举《左传》，奉为圭臬。

3.《国语》

《国语》是我国第一部国别史，记事起于周穆王，止于鲁悼公，共七万余字，二十一卷。因其内容主要是记言，故称《国语》，大约成书于战国初年。

(1)《国语》的内容。《国语》记叙了治国安邦之道，称霸诸侯之术，克敌制胜之策，罗致贤才之法，发展经济之路，凝聚民心之教，天时人事之应，明辨尊卑之礼，修身律己之事。[①]柳宗元在《非国语》中曾评价说："深闳杰异，固世之所耽嗜而不已。"[②]然《国语》虽记事广博，但其通篇所表现的天人观、礼治观、兴亡观、君主观、重民、通变等思想内容都与国家政治教化紧密相连，其所选材料始终围绕"道训典，献善败"的主旨，盖编著此书的目的在于供君主垂鉴咨政，因而《国语》中劝诫内容远多于颂美之辞。

清代学者姚鼐曾将《国语》分为两个部分，一组为《周语》《鲁语》《晋语》《楚语》，均为略载一国之事，为《国语》中的正体；另一组为《齐语》《郑语》《吴语》《越语》，都是专记一事，可视为《国语》中的变体。顾颉刚先生在《春秋三传及国语之综合研究》一书中对《国语》正体、变体说亦有所发明。

(2)《国语》的主要思想。《国语》思想倾向有与《左传》相一致之处，如对民意的重视。《周语上》记载厉王暴虐，并且用监视和杀戮手段消除人民的"谤言"。

[①] 来可泓：《国语直解·前言》，上海：复旦大学出版社，2000年，第2页。
[②] (唐)柳宗元：《非国语》，见《柳宗元集》卷四十四，上海：上海古籍出版社，1997年，第385页。

邵公劝谏说："防民之口，甚于防川。川壅而溃，伤人必多，民亦如之。是故为川者决之使导，为民者宣之使言。"《鲁语上》记载长勺之战前曹刿与鲁庄公讨论作战的凭借，内容和《左传》相近。

《左传》与《史记》有一定的相似之处，二者在所记史事之后，往往加上"君子曰"或"太史公曰"一类评语，作者借此以史言志，惩恶劝善。不同的是，《国语》重在记实，作者只对历史事件作客观记述，不加评论。由于所记之人、所记之言各异，《国语》思想比较驳杂。不过综观《国语》全书，所记内容大多围绕尊奉礼法、修德治国等精神内涵，体现了崇礼重民的儒家思想。可以说，《国语》继承了西周以来的敬天保民思想，但增加了更多理性因素，一方面强调天命，遇事求神问卜，另一方面由对天命的崇拜，转向对人事的重视。

(3)《国语》的艺术特色。第一，《国语》以记言为主，其中人物语言成就颇为突出，具有自己的特色。《国语》中记载了很多人物对话的精彩段落，语言浅显易懂，文风简洁流畅。作者常用符合人物身份、地位、处境的个性化语言描写人物性格、塑造人物形象。君臣之间，如《晋语一》载：

> 武公伐翼，杀哀侯，止栾共子曰："苟无死，吾以子见天子，令子为上卿，制晋国之政。"辞曰："成闻之：'民生于三，事之如一。'父生之，师教之，君食之。非父不生，非食不长，非教不知生之族也，故壹事之。"

武公之言，直白平易；栾共子之言，坦率忠贞。

第二，与《尚书》相比，《国语》的说理论证能力已经有了明显的提高，其中不乏观点鲜明、逻辑严密的说理散文。这些文章都是就某一个问题，先提出核心论点，然后围绕主题逐层展开论述，最后以事实证明论点的正确性。例如《周语上》载芮良夫谏周厉王不要纵容荣夷公垄断山林川泽，与民争利。文章开篇先提出"荣夷公好专利而不知大难"的论点，然后分三层进行论述，最后得出"今王学专利""荣公若用，周必败"的结论。全文观点鲜明，论据充分，说理透彻，司马迁在《史记·周本纪》中引录了全文。

第三，《国语》常见的情节是就某件事情一问一答的对话，比起之前《尚书》中的单纯议论，故事情节构思和叙事艺术明显增强，具备了一定的文学特征。以《晋语》为例："《晋语》记事，大体按照年代顺序排列，每节基本上都是一个独立的首尾完整的小故事。即使最简短的章节，也有两个以上的人物，最简单的情节，也由两个以上的人物对话构成。"[①]如《晋语四》载文公学读书于臼季，三日，曰："吾不能行也咧，闻则多矣。"对曰："然而多闻以待能者，不犹愈也？"通篇只有区区三十五字，却叙事完整、条理井然。

第四，《国语》开创了以国为单位来叙述史实的国别体例，主要是分国记录君臣谋议得失的谈话，也间或涉及一些盟会、战争等历史事件，是一部有关各国记言史料的汇编。

(4)《国语》的影响。《国语》以记言为主，长于说理，由其所形成和固定的宾主问答的对话体方式上承《尚书》，下启《论语》，推动了先秦说理散文的发展，不同程度地影响了后来的《战国策》和诸子百家散文。

(二) 诸子散文

诸子散文是以议论说理为主的。先秦诸子包括各种不同的学术流派和政治观点。据《汉书·艺文志》载，主要有儒、道、阴阳、法、名、墨、纵横、农、杂、小说十家，其中最重要的是儒、墨、道、法，无论是在思想文化还是在散文创作上，它们的影响都是无法估量的。

诸子散文属于理论性著作，它们在散文发展史上的贡献主要体现在论说水平的提高上，实际上也体现了人的主体思维水平的提高，而人的主体思维水平的提高反映到作品中，就形成了诸子散文的独有特色。

这时期最具有代表性的诸子著作有儒家的《论语》《孟子》《荀子》《礼记》，道家的《老子》《庄子》《列子》，墨家的《墨子》，法家的《韩非子》《管子》，杂家的《尸子》，还有兵家的《孙子兵法》以及名家的《尹文子》《公孙龙子》等。下面将通过对《论语》《庄子》《韩非子》的分析来探讨先秦诸子散文的特色。

[①] 李书安：《〈国语·晋语〉文学成就研究》，宁夏大学硕士学位论文，2003 年。

1. 《论语》

(1) 《论语》的作者。《论语》的知识产权无疑是属于孔子的，但《论语》不是孔子亲手写的，是他人记录、整理、编定的。至于是哪些人，又众说纷纭。

班固《汉书·艺文志》认为："《论语》者，孔子应答弟子时人及弟子相与言而接闻于夫子之语也。当时弟子各有所记。夫子既卒，门人相与辑而论纂，故谓之《论语》。"班固认为"夫子既卒，门人相与辑而论纂"。孔子去世后弟子核对记录。孔子死后埋葬在曲阜北面的泗水旁边，许多弟子都为他守丧三年，三年期满才相别离去。这一特定的时段，正是孔子学生回忆老师当年教诲，互相核对"听课笔记"的极好机遇和场合，所以，班固所谓的"夫子既卒，门人相与辑而论纂"是大致可信的。陆德明《经典释文序录》认为"此是门徒所记"。宋人程颐更谓："《论语》之书，成于有子、曾子之门人，故其书独二子以子称。"唐代柳宗元指出："是书载弟子必以字，独曾子、有子不然。由是言之，弟子之号之也。"

(2) 《论语》的思想倾向。《论语》主要记载了孔子及其弟子的言行，并通过这些记载集中体现了孔子的思想，他的核心思想是"仁"。在《论语》中一共用了一百零九次"仁"，有五十八个章节谈到"仁"，孔子认为"仁"就是"爱人"。"爱人"作为"仁"的重要精神内涵具有广泛的适用性，由"爱人"所推导出的一系列思想都深刻体现出孔子对一般社会民众的关注，以及对整个人类社会发展中实现人之间共同和谐发展的关切，这种以博大宽厚的胸怀来爱护民众的精神，是"仁"的一种表现方式，即孔子的民本思想。

此外，在如何实行"仁"的问题上，孔子主张要克制自己，恢复"礼治"，即"克己复礼为仁"。这里的"礼"就是社会秩序中的行为标准和规范。孔子把"礼"作为行"仁"的规范和目的，使"仁"和"礼"相互为用，这样便建构了一种和谐的共存关系。孔子还主张"推己及人"，即"己欲立而立人，己欲达而达人"和"己所不欲，勿施于人"。前者是说：自己要想站得住脚，也要设法让别人站得住脚；自己的事要想行得通，也要设法让别人的事行得通。孔子实际上是在说：在自己谋求生存与发展的同时，也要帮助他人生存与发展。后者是说：自己不想要的东西，就不要强加给别人。"己所不欲，勿施于人"是儒家思想的精华，也是中华民族根深蒂固的信条。

(3)《论语》的特点。第一，《论语》采用了语录体，它或记录孔子的只言片语，或记录孔子与弟子及时人的对话，呈现出了短小简约的特点，还没有构成单篇的、形式完整的篇章。

第二，《论语》虽以说理为主，同时也常常抒情。书中在记录孔子及其弟子的言谈时，总是力求如实地反映出他们丰富而复杂的感情，许多文句和章节，带有浓厚的抒情色彩。例如："甚矣，吾衰也！久矣，吾不复梦见周公。"(《述而》)短短几句，抒发出孔子对周公和西周政治的无限思慕之情。

第三，《论语》中大量运用了排比、递进、并列、对偶等修辞方法，句式长短相间、错综变化，造成纡徐婉转、抑扬唱叹的效果。例如："知者不惑，仁者不忧，勇者不惧。"(《子罕》)"志于道，据于德，依于仁，游于艺。"(《述而》)像这样的并列句在《论语》中有很多，显示出辑录者驾驭语言的功力。

第四，多用语气词，这也是《论语》语言风格的重要特色。《论语》是语录体，它的基本要求是反映谈话的本体形态，如实地传达谈话者的语气。孔门师生均是宽仁长者、博雅君子，他们讲学论道，甚至争论问题，都不作斩绝之语，而是多以疑问、感喟、反诘的语气表示，因此"之、乎、者、也、焉、欤"等语气词在《论语》中随处可见。如："子曰：'大哉，尧之为君也！巍巍乎，为天为大，唯尧则之。荡荡乎，民无能名焉。巍巍乎，其有成功也；焕乎，其有文章。'"(《泰伯》)

(4)《论语》的影响。《论语》除了在语言艺术以及故事记叙等方面对中国文学史产生了重要的影响外，它所首创的语录体也常常被后人所效仿。例如《论语》出现之后的《孟子》《墨子》《荀子》以及其他一些文章都受到了语录体的极大影响。

2.《庄子》

(1)《庄子》的作者。对于《庄子》的作者的看法，历来学者都认为当为庄子。庄子，即庄周，继老子之后道家学派的重要学者，先秦杰出的散文家。庄子学问渊博，《史记》说他"著书十余万言"。《汉书·艺文志》说，《庄子》一书五十二篇。而现存的《庄子》只有内篇七篇、外篇十五篇、杂篇十一篇，共三十三篇。但这三十三篇，通常认为并非全为庄子所作，清代学者姚鼐在《惜抱轩文集》卷三中说：

> 若郭象之注，昔人推为特会庄生之旨，余观之。特正始以来所谓清言耳，于周之意十失其四五。夫《庄子》五十二篇，固有后人杂入之语。今本经象所删，犹有杂人，其辞义可决其必非庄生所为者。然则其十九篇，恐亦有真庄生之书，而为象去之矣。

这种说法虽有一定的道理，但是被郭象删去的十九篇既已散佚，光凭一些零星佚文，尚难判断是否包含庄周本人文字；至于今存的三十三篇，是否皆庄周所作，确实是一个疑问。根据历来学者的看法，大抵认为"内篇"七篇：《逍遥游》《齐物论》《养生主》《人间世》《德充符》《大宗师》和《应帝王》为庄周自作；至于"外篇"和"杂篇"中，可能也有庄周自作的篇章，但亦杂有门人后学的手笔。所以各家注本，对内篇均无异议，至于"外篇""杂篇"中有无庄周手笔，已难确考。今人也有认为《秋水》《天下》为庄周自作，然无确证，难成定说。

(2)《庄子》的内容。《庄子》包括内篇、外篇、杂篇三部分，其中内篇包括《逍遥游》《齐物论》《养生主》《人间世》《德充符》《大宗师》《应帝王》；外篇包括《骈拇》《马蹄》《胠箧》《在宥》《天地》《天道》《天运》《刻意》《缮性》《秋水》《至乐》《达生》《山木》《田子方》《知北游》；杂篇包括《庚桑楚》《徐无鬼》《则阳》《外物》《寓言》《让王》《盗跖》《说剑》《渔父》《列御寇》《天下》。这些篇章大都展现了庄子的哲学观点。总结起来，《庄子》一书所体现的哲学观点主要有以下几个。

第一，万物为一。即天地是由"道"神秘地产生的，认为"道未始有封"，以主观精神将宇宙间各式各样的对立界限一概取消，从而达到"道通为一"，即彼物与此物毫无分别，都是一，都是道的具体显现。

第二，无为而治。庄子发展了老子的"无为"思想，认为人类应该浑浑噩噩地过日子，如果人为去"治天下"，任何人为的微小成就，都好比"穿牛鼻"那样人为地破坏自然的"道"。

第三，主张"忘己"。庄子认为只有这样才能完全超脱一切。达到"无己"的办法是"坐忘"，即对外界来的任何干扰和引诱都不受影响，变得毫无爱憎，麻木不仁，连自身的存在也忘掉了。如果能够达到"无己"的程度，就能与大自然浑然一体，从而获得人生的最大自由，这就是《庄子》中所强调的不需要守望任何条件就可以自由自在地作"逍遥游"。

第四，主张避世。庄子处在战国中后期战乱频仍的年代，社会动荡不安，封建统治者任意杀戮，君臣关系紧张，人与人之间尔虞我诈，造成了庄子消极的处世哲学。同时，他对那些阿附权势而取富贵者采取了极度鄙弃的态度，对其进行了极其尖刻的讽刺。需要指出的是，虽然庄子的这些思想具有强烈的批判现实精神，这种愤世嫉俗的态度也对后世文人产生过积极的影响，但是，这套处世哲学只不过是一种企图逃避现实的自我催眠而已。

(3)《庄子》的特点。第一，浪漫主义色彩浓烈。庄子天才卓绝，聪明勤奋，其文章别具洞天。李白曾赞叹《庄子》中的散文"吐峥嵘之高论，开浩荡之奇言"（《大鹏赋》）；清人刘熙载在《艺概·文概》中称赞《庄子》中的散文"意出尘外，怪生笔端"，精确地道出了《庄子》文章奇伟超拔的想象力。

我们读《庄子》就会发现，庄子刻画现实、反映现实，不是描写他眼睛所看到的现实情景，而是从对现实的否定立场出发，描写着自己的追求，编织着自己的幻想。庄子的想象大胆奇特、丰富多彩，文学笔触挥洒自如，意境恢宏壮阔，富于浓厚的浪漫主义色彩，表现出纵横跌宕、浩渺奇警的文章风格，创造了光怪陆离、波诡云谲的艺术世界。这些奇特、丰富的想象是用虚构的手段、夸张的手法，通过各种比喻、寓言体现出来的。

第二，广泛运用寓言故事。一部《庄子》，寓言占十分之九。他之所以选择寓言这一形式，是因为他认为世人都"沉浊"，不可同他们"庄语"，因而"以卮言为曼衍，以重言为真，以寓言为广"（《天下》），即通过"寓言""重言""卮言"

三种方式来表达他的思想。这里所说的"寓言",包括一些神话式的幻想故事,也包括通常借事物寓言的故事;"重言"是借用某些历史故事和古人的话来说理;"卮言"是指随机应变的直接辩论。

第三,结构形式奇诡莫测。至庄子时代,论说文意的发展在形式构造上已经达到能够从正面有中心、有层次、有条理地表达自己观点的程度。庄子追求的是主体精神的自由,其思维方式着重于哲理的体验,其个性又轻"形骸"讲超脱,所以以《内篇》为代表的作品,特点是重内在意志的表达,而不讲章法规矩、形式结构。表面上看,庄子的文章似乎很"散",然而由于其文章内在的逻辑联系,加上他行文时喜欢用相反相成、因势利导的方法,因而其文章不但不散,反而表现出腾挪跌宕、摇曳多姿的特点。如《逍遥游》主要讲对精神自由的追求,《齐物论》阐发万物齐一、是非齐一的哲学观,《养生主》谈处世养生之道,《德充符》论精神超越形骸,《大宗师》述说何谓"道"和"真人",如此等等,各有内在中心,写法上却不守任何成格,或着手就是寓言,或从人物的对话起笔,或通篇罗列故事,或随意插入议论,"无端而来,无端而去""意出尘外,怪生笔端",总体上形成"看是胡说乱说,骨里却尽有分数"的特点(《艺概·文概》)。后人论散文写作的要点在形散而神不散,《庄子》是最好的范例。

第四,语言高度形象化。《庄子》的语言高度形象化,具有美的特征。其文章的形象和美趣闪耀着艺术化的光彩,其中不乏铺张形容。如《逍遥游》一文,用满纸荒诞之言描写了藐姑射山奇妙的神人之形象,其肌肤、身段、饮食、活动、神态俱妙不可言。《马蹄》篇写马的外形:"马,蹄可以践霜雪,毛可以御风寒,龁草饮水,翘足而陆,此马之真性也,虽有义台路寝,无所用之。"这些文字都给人一种美感,增添了文章的魅力。有的则妙趣横生,逸笔妙致。《外物》篇写任公子钓大鱼,极力渲染饵之重、竿之长、鱼之大以及鱼的挣扎和海的波涛、声响,形成一组惊心动魄的图画,真是恣意恢张,动人心魄,文采飞扬。

(4)《庄子》的影响。《庄子》在文学上的影响极大,自贾谊、司马迁以来,历代文学大家无不受到它的感染与熏陶。他们在思想上,或旷达不羁、愤世嫉俗,或颓废厌世、悲观消极,从而催生了许多成就斐然的作品。这些作品从寓言到小说，从诗歌到散文，从形式到内容，从文学到哲学或多或少都带有庄子的印记。因此，现代文学家郭沫若甚至提出，秦汉以来的中国文学史大多都是在《庄子》的影响下发展的(见《鲁迅与庄子》)。

3. 《韩非子》

《韩非子》是法家的经典著作，其文严峻峭刻，干脆犀利，寓言丰富，在先秦诸子散文中独树一帜，是先秦时期辩论艺术的集大成者，在诸子散文乃至整个中国文学史上有着颇为重要的地位。

(1) 《韩非子》的作者。《韩非子》，《汉书·艺文志》载五十五篇，与流传本篇数相同，其中大部分为韩非所著，少数篇目当为后学所辑录。

韩非，出身韩国贵族，是所谓"诸公子"之一。其生平事迹见于《史记·老庄申韩列传》。据其记载，韩非与李斯都是荀子的学生，而李斯自知不如韩非。韩非发愤著书，写成《孤愤》《五蠹》《内外储说》《说林》《说难》等篇十余万言。后秦始皇看到韩非的著作，十分赞赏。于是，秦派兵急攻韩求韩非。秦始皇十四年，韩非入秦。李斯、姚贾怕韩非得到重用，向秦王进谗，秦王后来把韩非拘囚下狱，使其自杀于狱中。

(2) 《韩非子》的主要思想。第一，法治思想。韩非批判地吸收了前期法家、包括田齐法家的"法""术""权""势"相结合的思想，形成了他的"法""术""势"相结合的法治思想。他认为，要治国，就必须用严刑峻法。在《韩非子·六反》中，他说：

> 夫奸必知则备，必诛则止；不知则肆，不诛则行，夫陈轻货于幽隐，虽曾、史可疑也；悬百金于市，虽大盗不取也。不知，则曾、史可疑于幽隐；必知则大盗不取悬金于市。故明主之治国也，众其守而重其罪，使民以法禁而不以廉止。

韩非把"法"比作"隐括"，即使弯曲木料变直的工具，也就是要求以"法令"作为统一全国思想的标准。由于法令是要求人人遵守的，所以《韩非子·难三》

主张把法"编著之图籍,设之于官府,而布之于百姓",使国家的各个角落,无论男女老少,尊卑上下都知道。韩非的"法治"思想,继承了《管子》、李悝、商鞅的法治思想而更加系统化。

第二,耕战思想。韩非总结了前期法家李悝、吴起、商鞅的耕战思想,比商鞅更为彻底。他不仅把不事耕战的其他职业都视为社会的害虫,而且主张取消不事耕战而取得爵位的旧贵族的特权。

(3)《韩非子》的艺术特色。第一,就体制而言,在《韩非子》出现之前,寓言故事都是零星分散地存在于诸子散文或历史散文之中,充当说理的一种手段或叙事的一个部分,还没有成为完全独立的文学体裁。到《韩非子》出现,人们才开始有意识有系统地收集、整理、创作寓言故事,并且将其分门别类编辑成为各种形式的寓言故事集,把写作寓言故事当成著述的重要课题,有着明确而自觉的预定意图。从此以后,中国古代寓言进入了新的发展阶段。

第二,《韩非子》中的寓言多是哲理深邃,讽刺尖刻的社会寓言。《韩非子》寓言最精彩的首推那些嘲笑愚人的滑稽故事和带有箴诫性质的民间传说。其中人物大都无名无姓,只称"有人""某人""宋人""郑人""齐王""燕王"等,故事情节基本出于虚构,或者经过很大夸张,大多具有深邃的哲理性和尖锐的讽刺性以及熟练的艺术技巧,所以一直被视为韩非寓言的代表作。例如,《韩非子·外储说左上》篇记:

> 客有为齐王画者,齐王问曰:"画孰最难者?"曰:"犬马最难。""孰易者?"曰:"鬼魅最易。"夫犬马,人所知也,旦暮罄于前,不可类之,故难。鬼魅无形者,不罄于前,故易之也。

这则寓言意在告诉人们,真正的艺术和正确的理论应该是客观存在的反映,必须在现实中去判定其美丑真伪;那些向壁虚构、无中生有的东西,乃是最省力最没有价值的。寓言充满了生动活泼的辩证法,是宝贵的哲学教材,也是精美的文学小品。

第三，《韩非子》中的寓言故事也有改铸古人，为我所用的历史故事。韩非继承了诸子散文喜欢在行文和谈话中援引历史故事从中汲取经验教训以资借鉴的传统，《韩非子》中的历史故事数量大大超过前人，运用方法也有许多新的创造。他已不限于简单地引述史实作为佐证，而是按照古为我用的原则，重新塑造古人；根据表达思想的需要，故意改编历史；并用形象化的手法，去补充历史细节。《韩非子》历史故事中的人物，姓名是真实的，但事迹往往属于传说附会。这种手法是从《庄子》那里学来的，不过他不像庄子那样借古人之口大谈玄理，而主要是作为政治斗争的工具。

第四，《韩非子》的句式整齐，节奏鲜明，多用韵文。散文中夹杂韵语，先秦典籍早已有之，但多为散文中的片段，很少从头至尾都押韵，韩非则是在前人基础上，把先秦韵文的写作技巧又向前推进了一步，如《韩非子·主道》《韩非子·扬权》两篇文章，无论文字、句式、韵律、手法都超越他的前辈，俨然是独树一帜的韵文新体。

(4)《韩非子》的影响。《韩非子》一书重点宣扬了韩非法、术、势相结合的法治理论，达到了先秦法家理论的最高峰，为秦统一六国提供了理论武器，同时也为以后的封建专制制度提供了理论根据。

第二节　两 汉 乐 府

汉代的乐府民歌是继《诗经》与楚辞之后出现的一种可以演唱的新诗体，呈现出旺盛而长久的生命力。汉代的乐府民歌以其丰富多彩的艺术画面、娴熟巧妙的叙事手法以及灵活多样的诗歌样式，继承发展了先秦民歌的优良传统，"感于哀乐，缘事而发"，真实、全面、深刻地反映了汉代的社会面貌，成为中国古代诗歌新的范本。

一、乐府与乐府民歌

乐府原意为音乐机关。秦时有专门的乐府机关，官属少府，所制之乐，供郊庙朝会用。汉初设乐府令，掌宗庙祭祀之乐。汉武帝时，乐府除造作郊祀宴饮乐曲之外，兼采各方诗乐，以观政教，娱声色。自此，乐府各方诗乐荟萃，雅乐俗乐并存。至魏晋六朝，人们将乐府所唱的诗，汉人原叫"歌诗"的也叫"乐府"。建安时期，有古题乐府；到了唐朝，又有新题乐府。但唐朝的所谓乐府已经基本与音乐无关，而着眼于社会内容，实际上指称的乃是一种批判现实的讽刺诗。

为了区别于文人制作的乐府诗歌，习惯上把来自民间的诗歌称为"乐府民歌"。现存两汉乐府诗的作者包括从帝王到平民的各个阶层，这些乐府诗有的作于庙堂，有的采自民间，像司马相如这样著名的文人也曾参与过乐府歌诗的创作。汉武帝之后的几个皇帝延续了乐府搜集民歌的职能。在东汉时，管理音乐的机关改为太子乐署和黄门鼓吹署。其中，后者尤其重要，实际发挥着原先乐府的作用，东汉乐府诗主要是由黄门鼓吹署收集和保存的。现存的汉代乐府民歌大多数产生于东汉。

汉代乐府采集的民歌共有一百三十八首，采地有吴、楚、汝南、燕、代、邯郸、河间、齐、郑、淮南、河东、洛阳及南郡，几乎遍及全国各地，可见其规模之大。采集的民歌经装订成集后，迅速蔓延开来，渐渐替代雅乐，成为当时社会上普遍流行的一种诗歌体式。作为一种可以演唱的新诗体，乐府民歌自诞生以来，一直是中国诗歌的生命源头。它关注现实，"缘事而发"的创作丰富了中国诗歌的思想库藏和表现手法，为"建安风骨"及大唐诗歌提供了丰富的营养成分。

二、乐府民歌的作品分析

现存汉代乐府民歌大都收录在宋代郭茂倩所编的专书《乐府诗集》里。《乐府诗集》把从汉代至唐代的乐府诗搜集在一起，共分为十二类：郊庙歌辞、燕射歌辞、鼓吹曲辞、横吹曲辞、相和歌辞、清商曲辞、舞曲歌辞、琴曲歌辞、杂曲歌词、近代曲辞、杂歌谣辞、新乐府辞。两汉乐府诗主要保存在郊庙歌辞、鼓吹曲辞、相和歌辞和杂歌谣辞中，而以相和歌辞数量最多。

《汉书·艺文志》中有对西汉乐府民歌的相关记载："自孝武立乐府而采歌谣，于是有代、赵之讴，秦、楚之风。皆感于哀乐，缘事而发。"这就是说，两汉乐府民歌都是创作主体有感而发，具有很强的现实针对性。

汉代乐府民歌的创作以现实生活为中心，题材广泛，内容丰富。总的来说，汉乐府民歌主要可以分为以下几种类型。

第一类是对底层平民百姓疾苦生活的反映，是来自社会底层的呻吟和呼号。随着社会贫富分化日益严重，豪族日富，黎民百姓日贫，社会矛盾日益尖锐，"贫民常衣牛马之衣，食犬彘之食""卖田宅，鬻子孙以偿债"(《汉书·食货志》)。因此，在汉乐府民歌中有不少对这种贫苦、艰难生活的真实反映和对自身所受迫害的控诉，如相和歌辞中的《东门行》《病妇行》《孤儿行》等。其中，《病妇行》全文内容如下：

> 妇病连年累岁，传呼丈人前一言。
> 当言未及得言，不知泪下一何翩翩。
> 属累君两三孤子，莫我儿饥且寒。
> 有过慎莫笪笞，行当折摇，思复念之。
> 乱曰：抱时无衣，襦复无里。
> 闭门塞牖，舍孤儿到市。
> 道逢亲交，泣坐不能起。
> 从乞求与孤买饵。
> 对交啼泣，泪不可止。
> 我欲不伤悲不能已。
> 探怀中钱持授交。
> 入门见孤儿，啼索其母抱。
> 徘徊空舍中，行复尔耳，弃置勿复道。

从内容来看，此民歌描述一个妇人因病早逝，其丈夫以及子女贫困交加、生活无着的惨况。诗歌选择了两个生活场面，前一部分是正曲，主要描绘了妇病连年累岁，在垂危之际将孩子托付给丈夫；后一部分是"乱"，即尾声，写病妇死后，丈夫不得不沿街乞讨，而遗孤在家里呼喊着母亲痛哭。两部分相互联系，相互照应，构成一个整体，妇人在即将病死的时候，放心不下孩子，反复叮咛丈夫千万不要让孩子受冻挨饿，一定要疼爱孩子。而在后一部分，病妇的担心却成为现实，丈夫无力抚养和照顾孩子，面对徒有四壁的家和啼饥号寒的孩子，悲不自禁，预感到孩子必将夭折的命运。在叙述病妇一家艰难的生活时，作者不仅仅写他们物质生活的贫困，更重要的是描写了他们精神上的痛苦：病妇对孩子的牵挂，丈夫无力赡养遗孤的愧疚和悲哀，遗孤思念病逝的母亲……这些也使得诗歌更具有感染力。

表现平民疾苦和反映富贵之家奢华的乐府民歌同被收录在相和歌辞中，如《长安有狭斜行》，展示的是与苦难世界完全不同的富贵之家的景象：

相逢狭路间，道隘不容车；不知何年少？夹毂问君家；君家诚易知，易知复难忘。

黄金为君门，白玉为君堂；堂上置樽酒，作使邯郸倡；中庭生桂树，华灯何煌煌。

兄弟两三人，中子为侍郎；五日一来归，道上自生光；黄金络马头，观者盈道傍。

入门时左顾，但见双鸳鸯；鸳鸯七十二，罗列自成行；音声何噰噰，鹤鸣东西厢。

大妇织绮罗，中妇织流黄；小妇无所为，挟瑟上高堂；丈人且安坐，调丝方未央。

此诗与《病妇行》等形成对比鲜明、反差极大的两幅画面。一边是饥寒交迫，在死亡线上挣扎；一边是奢侈豪华，不知人间还有忧愁事。一边是连自己的妻儿都无法养活；一边是妻妾成群，锦衣玉食，而且还豢养大群水鸟。这两组乐府民歌最初编排在一起带有很大的偶然性，它们的客观效果是引导读者遍历天堂地狱，领略到人间贫富悬殊、苦乐不均的两极世界。

第二类是描述战争诗给人们带来的苦难。自汉武帝以后，对外战争开始频繁，无论是正义还是非正义的战争，都给人民造成深重的苦难，有不少乐府诗反映了战争给从征者带来的痛苦，如《十五从军征》：

> 十五从军征，八十始得归。
> 道逢乡里人，家里有阿谁？
> 遥看是君家，松柏冢累累。
> 兔从狗窦入，雉从梁上飞。
> 中庭生旅谷，井上生旅葵。
> 舂谷持作饭，采葵持作羹。
> 羹饭一时熟，不知贻阿谁。
> 出门东向看，泪落沾我衣。

　　这首诗通过叙述一名老兵归家的所闻所见，抒发了主人公悲痛的情感，揭露了当时不合理的兵役制度和战争给人们带来的痛苦，反映了当时的社会现实。全诗笼罩着一层悲哀的气氛，围绕着战争给主人公带来的悲痛来叙事。

　　"十五从军征，八十始得归"，士兵十五岁便奔赴战场，直到垂垂老矣才得以归乡，其间一直未能回来。虽然诗中未能讲述士兵数十年的军旅生活如何度过，但读者可以知道，在这么长的兵役时间里，老兵的军旅生活并不美好，他几乎全部的人生都献给了战争。"道逢乡里人，家中有阿谁？遥看是君家，松柏冢累累。"刚回到家乡的老兵，急切地询问乡邻家中的情况。虽然战争漫长，但在老兵的心中还有着与家人团聚的希望。可是乡人的回答让他倍感失望，长期的兵荒马乱中，自己的家人早已不在了。看上去老兵似乎是幸运的，他在长期的战争中活下来，可是，当他历尽苦难，回到魂萦梦牵的家，见到的却是亲人俱亡、坟茔累累的情景，此处又是战争所带来的悲痛。"兔从狗窦入，雉从梁上飞。中庭生旅谷，井上生旅葵。"家里早已经变得破败不堪，作者并没有直接描写庭院的荒凉凄楚，而是以老兵的视角撷取几个画面：野兔钻进家畜的窝中，野鸡惊飞到屋内梁上，井边、中庭随意生长着野葵和野谷，人去屋空、人亡园荒，倍伤人心神。"舂谷持作饭，采葵持作羹。羹饭一时熟，不知贻阿谁。出门东向看，泪落沾我衣。"没有了亲人做伴，老兵只好自己动手做饭，可是饭做熟了，有谁和他一起吃呢？现在只剩下他孤零零的一个人，怎不叫人悲痛呢？出门茫然向外看去，不禁老泪纵横。最后两句进一步抒发了老兵心中的悲哀。这首诗不仅充分表现了老兵个人的悲剧，同时也反映了当时整个社会现实的黑暗，表现了比个人不幸更深广的全体人民的不幸和社会的凋敝、时代的动乱。

此诗全部用五言写成，格式结构整齐，构思巧妙，用笔简练，情景融合，紧紧抓住老兵到家前后的感触进行抒写，使读者如临其境。从内容上看，全诗每四句为一层，一共四层，随着人物从远而近，从进家门到出家门，随着人物听到、看到的景物，从热望到失望，层层推进，将老兵的苦难和悲痛之感逐步引向高峰，从而深深地打动读者。

第三类是爱与恨的坦率表白。汉代乐府民歌对男女两性之间的爱与恨作了直接的袒露和表白。爱情婚姻题材作品在两汉乐府诗中占有较大比重，这些诗篇多是来自民间，或是出自下层文人之手，因此，在表达婚恋方面的爱与恨时，都显得大胆泼辣，毫不掩饰。

鼓吹曲辞收录的《上邪》是女子自誓之词：

> 上邪！我欲与君相知，长命无绝衰。山无棱，江水为竭，冬雷震震夏雨雪，天地合，乃敢与君绝。

这首民歌用语奇警，别开生面。先是指天为誓，表白自己对爱情矢志不移，没有任何力量能够遏止。

两汉乐府民歌中的女子对于自己的意中人爱得真挚、热烈，可是一旦发现对方移情别恋，中途变心，就会变爱为恨，果断地与他分手，而绝不犹豫徘徊。《有所思》反映的就是未婚女子这种由爱到恨的变化及其表现：

> 有所思，乃在大海南。
> 何用问遗君？
> 双珠玳瑁簪，用玉绍缭之。
> 闻君有他心，拉杂摧烧之。

> 摧烧之，当风扬其灰。
>
> 从今以往，勿复相思！
>
> 相思与君绝！
>
> 鸡鸣狗吠，兄嫂当知之。
>
> 妃呼豨，秋风肃肃晨风飔，东方须臾高知之。

这首诗中的女主人公爱得热烈，恨得痛切，她的选择是痛苦的，同时又斩钉截铁，义无反顾。

《孔雀东南飞》所写的是另一种类型的爱与恨。《孔雀东南飞》又题《焦仲卿妻》或《古诗为焦仲卿妻作》，是一首长达一千七百多字的叙事诗。全诗围绕着刘兰芝夫妇和封建家长的矛盾展开。诗中主人公刘兰芝和焦仲卿是一对恩爱夫妻，可是却被不喜欢刘兰芝的婆婆生生拆散。刘兰芝回到娘家，又被其兄逼迫改嫁太守之子。最后，刘兰芝和焦仲卿赴水悬树，双双自尽，用死捍卫了忠贞不渝的爱情。诗的男女主角焦仲卿和刘兰芝是一对恩爱夫妻，他们之间只有爱，没有恨。他们的婚姻是被外力活活拆散的，作者在叙述这一婚姻悲剧时，爱男女主人公之所爱，恨他们之所恨，倾向是非常鲜明的。

除了上面的两种情况以外，两汉乐府民歌还有像《陌上桑》和《羽林郎》这样的诗。在这样的作品中，男女双方根本没有任何感情基础，是素不相识的陌生人，男方企图依靠权势将自己的意愿强加于女方。于是，出现了秦罗敷巧对使君、胡姬誓死回绝羽林郎的场面。这两首民歌的作者也是爱憎分明，对秦罗敷和胡姬给予充分的肯定和高度的赞扬，嘲笑好色无行的使君和金吾子。

第四类是对游子思乡之情的表述。汉代时期，许多人或因为战争、徭役，或因为灾荒、求学，不得不背井离乡、漂泊异地。于是产生了许多表现游子思乡之情的民歌。如《悲歌》：

> 悲歌可以当泣，远望可以当归。
>
> 思念故乡，郁郁累累。
>
> 欲归家无人，欲渡河无船。

> 心思不能言，肠中车轮转。

在这首诗中，诗人思念故乡的情愫在心中郁结已久，他试图用"悲歌"和"远望"来缓解思乡之痛，可是思乡之情却越来越重。自己已经没有家人了，这种思乡之情也无人可以倾诉，只能使心情更加沉重。

第五类是对人民乐生恶死的愿望的表述。汉代乐府民歌还表达了强烈的乐生恶死愿望。如何超越个体生命的有限性，是古人苦苦思索的重要课题，汉代乐府民歌在这个领域较之前代文学作品有更深的开掘，把创作主体乐生恶死的愿望表现得特别充分。《薤露》《蒿里》是汉代流行的丧歌，送葬时所唱，都收录在相和歌辞中。《薤露》写道："薤上露，何易晞。寒晞明朝更复落，人死一去何时归！"意思是说，薤上零落的露水，是何等容易干枯。露水干枯了明天还会再落下，人的生命一旦逝去，又何时才能归来。《蒿里》更言："蒿里难家地？聚敛魂魄无贤愚。鬼伯一何相催促，人命不得少踟蹰。"正常的死亡都能引起如此巨大的悲哀，夭折横死产生的剧痛更是难以诉说。

《日出入》由太阳的升降联想到人的个体寿命：

> 日出入安穷，时世不与人同。
> 故春非我春，夏非我夏，秋非我秋，冬非我冬。
> 泊如四海之池，遍观是邪谓何？
> 吾知所乐，独乐六龙。
> 六龙之调，使我心若。
> 訾，黄其何不徕下！

这首民歌的意思是，太阳每天东出西入，日复一日，年复一年，永远没有穷尽。但人的个体生命却是有限的，生为出，死为入，一出一入便走完了人生的历程，从而和反复出入、永恒存在的太阳形成鲜明的对照。于是，作者大胆地想象，太阳是在另一个世界运行，那里一年四季的时间坐标与人世不同，因此，太阳才成为永恒的存在物。诗人期待能够驾驭六龙在天国遨游，盼望神马自天而降，驭载自己进入太阳运行的世界。

除此以外，汉乐府中一些讽刺诗、寓言诗、丧歌、郊祀歌等，在各个方面反映了汉代的社会现实和民众的思想感情，它的现实主义精神对后世诗歌产生了极为深远的影响。

三、乐府民歌的成就

汉乐府民歌在许多方面继承了《诗经》的现实主义精神，从它们所反映的社会生活和由此所体现出来的高度思想性看，它们有着直接的继承关系。"《诗经》本是汉以前的'乐府'，'乐府'就是周以后的《诗经》。"(余冠英：《乐府诗选》)"乐府"之于《诗经》又有较大的发展，为在我国诗歌发展史上奠定现实主义的优良传统起了重要作用。汉乐府民歌在艺术上的成就很高，具体表现在以下几方面。

(一) 促进了诗体的变革

《诗经》是以四言为主的，杂言诗数量并不多，而且句式变化也极小。楚辞中的多数作品，句式也不是整齐划一的，但大体是以五、六、七言为主。到了汉代，为了表现丰富复杂的社会生活，诗歌要在诗体上有所突破。西汉初，文人的诗作之所以缺乏生气，一个根本原因是他们没有跳出四言诗和楚辞体的藩篱，而这两种诗体均已趋于穷途末路，节奏、韵律都和已经发生变化了的语言不合拍，无力反映新的社会生活。从这个角度来看，乐府民歌的出现使得四言诗逐渐向杂言诗和五言诗过渡，实现了诗体的变革。

(二) 语言清新、朴素、自然

乐府民歌因流转民间，除少数篇章由于"字多讹误"(智匠：《古今乐录》)，以及文字上"声辞相杂""胡汉相杂"等情况造成字句难读之外(沈约：《宋书·乐志》)，一般语言都十分朴素易懂，又极流畅。

(三) 叙事诗有了空前的发展

我国最早的叙事诗只是出现在《诗经》之中，《大雅》中的《生民》《公刘》

《緜》《皇矣》《大明》等篇便是。但这些叙事诗也只是粗陈梗概，故事情节和人物形象都还缺乏完整性。《国风》中的《卫风·氓》和《邶风·谷风》《郑风·溱洧》等篇，虽然带有叙事成分，但基本上还是通过诗中主人公倾诉自己心中的感情来反映当时社会情况的，依然是抒情诗。

到了汉代，乐府民歌大量出现后，叙事诗才有了显著的发展。汉代叙事诗的发展，主要原因有以下两个方面：一方面，这是由社会生活所决定的，现实生活中的人和事太具有典型性和戏剧性了。因此，民间众多的无名诗人"缘事而发"，用诗歌的形式记叙和描写了这些人和事。另一方面，这是由文学本身的发展规律所决定的。两汉时期，自《史记》之后，传记文学迅速发展，成就很高，它的叙事方式和表现手法自然也就影响到诗歌创作。因此，汉乐府民歌的重要成就之一，是完整的叙事诗的出现，《孔雀东南飞》是其杰出代表。

（四）艺术风格丰富多彩

汉乐府民歌除了题材的广泛多样之外，艺术风格上也是丰富多彩的。无论是叙事诗与抒情诗的比较，抒情诗与抒情诗或叙事诗与叙事诗之间的互相比较，都呈现出不同的艺术风格，它们以不同的色彩装点着乐府民歌这枝艺术奇葩。

在抒情诗方面，《古歌》《悲歌》《饮马长城窟行》等，同是表现征夫离妇题材的诗，但《古歌》《悲歌》莽莽苍苍，感情强烈，如疾风骤雨，倾洒无余；《饮马长城窟行》则情调忧郁缠绵，深厚含蕴，大不相同。同是反映爱情题材的如《有所思》《上邪》和《怨歌行》，前二首于激情之外，又有强烈的反抗精神和浪漫大胆的想象，后者则含蓄婉转，哀怨忧郁，"辞旨清捷，怨深文绮"(钟嵘《诗品》)，风格也各不相同。

汉乐府民歌中的叙事诗也是风格、色彩各异。《孤儿行》《妇病行》情节断续，但却以朴素真切的情事打动读者；《陌上桑》《羽林郎》情节完整，诗句整齐，又有丰富活泼的艺术夸张；《十五从军征》是第一人称口吻；《上山采蘼芜》又是客观叙事，全用对话来表现。上述所引，虽然篇数有限，但已可见乐府诗丰富多彩的艺术风格。

第三节　唐　宋　诗　词

一、唐代诗歌

唐诗被王国维誉为"一代之文学"，与先秦散文、汉赋、南北朝骈文、宋词、元曲、明清小说并称，其内容广博，形式多样，名家辈出。

（一）初唐的诗歌创作

初唐是盛唐文学的历史性准备和基础，加速并大体完成了由宫廷诗人集团到社会中下层诗人集团主导诗坛的历史性转化过程。初唐时期涌现了不少杰出的诗人，如上官仪、王勃、杨炯、卢照邻、骆宾王、宋之问、沈佺期、陈子昂等，在这里我们重点介绍"初唐四杰"的诗歌创作。

"初唐四杰"王勃、杨炯、卢照邻和骆宾王，都属于一般士人中确有文才而自负很高的诗人，他们的作品是盛唐之音的前奏，能真正反映社会中下层一般士人的精神风貌和创作追求。他们的诗歌创作内容广泛充实，丰富了诗歌的写作题材，形式有所创新和完善。此外，他们追求刚健的骨气，提倡诗文革新，转变了初唐宫廷体的诗风。

1．王勃的诗歌创作

王勃擅长写山水行役和赠别之作，境界开朗又朦胧。他对前途充满憧憬，如《滕王阁诗》：

> 滕王高阁临江渚，佩玉鸣鸾罢歌舞。
> 画栋朝飞南浦云，珠帘夕卷西山雨。
> 闲云潭影日悠悠，物换星移几度秋。
> 阁中帝子今何在？槛外长江空自流。

诗歌开门见山，从空间和时间两个角度对滕王阁进行了描写，"悠悠"二字点出了时日的漫长。最后两句，以景作结，似答非答，表达了人世盛衰变换不可更易的道理。

王勃生活在唐王朝处于上升阶段的历史环境中，他的诗歌中呈现出了一种为时代所激发的追求功业的热情，如《送杜少府之任蜀州》：

> 城阙辅三秦，风烟望五津。
> 与君离别意，同是宦游人。
> 海内存知己，天涯若比邻。
> 无为在歧路，儿女共沾巾。

这首诗是送别之作，立意新颖。诗人一改既往送别诗的凄凉伤感，传达出豁达爽朗、乐观向上的精神和青年才子昂扬奋发、有情有志的状态，表现出了阔大的境界与昂扬的情思。诗的首联写景，"三秦"与"五津"对仗工整，描绘送别时环境的壮阔；次联点题，突出诗人自己与杜少府的共同点；颈联是全诗的核心，鼓励友人要乐观对待人生，强调了友谊的真诚与持久；尾联继续劝勉朋友，展现出了诗人的宽广胸襟。这首诗完全打破了宫廷诗的惯例程式，音韵和谐，初步形成了起、承、转、合的结构形式，为五律形式的成熟做出了贡献。

王勃还创作了很多乐府诗，意境新颖，形式活泼。总之，王勃的诗歌在内容和格律上都有其独特之处，为盛唐诗歌的繁荣埋下了伏笔。

2. 杨炯的诗歌创作

杨炯，华州华阴(今陕西华阴)人。他自幼聪明好学，博涉经传，尤爱学诗词，他十岁时(高宗显庆四年)就被称为神童。次年，侍制弘文馆。上元三年，再应制举试及第，补授校书郎，33 岁时迁太子湛事司直。杨炯的堂弟杨神让跟随徐敬业讨伐武则天执政，结果兵败被杀，杨炯由此事受到牵连，被贬为梓州(今四川三台)司法参军，后被选为盈川(在今浙江衢州市内)令，三年后卒于任所。705 年，中宗复位，曾追赠他为著作郎。因此后人称他为"杨盈川"。

杨炯的边塞诗独具特色，如《从军行》：

> 烽火照西京，心中自不平。
>
> 牙璋辞凤阙，铁骑绕龙城。
>
> 雪暗凋旗画，风多杂鼓声。
>
> 宁为百夫长，胜作一书生。

诗的一、二两句从"烽火"写到不平，传达出诗人的爱国激情和豪情满怀。三、四两句讲述了军队出师的情景，五、六句两句描绘了将士们奋勇杀敌的场面，七、八两句直接抒发了诗人对建功立业的憧憬和保边卫国的壮志豪情。这首诗简单有力，把未曾经历过的军旅生活写得声势壮伟，节奏明快，令人遐想。

又如《战城南》：

> 塞北途辽远，城南战苦辛。
>
> 幡旗如鸟翼，甲胄似鱼鳞。
>
> 冻水寒伤马，悲风愁杀人。
>
> 寸心明白日，千里暗黄尘。

这是用乐府旧题写的一首五言律诗，诗歌以征战者的口吻讲述了远征边塞的军旅生涯，雄浑激越，充满对胜利的希冀，洋溢着浓烈的爱国之情。

3. 卢照邻的诗歌创作

卢照邻，字升之，自号幽忧子，幽州范阳(今河北涿州市)人。卢照邻出身望族，曾为王府典签，乾封末出为益州新都(今属四川)尉。后因患风疾而辞官，终因不堪疾病痛苦，自投颍水而死。今存有七卷本的《卢升之集》、明张燮辑注的《幽忧子集》。

卢照邻诗文兼擅，尤为擅长歌行、骚体，对推动七言古诗的发展有特别贡献。他的诗歌以抒发仕宦不遇、贫病交加之忧愤为主，同时也有揭露上层统治者之骄奢淫逸、嘲讽其权势荣华不可久恃之作，如《长安古意》：

长安大道连狭斜，青牛白马七香车。玉辇纵横过主第，金鞭络绎向侯家。

31

龙衔宝盖承朝日，凤吐流苏带晚霞。百尺游丝争绕树，一群娇鸟共啼花。
游蜂戏蝶千门侧，碧树银台万种色。复道交窗作合欢，双阙连甍垂凤翼。
梁家画阁中天起，汉帝金茎云外直。楼前相望不相知，陌上相逢讵相识？
借问吹箫向紫烟，曾经学舞度芳年。得成比目何辞死，愿作鸳鸯不羡仙。
比目鸳鸯真可羡，双去双来君不见？生憎帐额绣孤鸾，好取门帘帖双燕。
双燕双飞绕画梁，罗帷翠被郁金香。片片行云着蝉翼，纤纤初月上鸦黄。
鸦黄粉白车中出，含娇含态情非一。妖童宝马铁连钱，娼妇盘龙金屈膝。
御史府中乌夜啼，廷尉门前雀欲栖。隐隐朱城临玉道，遥遥翠幰没金堤。
挟弹飞鹰杜陵北，探丸借客渭桥西。俱邀侠客芙蓉剑，共宿娼家桃李蹊。
娼家日暮紫罗裙，清歌一转口氛氲。北堂夜夜人如月，南陌朝朝骑似云。
南陌北堂连北里，五剧三条控三市。弱柳青槐拂地垂，佳气红尘暗天起。
汉代金吾千骑来，翡翠屠苏鹦鹉杯。罗襦宝带为君解，燕歌赵舞为君开。
别有豪华称将相，转日回天不相让。意气由来排灌夫，专权判不容萧相。
专权意气本豪雄，青虬紫燕坐春风。自言歌舞长千载，自谓骄奢凌五公。
节物风光不相待，桑田碧海须臾改。昔时金阶白玉堂，即今惟见青松在。
寂寂寥寥扬子居，年年岁岁一床书。独有南山桂花发，飞来飞去袭人裾。

这首诗辞藻艳丽却清新疏宕，是七言长篇的优秀作品。全诗采用叠字、顶针格、复沓层递句式等多种修辞手法，增强音韵铿锵的节奏感。诗歌从开头到"罗襦宝带为君解，燕歌赵舞为君开"描绘了长安豪门贵族豪奢享乐的生活。之后从"别有豪华称将相，转日回天不相让"到结尾是诗人所发的议论。用"节物风光不相待，桑田碧海须臾改。昔时金阶白玉堂，即今惟见青松在"四句道出了世事无常的道理，暗示荣华富贵只不过是过眼云烟。卢照邻借对古都长安的描写，抒发了对世道之变迁的感慨和对自己身世的感叹。

卢照邻的送别诗也颇有特色，如《西使兼送孟学士南游》写出了远别的惆怅和建立功业的共同抱负。总之，卢照邻的诗歌已经有其内在的风骨。

4．骆宾王的诗歌创作

骆宾王，字观光，婺州义乌(今浙江义乌)人，7岁即因作《咏鹅》而才名远播。

高宗永徽中，为道王李元庆府属，历武功、长安主簿。武后当政，他多次上书言政事后入狱。调露二年，除临海丞，因不得志而辞官。有集。骆宾王为起兵扬州反武则天的徐敬业作《为徐敬业讨武曌檄》，不久兵败亡命，不知所终，或云被杀或为僧。

骆宾王有很多描写边塞题材的诗作，一定程度上影响了后来边塞诗的发展，如《在军登城楼》：

> 城上风威冷，江中水气寒。
> 戎衣何日定，歌舞入长安。

这首诗可能作于骆宾王从徐敬业起兵反武则天时，诗的情思气概非凡，这是写惯宫廷生活的诗人所望尘莫及的。

在边塞题材的诗作中，骆宾王不仅描写了边塞生活，同时还写出了征人边愁之情、建功立业之心，从而为唐诗的视野向塞外扩展做出了贡献。例如《夕次蒲类津》：

> 二庭归望断，万里客心愁。
> 山路犹南属，河源自北流。
> 晚风连朔气，新月照边秋。
> 灶火通军壁，烽烟上戍楼。
> 龙庭但苦战，燕颔会封侯。
> 莫作兰山下，空令汉国羞。

这首诗的开头两句情绪低沉，说明此次战争进展得不顺利。"山路犹南属，河源自北流"，状物写景且兼有比兴之意，表达了征人的思之愁。"晚风连朔气，新月照边秋。灶火通军壁，烽烟上戍楼"描写了边塞悲凄、肃杀的气氛，反映出了战况的紧急。"龙庭但苦战，燕颔会封侯"写出了交战前夜诗人渴望能够克敌制胜，赢得功名利禄的心情。结尾两句借用典故表现出宁死不屈的气概。

骆宾王的送别诗也不同于前人的离愁别绪，例如《于易水送人》借咏史以喻今，体现出慷慨悲壮之气。此外，骆宾王的咏物诗也取得了一定的成就，如《在狱咏蝉》以蝉比兴，用典自然，语意双关，表明了自己不肯媚世附俗的高洁襟怀。

总之，"初唐四杰"有着共同的审美要求和追求，丰富了诗歌的题材，骨气刚健，转变了初唐宫廷诗的诗风，为盛唐之音的到来吹响了号角。

（二）盛唐的诗歌创作

盛唐涌现了一大批风格各异的杰出诗人，他们以乐观积极的思想和宏大壮阔的胸怀，确立了"盛唐气象"这一诗歌美学风格。盛唐是唐诗发展史上成就最高的一段时期，在中国诗歌发展史上留下了一笔辉煌灿烂的文学财富，这里我们着重介绍李白和杜甫的诗歌。

李白，字太白，号青莲居士，祖籍陇西成纪(今甘肃省秦安县)。少年时代学习范围很广泛，好剑术。相信道教，有超脱尘俗的思想；同时又有建功立业的政治抱负。25岁时出蜀东游。天宝元年李白奉诏二入长安，供奉翰林，一度颇为玄宗赏识，不满两年，因其狂放性格触怒权贵，被迫辞官离京。后来，李白在洛阳与杜甫认识，结成好友，两人在诗歌的成就上不分伯仲，分别被称为"诗仙""诗圣"。李白是盛唐诗人中个性最鲜明的一位，他的作品的艺术个性也是独一无二的。安史之乱爆发后，应邀入永王李幕府，永王被杀后，被流放夜郎。途中遇赦得归，晚年流寓南方。62岁时病逝。

李白的诗多半已佚，但从现存的诗中可以看出，他的诗囊括了盛唐诗歌的所有领域，内容题材涉及大唐帝国的方方面面，同时传递出诗人丰富多样的思想情感。

李白的五言绝句简洁明快，言简意赅，自然真实又蕴含丰富，表达出无尽的情思，如《独坐敬亭山》：

> 众鸟高飞尽，孤云独去闲。
> 相看两不厌，只有敬亭山。

此诗表面是写独游敬亭山的情趣，而其深含之意则是诗人生命历程中旷世的孤独感。诗人以奇特的想象力和巧妙的构思，赋予山水景物以生命，使得人与山刹那间灵性相通、浑然一体。作者写的是一人独坐时的寂寞心情，表达的是自己的怀才不遇，在大自然中寻求安慰和寄托。此诗前两句"众鸟高飞尽，孤云独去闲"，看似写景，实则写情，写"动"见"静"，以"动"衬"静"。三、四两句"相看两不厌，只有敬亭山"用浪漫主义手法，将敬亭山人格化、个性化。沈德潜《唐诗别裁》评这首诗"传'独坐'之神"。

李白的七言绝句，自然活泼，意象雄浑，感情率真，气度豪迈，境界开阔，在唐诗中独抒机杼，不拘一格，极富独创性。例如《黄鹤楼送孟浩然之广陵》：

> 故人西辞黄鹤楼，烟花三月下扬州。
> 孤帆远影碧空尽，唯见长江天际流。

这是一首送别诗，寓离情于写景。诗作描绘出了一幅送别画，全诗意境开阔、飘逸灵动、色彩明快、感情真挚。全诗没一个"离别"，却处处透着深情，"言有尽而意无穷""不著一字尽得风流"。明方孝孺《吊李白诗》云："诗成不管鬼神泣，笔下自有烟云飞。"以此来概括这首送别诗的神韵，也是很合适的。

李白最擅长的是七言歌行，把中国古代浪漫主义诗歌推向高峰。他的七言歌行句式长短错落，形式自由灵活，篇幅较长，容量也大。例如《梦游天姥吟留别》：

> 海客谈瀛洲，烟涛微茫信难求。
> 越人语天姥，云霞明灭或可睹。
> 天姥连天向天横，势拔五岳掩赤城。
> 天台四万八千丈，对此欲倒东南倾。
> 我欲因之梦吴越，一夜飞度镜湖月。
> 湖月照我影，送我至剡溪。
> 谢公宿处今尚在，渌水荡漾清猿啼。
> 脚著谢公屐，身登青云梯。

半壁见海日，空中闻天鸡。

千岩万转路不定，迷花倚石忽已暝。

熊咆龙吟殷岩泉，栗深林兮惊层巅。

云青青兮欲雨，水澹澹兮生烟。

列缺霹雳，丘峦崩摧。

洞天石扉，訇然中开。

青冥浩荡不见底，日月照耀金银台。

霓为衣兮风为马，云之君兮纷纷而来下。

虎鼓瑟兮鸾回车，仙之人兮列如麻。

忽魂悸以魄动，恍惊起而长嗟。

惟觉时之枕席，失向来之烟霞。

世间行乐亦如此，古来万事东流水。

别君去兮何时还？且放白鹿青崖间，须行即骑访名山。

安能摧眉折腰事权贵，使我不得开心颜！

　　这首诗写梦游奇境，开头几句是写入梦的缘由，紧接着诗人用比较和衬托的手法描写了天姥山的高大，描绘出一个光怪陆离的神仙世界，使得全诗表现出浓厚的浪漫主义色彩。最后一段写出了诗人去天姥山求仙访道的原因，揭示了全诗的中心思想。全诗感慨深沉，抗议激烈，着眼于现实，神游天上仙境，而心觉"世间行乐亦如此"，表达了诗人蔑视权贵却又渴望辅佐明君的矛盾之情，这也是李白一生的困扰。

　　李白诗歌擅长借助丰富的想象、奇特的比喻和大胆的夸张等表现手法来宣泄情感，运用奇特大胆的方式来塑造形象，以产生一种惊世骇俗的美感效果。例如《蜀道难》：

噫吁嚱，危乎高哉！蜀道之难难于上青！

蚕丛及鱼凫，开国何茫然。

尔来四万八千岁，不与秦塞通人烟。

西当太白有鸟道，可以横绝峨眉巅。

地崩山摧壮士死，然后天梯石栈相钩连。

上有六龙回日之高标，下有冲波逆折之回川。

黄鹤之飞尚不得过，猿猱欲度愁攀援。

青泥何盘盘，百步九折萦岩峦。

扪参历井仰胁息，以手抚膺坐长叹。

问君西游何时还？畏途巉岩不可攀。

但见悲鸟号古木，雄飞雌从绕林间。

又闻子规啼夜月，愁空山。

蜀道之难难于上青天，使人听此凋朱颜。

连峰去天不盈尺，枯松倒挂倚绝壁。

飞湍瀑流争喧豗，砯崖转石万壑雷。

其险也如此，嗟尔远道之人胡为乎来哉！

剑阁峥嵘而崔嵬，一夫当关，万夫莫开。

所守或匪亲，化为狼与豺。

朝避猛虎，夕避长蛇，磨牙吮血，杀人如麻。

锦城虽云乐，不如早还家。

蜀道之难难于上青天，侧身西望长咨嗟！

这首诗律体与散文间杂，笔意纵横，感情强烈，回环反复，给人以回肠荡气之感。全诗大体按照由古及今，自秦入蜀的线索，抓住各处山水特点来描写，以展示蜀道之难。诗人以浪漫主义的手法，展开丰富的想象，艺术地再现了蜀道的奇丽惊险和不可凌越的磅礴气势，充分显示了诗人的浪漫气质和热爱祖国河山的感情。贺知章对这首诗赞叹不已，称李白是"谪仙"。

李白对自己的才能有着高度的自豪感和自信心，他的诗歌在内容上除了对自由的向往外，表现最多的就是济天下为苍生的思想抱负。他不畏挫折，始终对前途充满憧憬，如《将进酒》：

君不见黄河之水天上来，奔流到海不复回。

君不见高堂明镜悲白发，朝如青丝暮成雪。

人生得意须尽欢，莫使金樽空对月。

天生我材必有用，千金散尽还复来。

烹羊宰牛且为乐，会须一饮三百杯。

岑夫子，丹丘生，将进酒，杯莫停。

与君歌一曲，请君为我倾耳听。

钟鼓馔玉何足贵，但愿长醉不复醒。

古来圣贤皆寂寞，惟有饮者留其名。

陈王昔时宴平乐，斗酒十千恣欢谑。

主人何为言少钱，径须沽取对君酌。

五花马、千金裘，呼儿将出换美酒，

与尔同销万古愁。

这首诗中的圣贤是文化理想的代表，而文化理想很难充分地实现，李白深深意识到这种悲剧，于是借酒消愁，抒发自己的愤激情绪。这首诗十分形象地表现了李白桀骜不驯的性格：一方面对自己的才能充满自信，渴望辅佐明君，有所作为，孤高自傲；另一方面在政治前途出现波折后，痛苦矛盾，流露出及时行乐的消极思想。全诗气势豪迈，感情奔放，语言极富感染力，思想内容深沉，艺术表现成熟。

李白倡导清真自然的诗歌美学思想，崇尚质朴率真的生命状态，这与他的哲学思想和艺术审美趣味相一致。李白人生道路追求的自由，在艺术审美创造上追求的是清真自然，而这种追求在他的人生道路和艺术实践中都得到了最为充分的展示，如《静夜思》：

床前明月光，疑是地上霜。

举头望明月，低头思故乡。

同样是写月夜相思之情，但诗中既没有用典，也没有华丽的辞藻，只是用朴素的语言来表达朴素的情感，写眼前之月以及由此而自然引发的乡愁。它的内容简单，平淡自然之中却蕴含丰富，千百年来，广为传诵。胡应麟评价此诗："太白诸绝句，信口而成，所谓无意于工而无不工者。"

又如《宣州谢朓楼饯别校书叔云》：

> 弃我去者，昨日之日不可留；
> 乱我心者，今日之日多烦忧。
> 长风万里送秋雁，对此可以酣高楼。
> 蓬莱文章建安骨，中间小谢又清发。
> 俱怀逸兴壮思飞，欲上青天揽明月。
> 抽刀断水水更流，举杯消愁愁更愁。
> 人生在世不称意，明朝散发弄扁舟。

这首诗感情色彩浓烈，先写高楼饯别，接着进一步写主客双方的才华与远大抱负，最后是诗人对现实不满的激愤之词。全诗行文极具气势，抒发了"不称意"的苦闷，通篇在悲愤之中又贯穿着一种慷慨豪迈的激情。

总之，李白的诗最能代表盛唐诗歌的伟大成就，充分体现了时代精神，凝聚着盛唐诗歌的主体风貌。

杜甫，字子美，自号少陵野老，京兆杜陵(今陕西西安西南)人。他被后人称为"诗圣"，他的诗被后人称为"诗史"。他的祖父是初唐著名诗人杜审言，他的父亲杜闲，曾为兖州司马、奉天县令，但杜甫出生时家道已经开始衰落。杜甫十四五岁就才华展露，青年时代曾漫游吴越齐鲁。唐肃宗时，官至左拾遗，后入蜀任剑南节度府参谋，加检校工部员外郎，故后世又称他杜拾遗、杜工部。天宝初他遇到从宫廷放还的李白，两人建立了深厚友谊，杜甫和李白齐名，世称"李杜"。天宝六年杜甫再次落第，后来又来到长安，但不称意。乾元二年，杜甫对政治感到失望，加上关辅大饥，毅然弃官。迫于一家生存问题，只得往成都投靠高适等故交旧友。大历五年，杜甫病死在湘水上，享年58岁。

杜甫生活在战乱时期，生活坎坷，长期沦落下层，因此他了解人们的疾苦，他的诗歌能够反映大唐由盛而衰的社会现实，写实性强。他的思想核心是儒家的仁政思想，有"致君尧舜上，再使风俗淳"的宏伟抱负。

杜甫早期的诗歌初步显现了他沉郁顿挫的诗风，年轻的杜甫怀着对祖国大好河山的热爱和对人民的热爱，"放荡齐赵间，裘马颇清狂"，写出了很多歌颂祖国的山川和托物言志的诗歌。例如《望岳》：

岱宗夫如何，齐鲁青未了。
造化钟神秀，阴阳割昏晓。
荡胸生层云，决眦入归鸟。
会当凌绝顶，一览众山小。

这首诗是历代描写泰山的佳作，第一句"岱宗夫如何"设问统领下文，第二句"齐鲁青未了"自问自答，道出泰山的绵延、高大。三、四句是近望之势，一个"钟"字生动有力，一个"割"字形象贴切。五、六两句是近看之景，并由静转动。最后两句"会当凌绝顶，一览众山小"中的"凌"字，表现了作者登临的决心和豪迈的壮志，同时也衬托出泰山的高大。诗人以饱满的热情形象地描绘了这座名山雄伟壮观的气势，抒发了青年时期的豪情和远大抱负。

然而，十年困守长安的生活促使杜甫认清了社会现实和人民疾苦，诗歌题材开始涉及广大下层百姓的生活，诗风也开始有了较大的变化。例如《兵车行》：

车辚辚，马萧萧，行人弓箭各在腰。
爷娘妻子走相送，尘埃不见咸阳桥。
牵衣顿足拦道哭，哭声直上干云霄。
道旁过者问行人，行人但云点行频。
或从十五北防河，便至四十西营田。
去时里正与裹头，归来头白还戍边。
边庭流血成海水，武皇开边意未已。
君不闻汉家山东二百州，千村万落生荆杞。
纵有健妇把锄犁，禾生陇亩无东西。
况复秦兵耐苦战，被驱不异犬与鸡。
长者虽有问，役夫敢伸恨？

且如今年冬，未休关西卒。

县官急索租，租税从何出？

信知生男恶，反是生女好。

生女犹得嫁比邻，生男埋没随百草。

君不见青海头，古来白骨无人收。

新鬼烦冤旧鬼哭，天阴雨湿声啾啾！

　　这首诗描写了安史之乱前的社会真实状况，表明诗人反对战争和同情人民疾苦。全诗由点到面、由现象到本质展开叙述，开篇是一幅触目惊心的送别图，"点行频"是全诗的诗眼，指出了造成百姓流离失所的根源。诗人以汉武帝暗喻唐玄宗，叙述战场之上白骨露野的景象，将矛头直接指向了最高统治者，表现出唐玄宗穷兵黩武的罪恶和统治者对百姓的严重摧残，同时也传达出诗人心中的悲愤。

　　杜甫诗歌提供了历史的事实和生动的生活画面，杜甫创作的著名诗歌"三吏""三别"，充分反映了当时人民置身水深火热的动荡社会之中，如《石壕吏》：

暮投石壕村，有吏夜捉人。

老翁逾墙走，老妇出看门。

吏呼一何怒，妇啼一何苦！

听妇前致词：

"三男邺城戍，一男附书至，二男新战死。

存者且偷生，死者长已矣。

室中更无人，惟有乳下孙。

有孙母未去，出入无完裙。

老妪力虽衰，请从吏夜归。

急应河阳役，犹得备晨炊。"

夜久语声绝，如闻泣幽咽。

天明登前途，独与老翁别。

　　这首诗是写诗人遇到小吏抓丁的一段见闻，诗人客观地描写了这个场景，没有主观评述。但这种貌似客观的叙述描写中，我们依然可以感受到诗人悲愤无奈的感情，反映了在兵荒马乱的年月，百姓的生活是多么苦难。

　　安史之乱时，杜甫在长安写下了一些忠君恋阙的千古名作，如《春望》：

> 国破山河在，城春草木深。
> 感时花溅泪，恨别鸟惊心。
> 烽火连三月，家书抵万金。
> 白头搔更短，浑欲不胜簪。

　　这首诗言简意赅，含蓄凝练，围绕"望"字展开。前四句借景抒情、情景结合，写出了国破城荒的悲凉景象。其中，"感时花溅泪，恨别鸟惊心"两句以物拟人，运用夸张的手法表达亡国之悲，离别之悲。后四句抒发了诗人忧国忧民、念家悲己以及对思念亲人的感情。全诗标志着杜甫作为一个忧国忧民的伟大诗人的成熟，表现了诗人热爱祖国、眷怀家人的感情，奠定了诗人客观写实的创作方向和沉郁苍凉的诗歌风格。

　　杜甫还有些诗只写一己的感慨，我们可以从他的感叹里感受到当时社会的状态。例如《登高》：

> 风急天高猿啸哀，渚清沙白鸟飞回。
> 无边落木萧萧下，不尽长江滚滚来。
> 万里悲秋常作客，百年多病独登台。
> 艰难苦恨繁霜鬓，潦倒新停浊酒杯。

　　这首诗被杨伦称为"杜集七言律第一"，语言凝练，具有高度的艺术概括力，描绘了大江边的深秋景象，抒发了诗人对艰难身世的感慨。前四句写登高所见，首联两句包括六个主谓短语，把几个意象压缩在一句诗中，显得凝重、深沉。颔联描绘了三峡秋光和长江气势，增加了这幅图景的包容量。颈联和尾联写登高所感，颈联叙述了诗人的境遇并点明登高，写思乡之情和远离家乡的孤单寂寞。尾联诗人用了多个连贯性极强的动词，造成全诗的整体感和流动感。

另外，杜甫也有一些活泼、轻松的诗歌，如《春夜喜雨》：

> 好雨知时节，当春乃发生。
> 随风潜入夜，润物细无声。
> 野径云俱黑，江船火独明。
> 晓看红湿处，花重锦官城。

这首诗写得生动活泼，表达了诗人对春雨"润物"的喜悦之情。首联写雨体贴人意、适时而降，"知"字写出了雨的灵性。颔联诗人运用听觉写出了雨的特点，颈联诗人运用视觉写美丽的雨夜，尾联写雨后的清晨锦官城的迷人景象。

总之，杜甫的诗歌有很高的艺术价值、文学价值和历史价值，他在诗史上是一位承先启后的人物。

（三）中唐的诗歌创作

安史之乱是唐朝由盛转衰的标志，安史之乱爆发后，唐代社会和唐文学进入一个新的时期，文学史上习惯称之为中唐。中唐时期有不少杰出的诗人，例如白居易、韩愈、柳宗元、刘禹锡、李贺等，本文限于篇幅，在这里只重点介绍白居易的诗歌创作。

白居易，字乐天，祖籍太原，迁居下邽(今陕西渭南东北)，出生于新郑(今属河南)。白居易自小聪慧能诗，贞元十六年进士及第，三年后中书判拔萃科，授秘书省校书郎。元和元年，他与元稹闭户累月，撰成《策林》七十五篇。是年，制科入等，授盩厔尉，次年为翰林学士。元和五年，白居易改官京兆府户曹参军，仍充翰林学士。元和十年，当时身为太子左赞善大夫的白居易因愤激上书，被贬为江州司马，这是白居易遭受的最大的政治打击。元和十三年底，白居易迁忠州刺史，元和十五年穆宗继位后，白居易被召回朝廷，先后任主客郎中、知制诰、中书舍人。长庆二年，白居易出任杭州刺史，此后又历任苏州刺史、秘书监、刑部侍郎、河南尹、太子少傅等职。武宗会昌二年，以刑部尚书致仕，闲居洛阳履道里，自号"醉吟先生""香山居士"。会昌六年卒。

白居易现存诗歌两千八百余首，大致可以分为四类：讽喻诗、感伤诗、闲适诗和杂律诗。

白居易诗歌中最富有社会意义的部分是讽喻诗中那些社会写实的诗作，正如《新乐府序》所言："其辞质而径，欲见之者易喻也；其言直而切，欲闻之者深诫也；其事核而实，使采之者传信也；其体顺而肆，可以播于乐章歌曲也。"

白居易大多数讽喻诗"一吟悲一事""首句标其目，卒章显其志"，这是其突出的艺术特色，也是其基本思想特征。他的这些讽喻诗的前面都有小序，表明作诗的缘起和诗的主旨，多为揭露和抨击黑暗现实、反映民生疾苦、同情劳动人民，如《观刈麦》：

> 田家少闲月，五月人倍忙。
> 夜来南风起，小麦覆陇黄。
> 妇姑荷箪食，童稚携壶浆，
> 相随饷田去，丁壮在南冈。
> 足蒸暑土气，背灼炎天光，
> 力尽不知热，但惜夏日长。
> 复有贫妇人，抱子在其旁，
> 右手秉遗穗，左臂悬敝筐。
> 听其相顾言，闻者为悲伤。
> 家田输税尽，拾此充饥肠。
> 今我何功德，曾不事农桑。
> 吏禄三百石，岁晏有余粮。
> 念此私自愧，尽日不能忘。

这首诗将收麦者和拾麦者劳碌辛苦的生活场景描写得生动真实，结构清晰，层次清楚。通过描写收麦者的悲惨遭遇，运用对比手法，揭露了当时唐朝赋税的繁重。诗人联想到自己"今我何功德，曾不事农桑。吏禄三百石，岁晏有余粮"，因而"念此私自愧，尽日不能忘"。这是诗人触景生情的产物，表现了诗人对劳动人民的深切同情，显示出这首诗的思想高度，发人深省。

他的讽喻诗还有的揭露和批评了统治者的横征暴敛，如《杜陵叟》：

> 杜陵叟，杜陵居，岁种薄田一顷余。
> 三月无雨旱风起，麦苗不秀多黄死。
> 九月降霜秋早寒，禾穗未熟皆青干。
> 长吏明知不申破，急敛暴征求考课。
> 典桑卖地纳官租，明年衣食将何如？
> 剥我身上帛，夺我口中粟。
> 虐人害物即豺狼，何必钩爪锯牙食人肉？
> 不知何人奏皇帝，帝心恻隐知人弊。
> 白麻纸上书德音，京畿尽放今年税。
> 昨日里胥方到门，手持尺牒牓乡村。
> 十家租税九家毕，虚受吾君蠲免恩。

这首诗描写了长安附近一户自耕农的遭遇，全诗有两大层意思，说明两个农民的生活受苦受难的直接原因分别是自然灾害和人为的灾祸。诗的重点在于第二层，即人为的灾祸，指出官僚制度的黑暗与腐败，揭露统治者征敛如豺狼般残酷的事实。

白居易的感伤诗以《长恨歌》和《琵琶行》为代表。

《长恨歌》是一首有双重主题的诗，一是讽刺唐明皇重色误国，二是歌颂他们之间真挚感人的爱情，这也是一首抒情成分很浓的叙事诗。诗歌在艺术上语言清丽晓畅，情感细腻真挚，将历史巨变与个人爱情结合起来，叙事层次清楚，取得了很大的成功。

《琵琶行》具有极高的艺术价值，为后人赞赏。首先，诗人将琵琶女的遭遇与自己的人生遭遇融为一体，诗人道他们"同是天涯沦落人"，琵琶女则"感我此言良久立", 琵琶女再弹一曲后, 诗人则更是"江州司马青衫湿"; 其次, 诗中的音乐描写使诗歌弥漫着一种悲凉哀怨的氛围; 最后, 诗歌的语言简洁灵活, 概括力强, 如"千呼万唤始出来, 犹抱琵琶半遮面""别有幽愁暗恨生, 此时无声胜有声""同是天涯沦落人, 相逢何必曾相识"等, 都是千古流传的名句。

白居易的闲适诗语言朴素自然, 如《赋得古原草送别》:

> 离离原上草, 一岁一枯荣。
> 野火烧不尽, 春风吹又生。
> 远芳侵古道, 晴翠接荒城。
> 又送王孙去, 萋萋满别情。

全诗通过描绘生生不息的野草, 抒发了对友人依依不舍的感情。其中的"野火烧不尽, 春风吹又生"一句历来为人称道, 因为其展现了草的蓬勃向上的生命力。全诗字字含情, 工整流畅。

白居易的杂律诗中多写景抒情, 或寄托山水, 或传达思理, 如《暮江吟》:

> 一道残阳铺水中, 半江瑟瑟半江红。
> 可怜九月初三夜, 露似珍珠月似弓。

这首诗一、二句写的是晚霞倒映在江面的绚丽景象, 三、四句则展现了夜色朦胧似珍珠的美景, 构思精妙, 结合了大自然中的两幅幽美的画面, 意境高远。诗中新颖巧妙的比喻, 使景色倍显生动, 表达了诗人对大自然的热爱。

总之, 白居易继承和发展了《诗经》、汉乐府民歌以来的诗歌艺术写实和社会批判的优秀传统, 对后代诗歌产生了深远的影响。

(四) 晚唐的诗歌创作

晚唐的诗歌不同于初唐、盛唐、中唐, 呈现出哀婉深沉的斜晖余韵, 追求朦胧情思和细腻幽约的美, 在唐诗的发展史上开拓出了一个全新的境界。杜牧和李商隐是这一时期最具代表性的诗人，下面将重点介绍。

杜牧，字牧之，京兆万年(今陕西西安)人，西晋名将杜预之后，祖父杜佑历任德宗、顺宗、宪宗三朝宰相，著有《通典》。童年的杜牧家境优越，但在10岁那年家道开始中落，他初尝生活的艰辛。大和二年，杜牧登进士第，后授弘文馆校书郎、试左武卫兵曹参军，然后入江西观察使沈传师和淮南节度使牛僧孺幕，任监察御史、宣州团练判官、迁左补阙、史馆修撰、膳部、比部员外郎、黄州刺史等。大中二年秋内迁司勋员外郎、史馆修撰，以后又历任吏部员外郎、考中郎中、中书舍人。翌年春，卒于中书舍人任上。因杜牧晚年居长安南樊川别墅，故后世也称其为"杜樊川"，有《樊川文集》二十卷传世。

杜牧的政治诗、咏史诗、写景抒情诗、咏怀诗、酬送寄赠诗等，具有一定的认识意义和颇高的美学价值，思想内容丰富，情调积极健康，且艺术上很有特色。

杜牧的政治诗通常通过精心选取的意象来表达自己内心的感情，兼具豪迈、深情、清丽等特点，如《早雁》：

> 金河秋半虏弦开，云外惊飞四散哀。
> 仙掌月明孤影过，长门灯暗数声来。
> 须知胡骑纷纷在，岂逐春风一一回。
> 莫厌潇湘少人处，水多菰米岸莓苔。

整首诗采用比兴象征手法，赋予"雁"这个意象以新的内涵，通过大雁，将自己的心情、社会的时事联系在一起。杜牧借雁抒怀，表达了对有家不能归的人民的深切同情。诗歌最后指出了大雁的归宿，相传雁飞不过衡阳，在潇湘处的水中泽畔长满了菰米莓苔，可当食料，它们可以在这一带暂时停歇下来，实际上更深一层地表现了对流亡者在无可奈何中发出的劝慰与嘱咐。在这首诗中，诗人借汉言唐，讽刺了当权者昏庸腐败、无能守边安民。

杜牧紧密结合现实，"雄姿英发"，不拘历史陈见，创作了大量咏史诗。例如，《赤壁》：

折戟沉沙铁未销，自将磨洗认前朝。

东风不与周郎便，铜雀春深锁二乔。

    这首诗是诗人经过赤壁，有感于三国时代的英雄成败而写下的。诗人对赤壁之战发表了独特的看法，若不是东风之力，亡国者定是东吴，认为周瑜胜利于侥幸，同时也抒发了诗人对国家兴亡和不得一展雄才的慨叹。前两句记叙写得平淡，而后两句"东风不与周郎便，铜雀春深锁二乔"立意新颖，令人耳目一新。对于赤壁之战，作者进行了逆向思维，大胆地设想，且并未直言战争的结局，而是说"铜雀春深锁二乔"，把硝烟弥漫的战争胜负写得如此蕴藉。作者以小见大，别出心裁，通过大、小乔这两个具有特殊身份的女子命运来表达设想中东吴败亡的结局。

    杜牧的写景抒情诗清丽明朗、深情细腻甚至多愁善感，善于用凝练的语言勾勒鲜明的景物意象，把悠远的情思寄托在具体画面之中，清代评论家沈德潜推崇《泊秦淮》为"绝唱"。另外，杜牧的一些送别、酬答的诗也写得十分出色，表现了诗人内心世界的另一面，如《清明》。

    杜牧推崇韩愈、杜甫和李白，积极实践自己的诗歌创作主张，形成了高华俊爽的独特风格。

    李商隐，字义山，号玉溪生、樊南生(樊南子)，怀州河内(今河南省沁阳市)人。李商隐以古文知名，19岁时受牛党天平军节度使令狐楚赏识，把他聘入幕府，亲自为他指点文章，因此他25岁时就中了进士。王茂元因爱其才便招他为女婿。李商隐生活在牛李两党争斗的夹缝中，这严重制约了他的仕途发展。李商隐辗转幕府，潦倒终生。大中十二年前后罢职回郑州闲居，不久病卒。李商隐和杜牧合称"小李杜"，与温庭筠合称为"温李"。现存诗六百多首，其中政治诗占了六分之一，包括直接反映现实政治的时事诗和包含着政治批判内容的咏史诗。

    李商隐比较著名的政治时事诗是《行次西郊作一百韵》，真实描写了"依依过村落，十室无一存"的社会破败景象，高度概括了唐王朝从贞观之治到甘露之变的历史，并依据治乱"系人不系天"的观点，揭露了当时存在的严重社会危机，不愧是被认为具有"诗史"性质的长篇诗。

李商隐的咏史诗通常借古鉴今，如《隋宫》：

　　　　紫泉宫殿锁烟霞，欲取芜城作帝家。
　　　　玉玺不缘归日角，锦帆应是到天涯。
　　　　于今腐草无萤火，终古垂杨有暮鸦。
　　　　地下若逢陈后主，岂宜重问《后庭花》。

这首诗首联点题，写长安宫殿空锁烟霞之中；颔联提出了一个假设；颈联写了隋炀帝的两个逸游的事实，一是他曾放萤取乐，二是开运河；尾联活用了杨广与陈叔宝梦中相遇的典故，以假设反诘的语气揭示了荒淫亡国的主题。总之，这首诗采用比兴手法，写得灵活含蓄，表面上看是在歌咏隋宫，实际上则是讽刺隋炀帝的荒淫亡国。

李商隐的爱情诗、无题诗和抒情诗更多表现为反复的思索，情思的整体若隐若现，晦涩难懂，常常引起读者不同的解释，如《锦瑟》：

　　　　锦瑟无端五十弦，一弦一柱思华年。
　　　　庄生晓梦迷蝴蝶，望帝春心托杜鹃。
　　　　沧海月明珠有泪，蓝田日暖玉生烟。
　　　　此情可待成追忆，只是当时已惘然。

诗的首联写诗人埋怨锦瑟，每一弦每一柱都让人去感叹年华的易已逝。颔联用了庄周化蝶和望帝化为杜鹃两个典故，间接地描写了人生的悲欢离合。颈联以鲛人泣珠和良玉生烟的典故，隐约地描摹了世间风情迷离恍惚。尾联抒写生前情爱漫不经心，死后追忆已经惘然的难以排遣的情绪。诗中借用多个典故，运用联想与想象，采用比兴的手法，创造出了朦胧的境界，传达出了诗人自己真挚浓烈而又幽约深曲的情思。这是李商隐极负盛名的一首诗，也是其最难索解的一首诗：有人认为这是写给令狐楚家一个叫"锦瑟"的侍女的爱情诗；也有人认为诗人睹物思人，是写给故去的妻子王氏的悼亡诗；也有人认为这首诗中间的四句可与瑟的适、怨、清、和四种声情相合，因此是描写音乐的咏物诗……。不管从哪个角度进行解读，这首诗都是诗人一种感伤情绪的表达。

李商隐无题诗的主旨更具多义性和歧义性，如《无题》一诗：

> 昨夜星辰昨夜风，画楼西畔桂堂东。
> 身无彩凤双飞翼，心有灵犀一点通。
> 隔坐送钩春酒暖，分曹射覆蜡灯红。
> 嗟余听鼓应官去，走马兰台类转蓬。

全诗感情深挚缠绵、炼句设色、流丽圆美、意象错综跳跃，诗的首联以曲折的笔墨写昨夜的欢聚，颔联写今日的相思，颈联写宴会上的热闹，尾联写自己身不由己的无奈。诗本身表现的是一种强烈的恋情，不过表现得非常隐约朦胧。关于这首诗，纪昀认为"乃狭邪之作，无所寓意，深解之者失之"，不少解者以为离意仕途，有所慨叹，于是纷纷附会以义山之行踪。全诗以心理活动为出发点，将一段可意会不可言传的情感描绘得扑朔迷离而又入木三分。诗中的"身无彩凤双飞翼，心有灵犀一点通"已成为千古绝唱，它所表现的超越感官满足、追求心灵契合的审美情趣，提高了古代爱情诗的美学品位。可见，诗人的感受细腻而真切，它所特有的浓厚的悲剧情调，包蕴着深刻的社会与人生内涵。

李商隐的抒情诗常借助一些意象当作情感的载体，作品呈现出曲折隐晦、朦胧、含义深远的特点，如《嫦娥》。

总的来说，李商隐的诗歌呈现出朦胧的特色，感情内容细腻复杂，善于使用意象曲折抒情。

二、宋代词作

（一）北宋的词作

北宋初期，柳永对宋词进行了大胆的创新，以市井俗语演绎出了宋词的第一段历史性辉煌。晏殊与柳永是同时代的人，但与柳永不同，晏殊在世时就有一大批唱和者和追随者。在词的发展史上，晏殊是将词从晚唐五代过渡到北宋的领袖人物。冯煦说："晏同叔去五代未远，馨烈所扇，得之最先。故左宫右徵，和婉而明丽，为北宋倚声家初祖。"北宋中后期是宋词词体大裂变的重要时期。此时，苏轼对词境进行了开拓，并使词从音乐的附属品变为一种独立的抒情诗体，提高了词的文学地位。另外，晏殊、秦观、贺铸、周邦彦等词作大家辈出，使词坛呈现出空前繁荣的景象。他们的词，风格多样，并各有独特的成就，具有丰富的文化内涵。

1．柳永的词作

柳永，初名三变，字景庄，后改名永，字耆卿，崇安(今福建武夷山市)人。仁宗景祐元年进士，先后做过睦州团练推官、馀杭县令、晓峰盐场(在今浙江舟山)监和泗州判官等地方官。后官至屯田员外郎，世称"柳屯田"。多年漂泊不定的游宦生涯，让柳永尝尽了旅途跋涉的艰辛、处境坎坷的痛苦，让柳永深刻体会到了天涯沦落者的不幸遭遇。他晚年的景况十分悲惨，郁郁不得志地死在润州。

受当时都市文化大潮的推动，柳永作词沾染了市民意识，跳出传统文人词的窠臼，在传统士大夫文化圈里走了一条从俗随流的民间文艺之路，在词坛别树一帜，衍成了不同于花间体、南唐体以及宋初晏欧体的"柳耆卿体"。所谓"柳耆卿体"是指带有柳永强烈的个性特征的一种新型词体，它在思想内容上具有鲜明的市民意识，反映的是都市生活；在风格趋向上以俚俗为其主要特征，从民间汲取乐曲新声创制的长调慢词为主要的表现形式，采用的是"以赋为词"的铺叙手法。

柳永从创作方向上改变了以往词的审美内涵和审美趣味，即变"雅"为"俗"，把被文人雅化了的词，恢复到原来的通俗面貌，大量引市民意识、市民生活及市民情调入词，着意运用通俗化的语言表现世俗化的市民生活情调，扩展了词的表现内容。例如《定风波》：

> 自春来、惨绿愁红，芳心是事可可。日上花梢，莺穿柳带，犹压香衾卧。暖酥消。腻云鬟。无那。恨薄情一去，音书无个。
> 早知怎么辩当初、不把雕鞍锁。向鸡窗、只与蛮笺象管，拘束教吟

课。镇相随，莫抛躲。针线闲拈伴伊坐。和我。免使年少，光阴虚过。

这首词以第一人称的口吻，采用白描手法，把闺妇热烈追求爱情生活的心曲和盘托出，刻画了一个敢怨、敢怒、敢说、敢爱的痴情怨妇，表现了她对爱情的渴望。词人以一种泼辣爽直的性格直接表现了世俗女性的生活愿望，语言通俗，风格明快，形象真实，带有浓厚的市民色彩，与市民大众的审美趣味非常吻合。

柳永不像晚唐五代以来的文人那样只是从书面的语汇中提炼高雅绮丽的语言，而是充分运用现实生活中的日常口语和俚语，反复使用诸如动词"看承""消得""都来""抵死"等，副词"争""恁""怎"等，代词"我""你""伊""伊家""自家""阿谁"等。这些富有表现力的口语入词，不仅生动活泼，而且像是直接与人对话、诉说，使读者和听众既感到亲切有味，又易于理解接受。例如《八声甘州》：

> 对潇潇暮雨洒江天，一番洗清秋。渐霜风凄紧，关河冷落，残照当楼。是处红衰翠减，苒苒物华休。唯有长江水，无语东流。
>
> 不忍登高临远，望故乡渺邈，归思难收。叹年来踪迹，何事苦淹留？想佳人，妆楼颙望，误几回、天际识归舟。争知我，倚栏杆处，正恁凝愁！

这首词一开头便觉境界阔大，雄迈豪放，气势不凡。"是处"四句描绘出一幅山川寂寥的寒秋图。下阕鲜明地展示词的题旨：望乡尽归，情难自抑。词人先回顾自己落拓江湖，到处漂泊，自问自叹，万般无奈；次写故乡佳人，期盼自己；最后写自己倚阑凝愁，痴心可鉴。全词语浅而情深，融写景、抒情为一体，抒羁旅之愁，怀"故乡"之"佳人"，风格属于叶嘉莹所谓"秋士易感"[①]式的佳作。

2. 苏轼的词作

在苏轼创作的词中，大多数是有关壮志、哲理、送别、怀古、旅怀、悼亡、农村、闲适、风光、贺寿、嘲谑等题材的。这种题材上的巨大变化，实际上是苏轼在继承五代温庭筠、韦庄、冯延巳、李煜之风的基础上开拓的新境界，开始时

[①] 叶嘉莹：《论柳永词》，《灵溪词说》，上海：上海古籍出版社，1987年，第137页。

影响并不突出，至南宋则适逢其会，直接影响了辛词派。例如表现苏轼壮志平生的第一首豪放词是《江城子·密州出猎》：

> 老夫聊发少年狂，左牵黄，右擎苍，锦帽貂裘，千骑卷平冈。为报倾城随太守，亲射虎，看孙郎。
>
> 酒酣胸胆尚开张，鬓微霜，又何妨！持节云中，何日遣冯唐？会挽雕弓如满月，西北望，射天狼。

这首词作于熙宁八年冬，当时苏轼知密州。词的上阕描写出猎的气势恢宏场面。其时作者已经四十岁左右，自称"老夫"，说明自己壮心未已，与"少年"形成鲜明对比，颇有调皮、自嘲意味。"狂"生动活泼地表现了词人的真实个性。下阕的"持节""会挽雕弓如满月，西北望，射天狼"表达了词人抗击敌人的壮志和为国效力的愿望，大有"横槊赋诗"的气概。全词塑造了一个斗志昂扬、威武雄姿、渴望驰骋疆场杀敌报国的英雄志士形象。

苏词中常表现对人生的思考，这无疑增强了词境的哲理意蕴，如其最有名的哲理词《定风波·三月七日，沙湖道中遇雨》：

> 莫听穿林打叶声，何妨吟啸且徐行。竹杖芒鞋轻胜马，谁怕？一蓑烟雨任平生。
>
> 料峭春风吹酒醒。微冷，山头斜照却相迎。回首向来萧瑟处，归去，也无风雨也无晴。

这首词写于苏轼黄州之贬后第三年的初春，是一首春雨对心灵洗礼后的人生感悟之作。词人一行人路上遭雨，没有雨具，甚是狼狈，而作者却坦然接受了这初春寒雨，豪言竹杖芒鞋即可任平生，传达出一种笑傲风雨人生的豪迈之情。"莫听""何妨""谁怕"表达了词人对外物不屑一顾，甚至透出一点俏皮，更增加挑战色彩，显示一种乐观、大无畏的情怀。

苏轼写词，主要是供人阅读，不求人演唱，虽也遵守词的音律规范却不为音律所拘，故苏词有着浓重抒情言志的自由奔放色彩，如名作《水调歌头·明月几时有》：

明月几时有，把酒问青天。不知天上宫阙，今夕是何年。我欲乘风归去，唯恐琼楼玉宇，高处不胜寒。起舞弄清影，何似在人间。

转朱阁，低绮户，照无眠。不应有恨，何事长向别时圆。人有悲欢离合，月有阴晴圆缺，此事古难全。但愿人长久，千里共婵娟。

这首中秋望月怀人之作，运用形象描绘手法，勾勒出一种皓月当空、亲人千里、孤高旷远的境界氛围，月的阴晴圆缺中渗进了浓厚的哲学意味，表达了词人对胞弟苏辙的无限怀念。全词体现出奔放豪迈、倾荡磊落如天风海雨般的新风格。

苏轼的怀古词写得十分大气，如《念奴娇·赤壁怀古》：

大江东去，浪淘尽，千古风流人物。故垒西边，人道是，三国周郎赤壁。乱石穿空，惊涛拍岸，卷起千堆雪。江山如画，一时多少豪杰。

遥想公瑾当年，小乔初嫁了，雄姿英发。羽扇纶巾，谈笑间，樯橹灰飞烟灭。故国神游，多情应笑我，早生华发。人生如梦，一尊还酹江月。

这首词上阕主要描写赤壁矶风起浪涌的自然风景，感慨隐约深沉，意境开阔博大。下阕全从周郎引发，前五句写赤壁战争，对这场轰轰烈烈的战争，诗人采用举重若轻的手法，闲笔纷出，写到了周瑜的妻子小乔。"小乔"是乔玄的小女，赤壁之战时，周郎与其结为夫妇已有十年。这里写"初嫁"是着意渲染词的浪漫气氛，这对塑造"雄姿英发"的周郎形象起到全篇生色的艺术效果。"羽扇纶巾"表明周瑜虽为武将，却有文士的风度，与"谈笑间"一起突出了周瑜蔑视强敌的英雄气概的淡定。"人生如梦，一樽还酹江月"感情沉郁，是全词余音袅袅的尾声。全词借写三国时期的赤壁之战，借酒抒情，思接古今，抑郁沉挫地表达了词人对坎坷身世的感慨之情，抒发了词人对昔日英雄人物的无限怀念和敬仰之情。

苏轼的爱情词也全无香软丽蜜之态，如《江城子·十年生死两茫茫》：

十年生死两茫茫，不思量，自难忘，千里孤坟，无处话凄凉。纵使相逢应不识，尘满面，鬓如霜。

　　夜来幽梦忽还乡，小轩窗，正梳妆，相顾无言，惟有泪千行。料得
年年肠断处，明月夜，短松岗。

　　这是一首著名的悼亡词，为悼念已故的妻子王弗而作，颇有清丽爽劲的诗的
韵致。

　　在表现手法上，苏轼发展了柳永的铺陈手法，以赋的技法入词，直抒胸怀，
即事写景。以议论入词，把比兴、比拟、寄托等艺术技巧引入词中，还有采用隐
括式、俳体式、对话式，也丰富了词的表现方法。苏词中灵活的表现手法主要是
大量运用题序和典故两个方面，丰富和发展了词的表现手法，对后来词的发展产
生了重大影响。如《定风波·莫听穿林打叶声》一词用词序来纪事，词本文则着
重抒发由其事所引发的情感，使得题序与词本文在内容上起到了相互呼应的作用，
丰富和深化了词的审美内涵。例如《醉翁操·琅然、清圆、谁弹》序云：

　　琅琊幽谷山水奇丽，泉鸣空涧，若中音会。醉翁喜之，把酒临听，辄
欣然忘归。既去十余年，而好奇之士沈遵闻之往游，以琴写其声，曰《醉
翁操》，节奏疏宕，而音指华畅，知琴者以为绝伦。然有其声而无其辞。
翁虽为作歌，而与琴声不合。又依楚词作《醉翁引》，好事者亦倚其辞以
制曲。虽粗合韵度，而琴声为词所绳约，非天成也。有庐山玉涧道人崔闲，
特妙于琴，恨此曲之无词，乃谱其声，而请于东坡居士以补之云。

　　这篇小序可说是苏轼词乐审美理想的表述：琴曲《醉翁操》，以琴声写出泉石
之天籁与高人之雅趣，"知琴者以为绝伦"，达到一个相当高的境界，但苏轼却以
为"翁虽为作歌，而与琴声不合"，又作《醉翁引》，而"引"与所制之"曲"，虽
"粗合韵度"，然"琴声为词所绳约"，仍"非天成"；可见苏轼对于词的协律标准，
不当"不合"，追求一种声情(音乐与文学)谐调、相得益彰、浑然天成的境界。

　　总之，苏轼对词体进行了全面的改革，最终突破了词为"艳科"的传统格局，
提高了词的文学地位，使词从音乐的附属品转变为一种独立的抒情诗体，从根本
上改变了词史的发展方向。他既自立豪放壮美词风，又不鄙夷传统的婉约风格，

而使婉丽雄放并存。①所以说苏轼的词学观念改变了词作原有的柔软情调，无疑具有开放的、革新的意识，开启了南宋辛派词人的先河。

3. 秦观的词作

秦观，字少游，后改为太虚，号淮海居士，高邮(今属江苏)人。秦观少年豪俊，胸怀壮志，攻读兵书，一心想驰骋边疆，建立不朽的奇功伟业，并以为"功誉可立致，而天下无难事"(陈师道《秦少游字叙》)。神宗熙宁十年谒苏轼于徐州，受到赏识。但他在宋神宗元丰八年即 37 岁时才中进士。到 43 岁时，才因苏轼推荐在朝谋得秘书省正字一职，兼国史院编修官。绍圣初，章惇当政，排斥元祐党人，秦观因与苏轼兄弟的密切关系也被卷入党争的政治旋涡，随着苏轼等屡受迫害，连遭贬斥，先贬监处州(今浙江丽水)酒税，徙郴州(今湖南郴州)，编管横州(今广西横县)，最后被贬逐到雷州(今广东雷州市)地区。直到 1100 年宋徽宗即位时，他才复职北还，但中途不幸在滕州(今广西藤县)病逝。

秦观是"苏门四学士"之一，以词称著于世。其词不走苏轼一路，而是另辟蹊径，"承继'花间'、南唐的传统而参以本人幽微深细之'词心'，沿着主情致、尚阴柔之美的方向，将曲子词要眇宜修、言美情长、音律谐婉的艺术特质发挥到了极致"②。

秦观词的内容大致可以用"情"和"愁"两个字来概括。其中，"情"主要表现在他因党籍被贬之前以及被贬之初的爱情词和写景抒情词中。秦观词以爱情为题材的，约占今传《淮海词》的半数。秦观的爱情词，一般基调比较低沉，感伤色彩非常浓厚，如写与少女或歌伎相悦相恋感情的《南歌子·赠陶心儿》：

> 玉漏迢迢尽，银潢淡淡横。梦回宿酒未全醒。已被邻鸡催起、怕天明。
> 臂上妆犹在，襟间泪尚盈。水边灯火渐人行。天外一钩残月、带三星。

这首词描写的是一对恋人春宵苦短怕天明的情景，表现出了他们生怕分离的

---

① 张慧民：《论苏轼的词学观》，汕头大学学报人文社会科学版，2004 年第 20 卷。
② 刘扬忠：《唐宋词流派史》，北京：中国社会科学出版社，2007 年，第 253 页。

情爱思想。词的起首两句写一对恋人分别时的感受，通过对天黎明前的景象的描写，表达了离人在长夜已尽、别离在即的心理感受，"玉漏"是古代的一种计时器，"迢迢"形容漫漫长夜，"尽"是说报时漏斗里的漏水一滴一滴地快滴完了，也就是天快亮了。"银潢淡淡横"是说天快亮了，银河西斜，不再那么光亮。后面两句写昨夜借酒浇愁，到黎明被邻鸡啼醒时，酒尚未全醒，天将要亮了，这意味着将要分别，所以恋人觉夜短而"怕天明"。词的下阕前两句写夜里一对恋人伤离的情景，衣臂上还染有昨夜留下的脂粉，衣襟上则落满了昨夜伤别的泪水，借泪冷写昨夜伤别。最后两句写水边的灯火下已有赶路行人的影子，天空仅有一钩残月和几颗星星，离别的时间又近了。整首词字字句句都在写天色将明、离别在即，从"玉漏"尽、"银潢"横、"邻鸡"鸣、"渐人行""残月""三星"等词可以看出，这对恋人时时刻刻都在关注着时间的流逝，生怕时间过得太快，离别来得太早。

与其他爱情词相比，《鹊桥仙》一词则别具风格，历来为人所注目：

纤云弄巧，飞星传恨，银汉迢迢暗度。金风玉露一相逢，便胜却人间无数。柔情似水，佳期如梦，忍顾鹊桥归路。两情若是久长时，又岂在朝朝暮暮。

这首词歌颂了牛郎、织女真诚不渝的爱情，并以丰富的想象，形象地反映出牛郎织女悲欢离合的复杂心情，全词在无限的悲恨中孕育无限的欢乐，像行云流水般自由舒卷又波澜层出。"金风玉露一相逢，便胜却人间无数""两情若是久长时，又岂在朝朝暮暮"，把追求耳鬓厮磨、朝夕相处的世俗爱情升华到崇高的精神境界，提高了词体的品格。

总之，秦观的词是许多婉约派词人无法比拟的，几百年来，论词者几乎众口一致地认为秦观是"当行本色"的婉约正宗，是词心、词艺最纯正的抒情高手，对后世产生了深远影响。

(二) 南宋的词作

1. 李清照的词作

李清照，号易安居士，济南人。她出身书香门第，早期生活优渥，并受到良好教育,有较高的文学素养。成年后李清照嫁与宰相赵挺之的儿子赵明诚为妻,夫家一门煊赫,赵明诚与李清照又意气相投,因此一直生活得十分幸福。然而后来因为朝廷党争,赵家败落,赵挺之被罢相,赵明诚被捕送下狱,不久罢官。随后,李清照随夫返回乡间,过了十年的乡间生活。然而不久,赵明诚便在复出当官后病死,李清照自此孤身漂泊于杭州、越州(今绍兴)、台州和金华一带,过着流亡难民的生活。大约在绍兴二十六年左右,李清照怀着对死去亲人的绵绵思念和对故土难归的无限失望,悄然辞世。

李清照的词以南渡为界,可以分为前后两个时期。前期,李清照多写自己天真烂漫的少女生活以及夫妻间的爱情,表现的多是闺情,深挚清隽、含蓄秀婉,如《点绛唇》:

> 蹴罢秋千,起来慵整纤纤手。露浓花瘦,薄汗轻衣透。
> 见有人来,袜划金钗溜。和羞走,倚门回首,却把青梅嗅。

这首词塑造了一个活泼顽皮而又情窦初开的少女形象,写出了少女可爱娇羞的情态。上阕形象地描绘了少女刚下秋千,懒洋洋地擦拭着双手,轻衣透出香汗,天真娇憨、活泼妩媚、好奇而又脉脉含情;下阕生动地表现了少女的内心世界,看到人后慌忙穿着袜子就走,滑落了金钗,却又倚门假装嗅青梅,既将少女初恋的情态写得传神入化,又表现出少女对封建礼教束缚的轻视。

后期,在经历了国家的沦亡、民族的屈辱、生灵的涂炭、个人的不幸等一系列变故后,李清照的词也产生了很大的变化,多抒写包含民族矛盾的深刻社会内容,表现国破家亡和个人颠沛流离的不幸遭遇,交织着国破家亡之深悲剧痛,有着一定的社会意义。例如《永遇乐》:

> 落日熔金,暮云合璧,人在何处?染柳烟浓,吹梅笛怨,春意知几许!元宵佳节,融和天气,次第岂无风雨。来相召、香车宝马,谢他酒朋诗侣。
> 中州盛日,闺门多暇,记得偏重三五。铺翠冠儿,捻金雪柳,簇带

争济楚。如今憔悴，风鬟雾鬓，怕见夜间出去。不如向、帘儿底下，听人笑语。

这首词作于词人流落南方之际，词人面对元宵佳节的热闹气氛，不禁愁上心来，充满了流落他乡的孤独寂寞和国破家亡的凄凉感受。词的上阕写节日景物，带着一种凄迷黯淡的色彩；下阕是词人回忆汴京沦陷前和女伴们看灯的情景。全词通过往昔的欢乐对比今日的"憔悴"，透露出词人经过兵火之乱后对现实所怀的深忧，同时也反映了词人在国难当头与那些偏安一隅、一味寻欢作乐的人不同的心理状态，颇受后人好评。

虽然在词的风格上，李清照从南渡前的欢愉平和之调变为南渡后的伤离念乱、忧时怀旧的悲郁之调，但是她坚持词"别是一家"，维持词的婉约谐律、专抒情而不言志的"正宗"传统，并且在保留词体文学"本色"的前提下来深化词情、开拓词境。例如，《声声慢》：

寻寻觅觅，冷冷清清，凄凄惨惨戚戚。乍暖还寒时候，最难将息。三杯两盏淡酒，怎敌他、晚来风急！雁过也，正伤心，却是旧时相识。

满地黄花堆积。憔悴损，如今有谁堪摘？守着窗儿，独自怎生得黑！梧桐更兼细雨，到黄昏、点点滴滴。这次第，怎一个愁字了得！

这首词是李清照南渡以后的一首震动词坛的名作，全词归结到一个"愁"字上，成功地表现了李清照晚年的精神状态，是她晚年生活的缩影。词的上阕从一个人寻觅无着写到酒难浇愁，风送雁声更增加了思乡的惆怅。首句连下十四个叠字，不仅极富音乐美，而且如同一个伤心的人低声倾诉，塑造了一种难以弥散的愁绪。下阕由秋日高空转入自家庭院，园中菊堆满地，从前见菊花，虽人比花瘦，但不失孤芳自赏的潇洒，而今黄花憔悴凋零，则隐含着对自己命运的感慨。表面虽是"欲语还休"，实际却已倾泻无遗，淋漓尽致。全词运用惊人的白描手法，语言朴素清新，接近口语，但却一气贯注，在结构上打破了上下阕的局限，着意渲染愁情，一字一泪，如泣如诉，缠绵哀怨，感人至深。

总体来说，李清照不仅以其细腻而敏锐的艺术触觉书写了大动乱中人们的心灵波动与情绪变化，而且更在很大程度上发展了婉约词的创作，在词的创作中，李清照历摘婉约正宗的前辈诸名家之短而又善于向他们广泛学习，并根据自己的才情和兴趣而表现出明显的偏向性，有意识地吸取李煜、晏几道、秦观的艺术遗产，而使得自己的词表现出一种清新婉约、哀感顽艳的风格，成为婉约词派如况周颐《蕙风词话》所说"笔情近浓至，意境较沉博，下开南宋风气"的承前启后的一家。

2．辛弃疾的词作

辛弃疾既是文人也是武将，统领千军万马、叱咤风云的人生经历，使他的词风格豪迈激昂，雄浑壮阔。他的身世遭遇、创作道路与传统词人不同。他首先是一个抗金战士，他的才华和胸襟不能通过奋战沙场来施展，无奈将被压抑的苦闷悲愤用人们不大看好的"小词"来抒发，也借此表现自己的政治主张。因此，他的词首先让人感觉到的是那种以英雄自许或以英雄许人，决心挽危澜于既倒，切望恢复祖国大好河山的豪情壮志，如《满江红·建康史致道留守席上赋》：

> 鹏翼垂空，笑人世、苍然无物。又还向、九重深处，玉阶山立，袖
> 里珍奇光五色，他年要补天西北。且归来、谈笑护长江，波澄碧。
> 佳丽地，文章伯；金缕唱，红牙拍。看樽前飞下，日边消息，料想
> 宝香黄阁梦，依然画舫青溪笛。待如今、端的约钟山，长相识。

这首词是词人面对危亡残破的江山唱出的壮志凌云的慷慨悲歌，充满着奋发有为的精神。他以这样的"壮词"与同辈的人互相激励，表示勠力同心。史致道即史正志，当时是建康知府并兼江东安抚使、沿江水军制置使、行宫留守等数职在身的方面大臣，而建康是进图中原退保江浙的军事要地，因而其职位非常重要。因此，词人在写赠史正志的词中，一再地劝勉和称扬其"袖里珍奇光五色，他年要补天西北"。这既是对史致道的歌颂，也是自己的理想寄托。

又如《水龙吟·为韩南涧尚书寿甲辰岁》：

渡江天马南来。几人真是经纶手？长安父老，新亭风景，可怜依旧！夷甫诸人，神州沉陆，几曾回首。算平戎万里，功名本是真儒事，君知否？

况有文章山斗。对桐阴、满庭清昼。当年堕地，而今试看，风云奔走。绿野风烟，平泉草木，东山歌酒。待他年、整顿乾坤事了，为先生寿。

这首词表面上写的是为友人祝寿，实则是通过祝寿时人们对国家大事的纵横议论，对投降派进行强烈的谴责。上阕以东晋比拟南宋，感叹时局，斥责统治集团苟且偷安、祸国殃民的罪行。下阕转入祝寿话题，称颂韩元吉为经世之才，希望他为国建功立业，等到神州光复、国土统一时，再一次为他祝寿，充分表现作者誓清中原、重整乾坤、统一祖国的宏伟抱负。全词慷慨激昂，洋溢着爱国主义激情。

由于南宋最高统治集团偏安一隅，反对抗战，因而辛弃疾的理想始终无法实现。壮志不酬、报国无门的情绪郁结于心中，使他不得不悲愤万端，发出了苍凉忧愤的浩叹，如《水龙吟·登建康赏心亭》：

楚天千里清秋，水随天去秋无际。遥岑远目，献愁供恨，玉簪螺髻。落日楼头，断鸿声里，江南游子。把吴钩看了，栏杆拍遍，无人会，登临意。

休说鲈鱼堪脍，尽西风、季鹰归来？求田问舍，怕应羞见，刘郎才气。可惜流年，忧愁风雨，树犹如此。倩何人，唤取红巾翠袖，揾英雄泪。

这首词抒发了词人抗金壮志不能实现，大好年华在"忧愁风雨"中虚度的悲愤心情，同时也抨击了那些一味"求田问舍"、对国事毫不关心、醉生梦死的主和派人物。上阕写词人登高望远，触景生情，委婉含蓄地抒发了自己的远大抱负和壮志难酬的苦闷与悲恨："把吴钩看了，栏干拍遍，无人会，登临意。"下阕词人直抒胸臆，进一步阐明自己坚定的人生信念："休说鲈鱼堪脍，尽西风，季鹰归来？"不要说家乡的鲈鱼切碎煮熟是何等的味美，眼下秋风吹遍大地，我们这些滞留他乡的张季鹰什么时候才能回到故乡！言外之意不实现理想羞见乡亲父老。词尾"倩何人，唤取盈盈翠袖，揾英雄泪"正是岳飞那种"欲将心事赴瑶琴，知音少，弦断有谁听？"的孤独感、悲慨意。

值得注意的是，辛弃疾的词大多为具有豪放色彩的词作，但也有部分词作带有明显的婉约色彩，简言之，即他既钟情于雄奇刚健之美，又能融平淡自然与婉约妩媚之美，如《青玉案·元夕》：

> 东风夜放花千树，更吹落，星如雨。宝马雕车香满路，凤箫声动，玉壶光转，一夜鱼龙舞。
> 蛾儿雪柳黄金缕，笑语盈盈暗香去。众里寻他千百度，蓦然回首，那人却在，灯火阑珊处。

这是一首写上元灯节的词，上阕除了渲染一片热闹的盛况外，似乎没有什么独特之处。作者把火树写成与固定的灯彩，把"星雨"写成流动的烟火。然后写车马、鼓乐、灯月交辉的人间仙境，写那民间艺人们载歌载舞、"社火"百戏的繁华热闹景象。下阕纵然有惹人眼花缭乱的一队队的丽人群女，词人都只为了寻觅那一个意中之人。"众里寻他千百度，蓦然回首，那人却在，灯火阑珊处。"说明了多少时光的苦心痴意，前后呼应，可谓笔墨之细，文心之苦。后世很多人认为辛弃疾一向"豪放"，不过是一个粗人壮士之流，怎有这样的婉约柔媚之词？非也，这首词作从极力渲染元宵节绚丽多彩的热闹场面入手，词人无意于观灯之夜，欲与意中人密约会晤，久望不至，猛见那人却在"灯火阑珊处"。词尾借"那人"的孤高自赏，反衬出一个孤高淡泊、超群拔俗、不同于金翠脂粉的形象，表明作者政治失意后，不肯同流合污的高洁品格。全词构思新颖，语言工巧之致，曲折含蓄之极，余味不尽。

总体来说，辛弃疾的词"慷慨纵横，有不可一世之慨，于倚声家为变调，而异军特起，于剪红刻翠之外，屹然别立一家，迄今不废"（《四库全书总目提要》）。

3. 陆游的词作

陆游作为南宋最伟大的爱国诗人，在词坛上也占有不可忽视的地位，并且留下了许多脍炙人口的佳篇。他的词以抒情言志为主导，表现豪壮与悲慨交织的情感主题，使他成为稼轩词派的中坚力量。总体来看，陆游词作数量不仅多，而且题材也十分广泛，有壮怀与不遇、羁旅行役、归隐、交游酬唱、送别离情、恋情、友情、写景抒怀、乡情、咏物等多方面内容。其中，从军、抗敌爱国、忧民的主题占主导地位。

就从军主题而言，陆游唯一的一次军事前线生活是在川陕宣抚的王炎邀请到幕府襄理公务。南郑是当时的抗金前线，王炎亦是抗金的重要人物，主宾意气相投。军中的生活使得词人一变夔州时的沉闷颓唐而为积极进取、发扬蹈厉。乾道八年，陆游在南郑作《秋波媚·七月十六日晚登高兴亭望长安南山》：

秋到边城角声哀，烽火照高台。悲歌击筑，凭高酹酒，此兴悠哉。
多情谁似南山月，特地暮云开。灞桥烟柳，曲江池馆，应待人来。

开篇二句描绘抗战前线的秋色与紧张的战斗气氛，哀怨的号角声与烽火的光焰渲染出一幅前线的雄浑画面，此为词作的背景。接着三句中的几个动词展示出作者热爱祖国而又无比乐观的襟怀。"悲歌击筑"用荆轲刺秦王的故事，表抗战取胜的决心，"凭高酹酒"预祝收复长安。"此兴悠哉"则直白地抒发了自己的壮志豪情。"多情谁似南山月，特地暮云开"二句，以拟人的手法，移情于景，犹如"守得云开见月明"的惊喜。"灞桥烟柳，曲江池馆，应待人来"，词人觉得无数亭台楼馆都一齐敞开大门，正期待南宋军队的凯旋。这首词以形象的笔墨和饱满的感情，用"明月""暮云""烟柳""池馆"等这样的意象描绘期待宋军收复失地、胜利归来的情景，具有明显的浪漫主义情调和乐观主义精神。词中大胆的想象、拟人化的手法增添了这首词的韵味。

就抗敌爱国主题而言，陆游一直力主抗战，曾许下"上马击狂胡，下马草军书"(《观大散关图有感》)自期的具有英雄抱负的人生志向，这一志向也反映在他的词作中，如"汉宫春""箭箭雕弓""谢池春""壮岁从戎""诉衷情""当年万里觅封侯""夜游宫"等，都是着一片报国热忱的雄健之作，如《夜游宫·记梦寄师伯浑》：

　　雪晓清笳乱起。梦游处、不知何地。铁骑无声望似水。想关河，雁
门西，青海际。

　　睡觉寒灯里。漏声断、月斜窗纸。自许封侯在万里。有谁知，鬓虽残，
心未死。

　　这是一首借梦境抒爱国激情的词作。上阕从作者的生活实感出发，用雪、笳
意象突出了边塞风光特色，也渲染了战争氛围。接着用"想"字眼推测梦境的地
方到了雁门、青海西北一带。这些地方都是南宋当时重要的西北边防重地，如今
却被异族占领了。表达词人收复失地的强烈愿望。下阕的"寒灯""漏声断""月
斜"，写出了环境的冷清凄凉，衬托出作者坚持收复山河而不被理解甚至遭到打击
的凄苦悲凉心境。"自许封侯在万里"，即便如此，词人仍然坚定地许下诺言，信
念如此执着。"有谁知，鬓虽残，心未死！"人老而心不死，从南郑前线到后方，
始终不忘抗金事业。"有谁知"三个字，另一方面也表现了作者对朝廷排斥爱国者
行径的愤怒谴责，还有让人体味到壮志未酬、理想落空的伤感之情。上下阕梦境
和实感有机地融为一体，一气呵成。

　　就忧民主题而言，陆游以词来抒写其忧国忧民的满腔悲愤，而且把当时的社
会现实真切地反映到作品之中，如《鹧鸪天·送叶梦锡》：

　　家住东吴近帝乡，平生豪举少年场。十千沽酒青楼上，百万呼卢锦瑟傍。
　　身易老，恨难忘，尊前赢得是凄凉。君归为报京华旧，一事无成两鬓霜。

　　词人回忆少年时的生活，"平生豪举少年场。十千沽酒青楼上，百万呼卢锦瑟
傍。"可谓放纵不羁，豪气充溢，可是年华渐老，一事无成，全是凄凉，少年壮志
如今只换得两鬓白发。

　　再如《水调歌头·多景楼》：

　　江左占形胜，最数古徐州。连山如画，佳处缥缈著危楼。鼓角临风
悲壮，烽火连空明灭，往事忆孙刘。千里曜戈甲，万灶宿貔貅。

露沾草，风落木，岁方秋。使君宏放，谈笑洗尽古今愁。不见襄阳
登览，磨灭游人无数，遗恨黯难收。叔子独千载，名与汉江流。

这首词上阕追忆历史人物，下阕写今日登临所怀，全词发出了吊古伤今的
感慨之情。词人登高极目，观察长江下游一带形势，"鼓角临风悲壮，烽火连空
明灭，往事忆孙刘"，追忆当年孙刘共破强曹、建功立业的往事，认识到这里对
战争具有极其重要的战略价值，对抗金复国十分有利。而自隆兴和议之后，南
宋统治者放弃北伐努力，只顾防守，不愿积极进攻。于是词人发出"遗恨黯难
收"的慨叹。"露沾草，风落木，岁方秋"，悲凉肃杀，与上一层的滚滚长江、
莽莽群山互相衬托，江山人物，相得益彰。这样，激起人图强自振的勇气，黄
戈跃马豪情。"不见襄阳登览""遗恨黯难收"化用"襄阳遗恨"典故，出自西
晋大将羊祜(字点子)镇守襄阳，登临兴悲故事，即是指羊祜志在灭吴而在生时未
能亲手克敌完成此大业的遗恨词。用以古况今，前三句抒发自己壮志难酬，抑
压不平的心情。另外，词人希望自己能像羊祜那样，为渡江北伐做好部署，建
万世之奇勋，名垂历史。

另外，陆游的词作中较为著名的还有婉约词和咏物词。婉约词的代表作为《钗
头凤》[①]：

红酥手，黄藤酒，满城春色宫墙柳。东风恶，欢情薄。一怀愁绪，
几年离索。错！错！错！

春如旧，人空瘦，泪痕红浥鲛绡透。桃花落，闲池阁。山盟虽在，
锦书难托。莫！莫！莫！

这首词感情深沉浓烈，格调凄艳哀婉，结尾的"莫！莫！莫！"可见词人无可

---

① 关于陆游写这阕词的背景故事，宋人周密《齐东野语》卷一、陈鹄《耆旧续闻》卷十、刘克
庄《后村诗话》后集卷二均有记载，故事大体是这样：陆游原娶舅父唐闳之女唐婉，两人相亲
相爱，伉俪情深。可是陆游的母亲却不喜欢自己的儿媳，终于迫使他们离了婚。不久，唐婉改
嫁同郡宗室赵士程，陆游也由父母包办另娶王氏。陆游31岁时在一次春游中，与唐婉相遇于
禹迹寺南之沈园。唐婉征得赵某同意后，遣人给陆游送去酒肴。陆游感念旧情，"怅然久之"，
就在沈园壁上题下了这阕《钗头凤》。

奈何的悲痛绝望之情，堪称一阕别开生面、催人泪下之爱情杰作。

咏物词的代表作为《卜算子·咏梅》：

> 驿外断桥边，寂寞开无主。已是黄昏独自愁，更著风和雨。
>
> 无意苦争春，一任群芳妒。零落成泥碾作尘，只有香如故。

寂寞无主、黄昏日落、风雨交侵等凄惨境遇正是词人遭际的再现，"零落成泥碾作尘，只有香如故"，从"碾"字，显示出摧残者的无情，被摧残者的凄惨境遇。梅花被摧残、被践踏而化作灰尘，却仍然"香如故"，不屈服于寂寞无主、风雨交侵的威胁。梅花坚贞的品格和顽强的精神正是词人不屈不挠的写照。在《月上海棠》中，词人咏的是蜀王旧苑的梅花，抒发的是自己的家国兴亡之感。还有《望梅》写怀寄慨等，陆游的这些咏物词描绘刚正不阿、忧国忧民的抒情主人公形象，也正是他所追求的。

总体来说，陆游的词作所抒发的感情，融合了报国的渴望、壮怀未伸的郁闷、乐观的豪情、啸傲山林的旷达，对爱情的追求与执着，展现了一位由英雄志士渐变为归隐的落魄文人士的悲剧情怀，使得词人的形象、个性立体化，表现了他独特丰富的精神风貌与人生体验，充实了词的情感世界。

第四节　元代戏曲

一、元代的散曲

(一) 关汉卿的散曲

关汉卿作为"元曲四大家"之首，其散曲格调清新刚劲。他自称"普天下郎君领袖，盖世界浪子班头"。他的著名套数【南吕·一枝花】《不伏老》可视为"浪子"的一篇宣言，其【黄钟尾】曲云：

我是个蒸不烂煮不熟捶不扁炒不爆响珰珰一粒铜豌豆，恁子弟每谁

教你钻入他锄不断斫不下解不开顿不脱慢腾腾千层锦套头。我玩的是梁
园月，饮的是东京酒，赏的是洛阳花，攀的是章台柳。我也会围棋，会
蹴踘，会打围，会插科，会歌舞，会吹弹，会咽作，会吟诗，会双陆。
你便是落了我牙，歪了我口，瘸了我腿，折了我手，天赐与我这几般儿
歹症候。尚兀自不肯休。则除是阎王亲自唤，神鬼自来勾，三魂归地府，
七魄丧冥幽。天那，那其间才不向烟花路儿上走。

此曲重彩浓墨，层层晕染，生动的比喻、泼辣的语言，活现出关汉卿风流倜
傥、桀骜不驯的性格，既集中又夸张地塑造了玩世不恭的"浪子"的形象。同时
我们又可以发现，这一"浪子"的形象体现了对传统文人道德规范的叛逆精神、
任性追求自我的个体生命意识，以及不屈不挠顽强抗争的意志，实际上是对新型
文人人格认同的一种表现。此曲在艺术上也很有特色。曲中一系列短促有力的排
句，节奏铿锵，具有精神抖擞、斩钉截铁的意味。全曲把衬字运用的技巧发挥到
了极致。如首两句，作者在本格七、七句式之外，增加了三十九个衬字，使之成
为散曲中少见的长句。而这些长句，又以有序的三字短句组成，从而给人以长短
结合舒卷自如的感觉，也增强了作品的气势和节奏感。这种浪漫不羁的表现形式，
恰能表达浪漫不羁的内容，以及风流浪子任性随意的品性。

关汉卿散曲创作最多的题材是男女恋情，尤其以刻画女子细腻微妙的心理活
动见长，如【双调·沉醉东风】：

咫尺的天南地北，霎时间月缺花飞，手执著饯行杯，眼搁着别离泪。
刚道得声"保重将息"，痛煞煞教人舍不得。好去者，望前程万里。

此曲对男女离别的场面进行了细致的刻画，可与柳词相垺。但柳词以含蓄蕴
藉见长，关曲于含蓄中得真率直白之味。

(二) 白朴的散曲

白朴的散曲创作，或写归隐的志趣，或写男女的恋情。今存小令三十七首，
套数四篇。其散曲作品常以表面的放旷超脱，来表达内心的抑郁和牢骚，具有浓

郁的文人趣味，如以下四首【中吕·阳春曲】《知幾》：

知荣知辱牢缄口，谁是谁非暗点头。诗书丛里且淹留。闲袖手，贫煞也风流。
今朝有酒今朝醉，且尽樽前有限杯。回头沧海又尘飞。日月疾，白发故人稀。
不因酒困因诗困，常被吟魂恼醉魂。四时风月一闲身。无用人，诗酒乐天真。
张良辞汉全身计，范蠡归湖远害机。乐山乐水总相宜。君细推，今古几人知。

这几首小令描写了宦途的险恶，社会的黑暗以及人生的无奈，生命的短暂，由此抒发了作者无可奈何而又深切感悟、看透世事而又眷恋人生的避世情怀。

白朴抒写男女之情的散曲，感情真挚而热烈，展现恋爱自由的主题，反对家长的束缚以及封建思想的禁锢，如【中吕·阳春曲】《题情》：

从来好事天生俭，自古瓜儿苦后甜。奶娘催逼紧拘钳，甚是严，越间阻越情忺。

实际上，白朴散曲最多的是叹世归隐之作，如【双调·沉醉东风】《渔父》：

黄芦岸白蘋渡口，绿杨堤红蓼滩头。虽无刎颈交，却有忘机友，点秋江白鹭沙鸥。傲煞人间万户侯，不识字烟波钓叟。

此曲通过描写主人公秋江上和鸥鹭相与忘机的渔父生涯，表明了作者对现实功名的否定，向往遁世隐退的生活。然而表面的潇洒脱略并不能完全掩盖作者心中的悲愤，"不识字"三字即透出个中消息。强调渔父的不识字可以无忧无虑、傲视王侯，由此表现了文人对现实生活的反感。

(三) 马致远的散曲

马致远在元代梨园声名很大，有"曲状元"之称，是元代创作最丰富的散曲作家之一。他既是当时名士，又从事杂剧、散曲创作，亦雅亦俗，受到时人的赞扬。散曲作品被辑为《东篱乐府》传世。今存小令一百一十五首，套数二十二篇。元代传统文人积极进取与超脱放旷重叠交织的悲剧性人格，在马致远的散曲创作中表现得最为鲜明突出。

马致远早年热衷于功名，但仕途坎坷，长期抑郁不得志，心中郁结的愤懑不平之气充溢于他散曲的字里行间。他运用散曲的形式，把人生的失意与惆怅描摹得淋漓尽致，如其著名套数《秋思》中的尾曲【离亭宴煞】：

> 蛩吟罢一觉才宁贴，鸡鸣时万事无休歇，争名利何年是彻？看密匝匝蚁排兵，乱纷纷蜂酿蜜，急攘攘蝇争血。裴公绿野堂，陶令白莲社。爱秋来那些？和露摘黄花，带霜烹紫蟹，煮酒烧红叶。想人生有限杯，浑几个重阳节。人问我顽童记者：便北海探吾来，道东篱醉了也。

这里描绘了奔波名利和陶情山水两种人生境界，名利场中的污浊丑陋与田园的高雅旷达，形成鲜明的对比。作者坚定地陶情于山水，表明其在思考中对现实的彻底否定，但在表面的洒脱旷达之下仍然充溢着愤世嫉俗的深沉感情。此曲语言爽朗流畅，气势挥洒淋漓。类似的还如名句："夜来西风里，九天雕鹗飞，困煞中原一布衣。悲，故人知未知？登楼意，恨无上天梯！"（【南吕·金字经】）"叹寒儒，谩读书，读书须索题桥柱，题柱虽乘驷马车，乘车谁买《长门赋》，且看了长安回去。"（【双调·拨不断】）这里表面上看是抒发英雄失路之悲，壮志未酬之叹，更深层的意蕴则是发泄传统价值在现实中无法实现的悲愤。

马致远的散曲带有更多的传统文人气息。他的套数擅长把透辟的哲理、深沉的意境、奔放的情感融为一体，语言放逸宏丽而不离本色，对仗则工稳妥帖，被视为元散曲豪放派的代表作家。他的小令写得俊逸疏宕，别具情致，如脍炙人口的【天净沙】《秋思》：

> 枯藤老树昏鸦，小桥流水人家，古道西风瘦马。夕阳西下，断肠人在天涯。

此曲仅用二十八字就描绘了一幅秋野夕照图，特别是首三句不以动词作中介，而连用九个名词勾绘出九组剪影，交相叠映，创造出苍凉萧瑟的意境，映衬出羁旅天涯茫然无依的孤独与彷徨。全曲景中含情，情自景生，情景交融，隽永含蕴。

二、元代的南戏

（一）高明的《琵琶记》

1. 高明的生平

高明，字则诚，号菜根道人，浙江瑞安人，出身书香门第，自小受到很好的教育。高明工诗文，善书法，尤其擅长词曲，是一位理学家。至正五年，高明41岁时中了进士，走上仕途。他为人耿直，为官清廉，平时以名节自励，不肯随波逐流，因此数次触忤权贵，最后终于拂衣归田。《琵琶记》是他晚年归隐以后的作品。他另外还有诗文六十多篇流传后世。

2.《琵琶记》分析

《琵琶记》的主角是东汉末年的大文豪蔡伯喈，但是，剧中的故事和历史上的蔡伯喈并没有联系。《琵琶记》是在南宋时期的戏文《赵贞女蔡二郎》的基础上改编而成的。在《赵贞女蔡二郎》中，蔡伯喈是一个反面人物，他抛弃双亲，抛弃发妻，最后被雷击死。高明的《琵琶记》突出了蔡伯喈的"三不从"：辞试，辞官，辞婚。即是说，蔡伯喈因双亲年老，不肯赴试，但父亲坚决要他应举，以荣宗耀祖，指责他恋妻不去，他不得已而告别父母及新婚的妻子，赴京应试；考中状元以后，他又因双亲年老而上表辞官，以回乡侍奉双亲；牛丞相要招他为婿，他辞以已娶妻室。结婚以后，他愁眉不展，终日长吁短叹。这样，从《赵贞女蔡二郎》到《琵琶记》，主人公蔡伯喈从"背亲弃妇""身遭雷殛"的负心汉，变成"全忠全孝"、软弱动摇的"违心郎"。

蔡伯喈这个形象具有很强的代表性。"三不从"说明他并非热衷功名而背信弃义的文人，但是，他的性格非常软弱，他受外界的摆布，丧失了自己的立场。蔡伯喈的形象，所谓"毕竟是文章误我，我误爹娘""文章误我，我误妻房"，注入了高明自己对生活的体验。蔡伯喈对仕宦的厌恶，对天伦之乐、田园之乐的向往，具有典型性。作品将悲剧归结于赴试求官，功名与孝道难以两全。牵挂父母妻儿，却又放不下功名富贵。入赘相府的时候，他也曾产生"喜书中今日，有女如玉"

的喜悦，可是，他又未曾忘却妻子。委曲求全，优柔寡断，不敢直面现实，空有教条，迂腐窝囊，缺乏行动的能力，不能适应变化的局面。这是受儒家思想熏染的书生常有的性格。作者偏袒蔡伯喈，千方百计地为他开脱，反而削弱了情节的真实性。作者主观上要塑造一个全忠全孝的知识分子形象，但是，这一形象的软弱、动摇、自私，还是充分地表现在情节之中。

赵五娘是苦难的化身。全剧最动人的地方是对赵五娘命运的描写。她并不羡慕荣华富贵的生活，不赞成丈夫去应试。她的愿望只是"偕老夫妻，长侍奉暮年姑舅"。她想出面劝阻，又怕落下"不贤"的罪名。丈夫去后，时值荒年，公公婆婆年迈老朽，一家人的生活重担全部压在她的身上。她是贤惠的妻子，但也是无奈的。领了一点救济粮，却又被里正抢走。自己吃糠，把米留给婆婆吃，却又遭到婆婆的误解。她恪守礼教，不敢与婆婆争执分辩。她纵有怨气，也只能忍气吞声。公公婆婆相继去世以后，因无钱埋葬，赵五娘剪发，沿街叫卖，自筑坟台。最后，她画下公公婆婆的遗容，一路弹奏琵琶，进京寻夫。赵五娘有遵守三从四德、恪守封建道德的一面，也有勇于牺牲自我、坚忍不拔、承担苦难的一面。赵五娘的悲惨遭遇和行为，并非一个"孝"字所能概括。十分勉强的团圆结局，影响了作品的真实性。

蔡父的形象也有相当大的深度。他开始是强迫儿子去应试，目的是光宗耀祖，这种想法符合封建正统思想的价值追求。儿子走后，陈留遭到罕见的饥荒，蔡婆饿死，蔡公也奄奄一息。此时此刻，蔡公终于产生了忏悔的认识。蔡伯喈虽然中了状元，但换来的是家破人亡的结局。蔡公的忏悔深化了作品对科举的批判。牛氏的形象非常概念化，作为相国的小姐，她居然能甘居五娘之下。三人一起回乡守孝的大团圆结局，显得非常生硬做作。《琵琶记》的内在矛盾反映了作者世界观、人生观的内在矛盾，反映了儒家伦理的虚伪。

《琵琶记》共四十二出，结构宏伟，构思精巧。蔡伯喈和赵五娘两条线索，错综交叉，使得情节波澜起伏。京都和陈留两地生活场景进行着反复强烈的对比，一边是状元及第，杏园春宴，说不尽的荣华富贵；一边是饥荒时节，食不果腹，公婆年老，朝不保夕。一边是洞房花烛，新婚宴尔，烛影摇红，瑞烟浮动；一边是糟糠自厌，难以下咽，婆婆身亡，公公垂危。蔡伯喈一步步走向荣华富贵，锦上添花；赵五娘则是水深火热，几乎陷于绝境。一边是万紫千红，灯红酒绿；一边是在家苦熬苦盼，受尽煎熬。以贫衬富，以喜衬悲，大大加强了观众对赵五娘的同情，赵五娘的行为感人肺腑。

《琵琶记》的语言非常出色。写蔡伯喈的语言春光无限，用词华丽；写赵五娘的语言悲惨凄凉，用语本色。赵五娘吃糠时所唱的《孝顺歌》，触物伤情，唱出女主人公说不尽的感慨。糠和米本是一体，现在两下分飞，分出了贵贱，远隔云泥。比喻通俗而贴切，具有很强的艺术感染力。

（二）"荆、刘、拜、杀"

《琵琶记》和"荆、刘、拜、杀"是南戏的代表作，所谓"荆、刘、拜、杀"，指的是《荆钗记》《白兔记》（《刘知远》）《拜月亭》《杀狗记》四大南戏。其中又以《拜月亭》的成就最高，影响最大。明末著名的戏剧理论家王骥德在《曲律》一书中说："古戏如'荆、刘、拜、杀'等，传之凡二三百年，至今不废。"明末的张岱在《陶庵梦忆》中说，士大夫家的戏班去参加民间庙会的演出，扮演的常常是"荆、刘、拜、杀"中的散出。百姓非常熟悉这些戏，不允许演员有一字错漏。

《荆钗记》，《南词叙录》归入"宋元旧篇"，标名《王十朋荆钗记》。一般认为是元人柯丹丘所作，共四十八出（《六十种曲》本）。演王十朋和钱玉莲悲欢离合的故事。温州王十朋，乡试中举。家境贫寒，以荆钗为聘，娶钱玉莲为妻。王十朋进京应试，得中状元。万俟丞相欲招十朋为婿，十朋以有妻拒绝。万俟怀恨在心，将十朋拘留听候，不得回乡。十朋托人捎信，接取家眷来京，一同赴任。早就垂涎玉莲的孙汝权，篡改王十朋的家书，将其改作休书，伪称十朋已经入赘相府，并向玉莲求婚。玉莲不信十朋重婚，但在继母的逼迫之下，万般无奈，投江自尽。谁知被福建安抚钱载和救起，认作义女。后来，万俟势败，王十朋升任吉安知府。他谢绝了钱载和的招婿美意。而玉莲也誓不再嫁。钱安抚设宴，出示荆钗，十朋认钗，于是夫妻始得团圆。与一般写"痴心女子负心汉"的戏不同，

《荆钗记》写的是富贵而不忘糟糠之妻的故事。全剧以荆钗为线索，构思缜密，结构紧凑，历来受人推崇。

《刘知远》，又名《白兔记》，作者不详。《南词叙录》归入"宋元旧篇"，标名《刘知远白兔记》。故事来源很早，刘知远是五代后汉高祖。在宋代的《五代史平话》中，刘知远的故事已经成形。金有《刘知远诸宫调》，从现存的残文来看，情节已经相当细致，可以想象故事在民间流行的情况。这部南戏写的是刘知远和李三娘悲欢离合的故事。刘知远自幼随母改嫁，赌博饮酒，不务正业。他为财主李文奎牧马，表现出日后大富大贵的祥瑞，李文奎因此招他为婿。李文奎死后，刘知远受到兄嫂李洪一夫妇的欺压，不得已而弃家从军。并州节度使岳勋知刘知远有异兆，便把女儿秀英嫁给他。后来因军功升为九州安抚使。他的妻子李三娘在家受尽兄嫂的虐待。李洪一想出各种办法来折磨她，专门为她造了一对橄榄形的两头尖的水桶，使她在挑水路上无法休息；造一座五尺五寸的磨坊，使她在磨坊里无法抬头，无法转身。李三娘在磨坊生下儿子"咬脐郎"，由文奎家火公送到刘知远那里。十六年以后，咬脐郎成为一个英俊的小将。一次出猎，因为追赶一只白兔，巧遇生母李三娘。咬脐郎回家以后，对父亲进行了诘问，促成合家团圆。刘知远欲处死洪一夫妇以报仇，经三娘等说情宽恕了李洪一，而将其妻子处死。全剧结构细密，李三娘的形象塑造，颇为成功。"荆、刘、拜、杀"四大南戏中，《白兔记》最具民间艺术的特色。李三娘受尽虐待的一节，描写得颇为动人，我们可以从中感受到封建家庭内部的人情冷暖、世态炎凉。刘知远其实是一个流氓气息十分浓厚的无赖，作品把他的发迹归结为天命，自然是不足道的。

南戏《拜月亭》据关汉卿的杂剧《闺怨佳人拜月亭》改编，又名《幽闺记》。《南词叙录》题作《蒋世隆拜月亭》。据说作者是元人施惠。剧本写了金朝末年，战乱之中两个离散的家庭，一个是蒋世隆、蒋瑞莲兄妹，一个是兵部尚书王镇夫妇和女儿瑞兰。金主昏庸无道，听信谗言，杀害了主战的大臣陀满海牙全家。海牙的儿子兴福得到秀才蒋世隆的搭救，才得以幸免，二人结为兄弟。兴福做了山寨之主。蒙军进攻中都(今北京)，王瑞兰与母亲失散，邂逅蒋世隆，两人结为患难夫妻。世隆的妹妹和哥哥失散以后，被王镇的夫人认作义女。王镇和番归来，在招商店巧遇女儿瑞兰。当时世隆得了重病，而王镇嫌贫爱富，不认蒋世隆为女婿，不顾世隆正在病中，竟蛮横地把瑞兰带走，将世隆夫妻强行拆散。在孟津驿又遇到夫人及义女瑞莲，遂一同回到汴京。此时兴福进京参加武举考试，路上遇到刚刚病愈的蒋世隆，二人遂结伴同行，赴京应试。瑞兰日夜思念世隆，在庭中焚香，祝福世隆康复、夫妻团圆。瑞莲暗中窃听，方知自己和瑞兰是姑嫂。不久，世隆考中文科状元，兴福中了武科状元。王镇想把两个女儿许配文武状元。瑞兰和瑞莲不知对方是谁，于是拒绝了婚事。王镇设宴招待两位状元，兄妹相认，夫妻重逢，世隆和瑞兰这对患难夫妻终于团圆，瑞莲和兴福也喜结良缘。这是兵荒马乱中的才子佳人爱情故事。蒋世隆、王瑞兰在患难中邂逅，相互救助，彼此相爱，自主成亲。他们有感情基础，不同于一般才子佳人的一见钟情。而在招商店的一幕，将王镇的嫌贫爱富、暴虐冷酷、忘恩负义表现得淋漓尽致。王瑞兰的思想性格，有情而并不轻浮，富贵而并不势利，显出热烈中的冷静，泼辣中的矜持。同时全剧又充满喜剧色彩，"姐姐"原是嫂子，"妹妹"却是小姑。女主角性格的自然发展，曲词对人物心理进行了细致刻画，情节出人意料而又在情理之中等，均为《拜月亭》的为人称道之处。瑞兰作为一个千金小姐，战乱之中，转身变成一个无助的孤女。遇到了蒋世隆，看来暂时是个依靠。蒋世隆说男女同行诸多不便，她不得已同意，有人问的时候，就说是夫妻。但是，到了招商店，当蒋世隆提出要和她结为真夫妻的时候，她不想轻易地答应并说日后以金银、高官作为报答，但世隆不同意。她又提出见了父亲以后，再"教个媒人说合成亲"。最后经店主人说合，蒋世隆对天盟誓以后，瑞兰才同意婚事。被父亲强行拆散以后，她无时无刻不在思念自己的丈夫，"是愁都做枕边泪""万愁千恨叹离人"。拜月的时候，她的第一炷香就是"我抛闪下男儿疾效些，得再睹同欢同悦"。父亲奉旨，要把她嫁给新科状元，被她一口回绝："孩儿已有丈夫，不敢从命！"充分表现出她对爱情的执着。与王瑞兰的形象相比，蒋世隆的形象是有缺陷的，他第一次遇到王瑞兰的时候，心中产生了捡便宜的想法。提出结婚的要求，也不无乘人之危的嫌疑。但是，他高中状元以后，没有富贵易妻另结鸾俦，还是有情有义的。圣旨要他娶尚书的女儿，被他坚决拒绝。当时他不知道尚书的女儿就是王瑞兰。

《杀狗记》，作者相传是元末的徐畛。《南词叙录》将其归入"宋元旧篇"，标名"杀狗劝夫"。全剧三十六出，写的是孙华的妻子杨月真杀狗劝夫的故事。东京人孙华、孙荣兄弟，父母双亡，家道富足。在无赖柳龙卿、胡子传的挑拨下，孙华、孙荣兄弟关系破裂。为了规劝夫婿，孙华的妻子杨月真杀死一只黄狗，冒充死尸，放在后门。孙华醉酒回家，见到死狗，误认作死人，去请柳、胡二人帮忙，想抬到僻静处偷偷掩埋。谁知柳、胡二人都托病不出。在杨氏的建议之下，孙华去找孙荣帮忙，孙荣慨然答应，负尸掩埋。孙华把家业交给孙荣掌管，并与柳、胡绝交。柳、胡以怨报德，状告孙华杀人、孙荣埋尸。孙华兄弟争相认罪。最后杨氏赶到公堂说破原委，于是真相大白。柳、胡被杖责充军，孙华兄弟及杨月真旌表封赠。《杀狗记》意在宣扬封建的伦理道德，孙荣就是一个孝悌的榜样，其逆来顺受、以德报怨，达到没有是非的地步。但是，这部作品在客观上揭示了封建家庭内部骨肉相残的冷酷。此剧结构比较松散，成就不如前面三剧。

第五节　明 清 小 说

一、明代小说

(一)　《三国演义》

《三国演义》是中国文学史上历史演义小说的开山之作，自《三国演义》出现之后，历史演义小说如雨后春笋般不断问世，并形成了中国古代小说中的一个独特类型。

从目前的资料来看，《三国演义》的作者是罗贯中。关于罗贯中的生平事迹，受资料所限，我们能够了解的并不多。关于罗贯中的生卒年，目前尚无确论，只能根据《录鬼簿续编》推测其生活在元末明初，约在1315—1385年间。关于他的籍贯，明人朗瑛的《七修类稿》、田汝成的《西湖游览志余》、王圻的《续文献通考》认为是钱塘(今杭州)，明嘉靖本《三国志通俗演义序》中有"东原罗贯中"字样，其他的明刊本中多次出现"东原罗贯中编次""东原贯中罗道本编次""东原贯中罗本编次"等字样,因而有些人认为罗贯中的籍贯是东原(今山东东平),另据由元入明的贾仲明在《录鬼簿续编》中的记载"罗贯中,太原人,号湖海散人,与人寡合。乐府隐语,极为清新。与余为忘年交,遭时多故,天各一方,至正甲辰复合。别后又六十余年,竟不知其所终",有些人认为罗贯中的籍贯是太原(今山西太原)。由于贾仲明与罗贯中是朋友,因此罗贯中的籍贯为太原较为可信。在明人王圻的《稗史汇编》中,有一则材料称罗贯中"有志图王",明人胡应麟在他的《少室山房笔丛》中说罗贯中是施耐庵的"门人",清人顾苓《跋水浒图》等说他"客霸府张士诚",由于缺乏其他资料的佐证,关于罗贯中"有志图王""客霸府张士诚"的说法还有待于进一步考证。

《三国演义》的艺术成就是十分突出的,这主要表现在以下几方面。

1.结构方面

《三国演义》主要是围绕战争和统一而展开的一系列战争谋略的事件。整本小说以曹、刘双方的矛盾斗争为主线,或详或略,或实或虚,在完整统一的结构中各个环节各个情节又相互联系相互依存。例如,在描写吴蜀彝陵之战时,占有主动地位的一方是刘备,小说对刘备一方进行全力而详尽的描写,对东吴一方则一笔带过。陆逊任帅后,双方进入了相持阶段,描写的笔墨大体相当,而后随着战势的转变,对于战役中的最后胜利者东吴的描写由少转多,这样,整个战争的发展形势就表现得很清楚了。

2.叙事方面

《三国演义》中对史实的叙述采用了实录的方式。例如在第三十七回中,以刘备的言行为线索将各个事件贯穿起来,情节紧凑有致。

另外,《三国演义》采用的是编辑型全知叙事视角,叙事的角度是多变的,如第五回"破关兵三英战吕布"中的一段,叙述者以旁观者的身份描写了"三英战吕布"的情况。公孙瓒败走,吕布纵马赶来,"看着赶上"是从众人的视角来看。"那马日行千里,飞走如风"则是叙述者的口吻。"吕布见了"是从吕布的视角来看,"云长见了"是从关羽的视角来看。刘备前来助阵,"八路人马都看得呆了"

则是从众军士眼中来看。吕布招架不住，"看着玄德面上，虚刺一戟"是从吕布眼中来看。"三个那里肯舍，拍马赶来"则又回到了叙述者的角度。叙事视角在这一段短短的文字中一再变化，这些不断变化的叙事视角让整个场面具有了画面感，加深了读者的印象。

3．人物塑造方面

全书总共写了一千二百多个人物，其中有名有姓的将近一千人，给人印象深刻者达百余人，堪称古代小说中写人物最多的巨著。其中最为成功的有诸葛亮、曹操、关羽、刘备、张飞、周瑜等人。在这里我们重点分析诸葛亮和曹操。

诸葛亮在全书处于中心位置，书中的一切人物，包括曹操、刘备、孙权、周瑜、鲁肃、司马懿，均成为诸葛亮的陪衬。从初出茅庐到五丈原死于军旅，在数十年辅佐刘氏两代君主的漫长生涯中，他碰到过不少杰出对手，但这些人统统败于他超人的智慧之下。为了突出诸葛亮的智谋，小说描写了与之相关的一系列事件，如三气周瑜、舌战群儒、借东风、空城计等，都表现出了诸葛亮的过人胆略。诸葛亮在深切地掌握敌方心理特点的情势下，巧妙地使用了骄兵计、疑兵计、伏兵计、反间计等，把敌人搞得晕头转向；在对周瑜和孙吴方面，他采取了既团结又斗争的方针，随机应变、趋利避害，最终使蜀汉拥有了自己的立足之地。尽管诸葛亮拥有绝世的智谋，料事如神，功勋卓著，但他依然严于律己，并不心高气傲，比任何人都小心谨慎，而且忠贞不贰。从第九十回到第一百零四回，小说用了整整十四回写诸葛亮六出祁山，北伐中原的事迹，集中塑造了诸葛亮鞠躬尽瘁、死而后已的忠臣形象。虽然受制于小说明显的思想倾向，诸葛亮过于完美，违背了生活的真实和艺术的真实相统一的审美原则，但他仍以横绝一世的才智，丰富的政治斗争和军事斗争经验，以及对蜀汉的忠心，成为《三国演义》乃至中国文学史上一个具有特殊人格魅力的人物。

《三国演义》塑造得最丰满、最成功的是曹操形象。小说的第一回中"治世之能臣，乱世之奸雄"这两句话，成为小说描写曹操的一个纲。在对曹操的"奸"进行刻画时，通过吕伯奢一家被杀的时间突出了曹操的性格。当时，曹操刺杀董卓未遂，与陈宫逃到其父故交吕伯奢家中：

> 操与宫坐久，忽闻庄后有磨刀之声……二人潜步入草堂后，但闻人语曰："缚而杀之，何如？"操曰："是矣！今若不先下手，必遭擒获。"遂与宫拔剑直入，不问男女，皆杀之，一连杀死八口。搜自厨下，却见缚一猪欲杀。宫曰："孟德心多，误杀好人矣！"急出庄上马而行。行不到二里，只见伯奢驴前鞍悬酒二瓶，手携果菜而来……行不数步，(曹操)忽拔剑复回，叫伯奢曰："此来者何人？"伯奢回头看时，操挥剑砍伯奢于驴下。宫大惊曰："适才误耳，今何为也？"……操曰："宁教我负天下人，休教天下人负我。"

"宁教我负天下人，休教天下人负我"呈现出了他奸诈残忍的性格特点。此后，他为父报仇，进攻徐州，所到之处，"尽杀百姓""鸡犬不留"，更是体现出了他的心狠手辣。对待部下，曹操也处处算计，如在与袁绍相持时，日久缺粮，他"借"仓官王垕的头来稳定军心。其他的，如杀杨修、杀神医华佗、割发代首、梦中杀人、死设七十二疑冢等，都表现了他工于权谋，奸诈、残忍，毫无惜民爱民之心的性格。

4. 战争描写方面

《三国演义》中的战争描写极为出色，以至于被后人当作一部兵书来学习。在《三国演义》中，涉及的战役有四十多次，形形色色，千姿百态，令人目不暇接。在描写方面，作者充分吸收了《左传》《史记》以人物为中心、结合人物的个性来描写战争的特点，注意突出战争胜负的原因，紧紧地扣住战争胜负的原因来一步一步地展开描写和叙述，在具体的描写中，突出人的主观能动作用，同时还突出双方在交战决战前夕的精神状态的对比和双方主帅驾驭战争的能力。从整体上来看，《三国演义》中的战争，有的是以弱胜强，有的是以强凌弱，有的是以少胜多，有的是以众暴寡，有的是两弱联合以抗强者，有的是两强相争而两败俱伤，有的是以智取，有的是以力胜，有的是月夜偷袭，有的是声东击西，有的是用火攻，有的是用水淹，有的是里应外合，凡此种种，不一而同。

在《三国演义》所描写的这些大大小小的战争中，赤壁之战的描写是最为出色的，是典型中的典型。在《三国演义》中，赤壁之战占了八个回目。对这场战争的描写，作者采用了动中有静的写法，把刀光剑影的战争写得有张有弛，松紧有致。有群英会的同窗欢聚，曹孟德的横槊赋诗，庞士元的挑灯夜读。在描写曹军和联军对立的同时，作者又不时地穿插了联军内部的矛盾和纠葛。周瑜的儒将风度，足智多谋和指挥若定被描写得笔酣墨饱，但他对诸葛亮的嫉妒和不容也被作者刻画得淋漓尽致。诸葛亮的形象则更为成功，在他看来，他和周瑜斗智，不是为了争强好胜，不是一般的赌气，而是站在联吴抗曹的战略高度来有理有节地处理与友军的关系，写出了诸葛亮的胸襟气度。

（二）《水浒传》

《水浒传》是中国文学史上英雄传奇小说的开山之作，它的出现带动了英雄传奇小说的发展，极具历史意义。

目前，大多数学者认为《水浒传》是施耐庵所作，关于施耐庵其人，目前所知甚少，明人除了较为一致地肯定他是杭州人外，其他未曾提供一些可信的材料，连生活年代也有"南宋时人"(田汝成《西湖游览志馀》)、"南宋遗民"(许自昌《樗斋漫录》)、"元人"(李贽《忠义水浒传叙》、胡应麟《少室山房笔丛》等)等多种说法。有一些材料的记载还互相矛盾，如王道生《施耐庵墓志》云："讳子安，字耐庵。生于元贞丙申岁，为至顺辛未进士。曾官钱塘二载，以不合当道权贵，弃官归里，闭门著述，追溯旧闻，郁郁不得志，赍恨以终，……殁于明洪武庚戌岁，享年七十有五。"《兴化县续志》云："施耐庵原名耳，白驹人。祖籍姑苏。少精敏，擅文章。元至顺辛未进士。与张士诚部将卞元亨相友善。……卞亨以耐庵之才荐士诚，屡聘不至。……明洪武初，徵书数下，坚辞不赴。未几，以天年终。"虽然这些关于施耐庵的记载并不一致，但是，从这些资料我们可以确定，施耐庵是元末明初时期的人，经历过战乱，并且有可能目睹甚至亲身经历了一场农民大起义的爆发。

《水浒传》的艺术成就主要表现在以下几方面。

1. 结构方面

《水浒传》采用章回体分卷分目,每回集中描绘一两个主要人物或事件,其他的人与事则"暂且按下不表",连环钩锁、散整结合的构架,保持了故事的相对完整和独立。在前七十回中,《水浒传》的很多篇章都可以单独存在,属于缀段式结构,而到了第七十一回"忠义堂石碣受天文,梁山泊英雄排座次"以后,随着对一百零八个从不同地方汇聚梁山的英雄进行有机组合,《水浒传》开始了整体叙述,有了一个整体结构,梁山好汉的集体行动组成了一个个段落:两赢童贯、三败高俅、接受招安、破大辽、征方腊,这些段落要表现的是"忠奸之争"的原因和过程,因此它们的排列组合具有了较为严格的时间和空间规定性,先后顺序是不能颠倒的。全书在最后一回为所有的好汉画上了句号,奸佞迫害忠良的行动也以宋江饮下毒酒告终,作者的这种安排使得各个环节衔接紧密、彼此呼应。此外,作者还巧妙地安排情节,在高潮或转折处断接,这种断章分回的结构方式使章回之间贯通一气,拓宽了人物形象的表现范围,同时也给读者留下了更为深刻的印象。

2. 叙事方面

《水浒传》的叙事属于编辑型全知视角。在编辑型全知视角中,叙述者经常会随意表达自己的思想感情,并自由转换内外视角。《水浒传》中内外视角的转换就非常灵活和多变。例如在第二十七回"母夜叉孟州道卖人肉,武都头十字坡遇张青"中,叙述者先采用内视角从武松眼中写孙二娘,后用外视角写武松与孙二娘对话,最后又分别写了两人的内心活动,叙事视角的这种转换既增强了情节的紧张气氛,也使故事更加生动活泼。此外,《水浒传》每回结尾的议论或诗词韵文以及正文中的"有诗为证"都是叙述者观点的体现,这样的结尾既增强了概括性,又使故事显得更为自由。

3. 人物塑造方面

《水浒传》善于在人物性格的对比中凸现人物的个性差异,塑造了一系列叱咤风云的英雄典型。这些人物之间虽然在一些事件的态度上有相似之处,但是在处理具体事件的过程中却展现出了性格的差异。在这里，我们主要分析宋江和林冲这两个人物形象。

宋江是《水浒传》这部小说的第一主角，他在这部小说中是忠义的化身。他为了保住梁山的各位英雄，杀了阎婆惜，虽然辗转避难，但是并没有立即下定决心投奔梁山，其原因就在于他的内心深处是忠于朝廷的。他同情民生疾苦，同情和庇护晁盖等人智取生辰纲的行为，愿意冒着生命危险去救晁盖，这表现了他的"义"。但在宋江的身上，最重要的是"忠"。上了梁山之后，他牢记九天玄女"替天行道为主，全仗忠义为臣，辅国安民，去邪归正"的"法旨"(第四十二回)，一再宣称："小可宋江怎敢背负朝廷？盖为官吏污滥，威逼得紧，误犯大罪；因此权借水泊里避难，只待朝廷赦罪招安。"正是这种对于朝廷的"忠"，让他和梁山的英雄们接受了招安，并接受了朝廷交给他们的剿灭其他起义军的任务，也让他接受了皇帝赐的毒酒。"宁可朝廷负我，我忠心不负朝廷"可以说是宋江一生的行动准则，虽然他被迫造反，但是他的内心深处仍然希望得到朝廷的认可，希望自己能够为朝廷效力，可以说，宋江的"忠"是一种愚忠，是一种奴性的表现。

林冲出身于武官世家，承袭了东京八十万禁军枪棒教头的职位。这样的身份使他自有一种特殊的英雄气概。也是因为有了这样的身份，面对他人的挑衅，他一再忍让。当他得知妻子被陆谦骗至其家让高衙内调戏时，他瞬间爆发了，并将陆谦家砸了个稀巴烂。但是他仍旧没有对高衙内怎样。后来，他虽然经历了误入白虎堂、刺配沧州道、遇害野猪林等一系列事件，但是他仍旧没有选择造反，直至他在庙里听到了陆谦、富安和差拨的一番得意的谈话之后才明白了他们全部的阴谋诡计，才知道统治者是要置他于死地。当他看清楚这一点之后，他便开始了自己的复仇。通过对林冲这样一个尊重封建秩序、恪守封建法律，不敢越雷池一步的人最终被逼上梁山的过程描写，作者深刻地揭示出封建社会的腐败和黑暗。同时，通过对林冲性格的转变，作者展现出了人物性格的流动性和层次性，为后世刻画人物性格提供了好的范本。

《水浒传》在中国文学史上具有崇高的地位，产生了重大的影响。它刊行后不久，嘉靖间的一批著名文人如唐顺之、王慎中等就盛赞它写得"委曲详尽，血脉贯通，《史记》而下，便是此书"(李开先《词谑》)。李贽则把它和《史记》、杜诗等并列为宇宙内的"五大部文章"(周晖《金陵琐事》卷一)。《水浒传》盛行以后，各种文学艺术样式都把它作为题材的渊薮。以戏剧作品而言，明清的传奇就有李开先的《宝剑记》、陈与郊的《灵宝刀》、沈璟的《义侠记》、许自昌的《水浒记》、金蕉云的《生辰纲》等三十多种。在昆曲、京剧和各种地方戏中，也有许多深受群众欢迎的剧目，仅陶君起的《京剧剧目初探》就著录了六十七种。至于以《水浒》故事为题材的绘画、说唱及各种民间文艺等，更是不可胜数。清代又出现了《水浒后传》《后水浒传》和《结水浒传》(《荡寇志》)等续书。作为英雄传奇小说的典范，《水浒传》对诸如《杨家府演义》《大宋中兴通俗演义》《说岳全传》等作品同样具有明显的影响。

(三)　《西游记》

在明代的长篇章回体小说中，《西游记》是神魔小说中的代表，它的出现掀起了神魔小说创作的高峰。

鲁迅在《中国小说史略·明之神魔小说(中)》中断定《西游记》的作者是吴承恩，本书从此说。吴承恩，字汝忠，号射阳居士，明中叶淮安府山阳县(今江苏淮安)人。他少而聪颖，性敏而多慧，博览群书，好奇闻，也喜欢"善摹写物情"的唐人传奇，这些都为他创作《西游记》打下了良好的基础。嘉靖二十九年，吴承恩曾入京候选，留居三年，适逢奸相严嵩及其子把持国政、为非作歹之时，这让他加深了对官场倾轧、社会黑暗的认识，他的这些认识在一定程度上影响了他对《西游记》的创作。吴承恩曾著杂剧几种，一生写了很多诗、文、词，但是去世后，很多都已散佚，后经人整理辑为《射阳先生存稿》四卷，包括诗1卷，文三卷，文的最后一卷附有小词三十八首。

《西游记》的艺术成就是十分突出的，这主要表现在以下几方面。

1. 结构方面

《西游记》整个故事的结构可以分为前后两个部分，前二十二回以师徒四人的个别行动为主，可以分为六个单元：孙悟空闹三界、取经缘起、悟空加入取经行列、白龙马加入取经行列、猪八戒加入取经行列、沙僧加入取经行列。这六个单元是按照"心猿归正""意马收疆"的结构之道进行组织的。在取经的队伍中，孙悟空的作用是最大的，因此，小说为唐僧安排的第一个护送者就是孙悟空，在孙悟空的帮助下，才有了白龙马、八戒和沙僧。可以说这六个单元之间有着因果承续的关系，因此它的时间与空间的排列位置有着严格的顺序，不能随便改动。

在二十二回之后，作者开始集中笔墨讲述师徒四人西天取经的集体行动，这一部分的结构之道在于说明取经之路的困难，隐喻着明心见性必须经过一个长期艰苦的"渐悟"过程。取经路上出现了形形色色的险阻与妖魔，他们是修心过程中的障碍的象征，唐僧师徒四人是连接这些磨难的贯串人物，观音菩萨的不时出现则又使这些磨难前后呼应，成为一个整体。在具体情节的安排上，《西游记》十分注意前后的呼应与衔接，体现出了作者在结构安排上的独具匠心。另外，虽然小说中的主要故事讲述的都是取经人与各路阻挠他们西去的势力之间进行斗争并且最终必胜的主题，但是在具体的情节安排上却各不相同，如三打白骨精、平顶山葫芦装天、车迟国斗圣、过火焰山等，无不曲折往复，扣人心弦，几十个故事无一雷同或重复，其手法令人惊叹。

2. 叙事方面

《西游记》采用的是编辑型全知叙事视角。随着叙述者的叙述，我们可以了解《西游记》整个故事的起因、经过、结果。透过叙述者的言语，我们可以感受到他的爱憎以及情感变化。例如在第九至十二回描写唐太宗做梦的事件中，叙述者一开始并没有从故事人物的主观视角出发，而是将其隐在了后台，先讲述了龙王的故事，之后将龙王的故事与唐太宗的梦联系在了一起，最后才将视角转到了唐太宗的身上。通过这几次的视角的转换，我们才得知了事情的来龙去脉，才明白了唐太宗为何要派人去西天取经。在这个过程中，叙述者也对唐太宗进行了称赞，称其是一个"有道的君王"。

3. 人物塑造方面

《西游记》中的人物形象具有多角度、多色调的特点。故事中的人物既以现实的人性为基础，又加上作为其原型的各种动物的特征，再加上浪漫的想象所赋予的神性，而显得各具特色，生动活泼。

二、清代小说

（一）《聊斋志异》

蒲松龄，字留仙，又字剑臣，别号柳泉居士，世称聊斋先生。蒲松龄远祖蒲鲁浑、蒲居仁曾任元代般阳路总管，显赫一时。后遭夷族之祸，遗孤匿居外祖杨氏家，至明初洪武间方复本姓。万历间家道复兴，复称望族，但至父亲一代又转衰落。蒲松龄少有文名，崭露头角，但却久困场屋，44 岁援例补廪膳生，康熙四十九年，已 70 岁高龄的他还到青州参加考试，成为贡生，一生执着于科举考试。长达四十多年时间里，蒲松龄"以穷诸生授举子业，潦倒于荒山僻隘之乡"，在缙绅家设馆授徒，维持家人的生活。康熙五十四年，才华超群却与功名无缘因而潦倒终生的聊斋先生离开了人世。

蒲松龄四十年塾师生涯，笔耕不辍，著述丰富，涉及的文学领域很广。除《聊斋志异》外，他还留下了大量诗文，今人路大荒辑为《蒲松龄集》，有文章458 篇，诗 929 首，词曲 102 首，戏曲有《考词九转货郎儿》《闹馆》《钟妹庆寿》3 种，多系《聊斋》故事改编的《聊斋》俚曲有 14 种，还有 8 种杂著《省身语录》《历字文》《怀刑录》《日用俗字》《农桑经》《药祟书》《婚嫁全书》和《家政内外编》。

《聊斋志异》谈鬼说狐，却最贴近社会人生。联系蒲松龄一生的境遇，及其一生志向，不难推测出他笔下的狐鬼故事实际上凝聚着他大半生的苦乐，表现着他对社会、人生的思考与憧憬。

1. 通过构建鬼狐世界映射自己科举失意的心态与对科举制的讽刺

在《聊斋志异》中有很多以写书生科举失意、嘲讽科场考官的作品。蒲松龄一生饱受考试的折磨，19 岁入学，直到 71 岁时才补了一个贡生。蒲松龄深感科举制度的弊端，他认为科举弊端症结在于考官昏庸，黜佳才而进庸劣。一次次名落孙山的沮丧、悲哀与愤懑全部借助假谈鬼说狐发泄出来。

《聊斋志异》中《叶生》描写落魄士子的生活遭遇。叶生"文章词赋，冠绝当时，而所如不偶，困于名场"。叶生怀才不遇，抑郁而死，死不瞑目，幻形留在世上，其魂随丁乘鹤远行。同样的文章产生了不同的结果，丁乘鹤连试皆捷，进入仕途，叶生也中了举人，衣锦还乡。幻想性的情节在此处突然出现，叶生兴冲冲地荣归故里，不料妻子却"掷具骇走"，惊呼见鬼，"君死已久，何复言贵？……勿作怪异吓生人。"叶生"逡巡入室，见灵柩依然"，才意识到自己是一个已死的游魂，绝望之余，顿时"扑地而灭"。这里的幻想情节，将主人公凄凉悲惨的心情渲染到极致，奇幻曲折的喜剧情节中包含着浓重的悲剧色彩。以"扑地而灭"来结束叶生得意的魂游，则可见作者心情的沉痛。清人冯镇峦认为此篇"即聊斋自作小传"，足见其写实程度之高。

2. 通过构建鬼狐世界映射自己落寞生活中的梦幻

《聊斋诗集·逃暑石隐园》中云："石丈犹堪文字友，薇花定结欢喜缘。"这表明独自生活的寂寞，使得蒲松龄不免假想象自遣自慰，《聊斋志异》中众多狐鬼花妖与书生交往的故事，则是蒲松龄在落寞的生活处境中生发出的幻影，是将其自遣寂寞的诗意转化为幻想故事。

《聊斋志异》中《连琐》《香玉》与《绿衣女》等是情节比较单纯的作品。这些故事大体都是讲一个书生或书斋临近郊野，或读书山寺，忽然有少女来访，或吟唱，或嬉戏，给生活单调、寂寞的书生带来了不一样的生活与欢乐，经过几次相会，书生方知其并非人类，或者再由此生出一些波折。联系蒲松龄的生平，这些故事对于长期处在孤独与落寞境遇中的他来说，可谓是一种精神补偿。蒲松龄长期在缙绅人家坐馆，如蒲松龄进入本县毕家坐馆，足足待了三十个年头才撤帐归家，而其间每年只在年节假日才能返家小住几日。蒲松龄在《家居》一诗中写道："久以鹤梅当妻子，且将家舍作邮亭。"也足可见其孤独之情，他构建鬼狐世界，来宣泄自己落寞之感。狐鬼花妖的出现不仅解除寒窗苦读的书生的寂寞，而且使书生受到敬重与鼓励，在事业上也获得了进步，这可以看作作者编织的种种关于理想的梦，是作者在落寞的生活处境中所生发出的幻影。

3．通过构建鬼狐世界映射封建官僚制度的腐朽及其横征暴敛的罪恶

蒲松龄在《聊斋志异》的创作中，并没有将小说局限于个人情绪的宣泄上，《聊斋志异》也反映了当时官贪吏虐，乡绅为富不仁，对百姓压榨与欺凌等内容。

如果说在描写自己落寞生活中的梦幻的作品中，作者真幻交织的手法使个人境遇爱情大大诗意化了，那么在现实成分比重较大的暴露政治黑暗、揭露人民生活苦难的作品中，这种手法则起到了将丑恶夸张放大、将荒谬推向极端的作用。

脍炙人口的名篇《促织》，在前半部分主要写了因为"宫中尚促织之戏，岁征民间"这一幕民间的悲剧。这一部分的内容是充分写实的。如小说中提到的明宣宗"酷好促织之戏"，民间夫妻两人为一只促织而双双自杀之事，在吕毖的《明朝小史·宣德记》中有明确的记载。小说中成名因为官府征促织遭受痛苦，其子因不小心弄死促织而投井自杀，这都是对历史事实的重演。

(二) 《红楼梦》

曹雪芹，名霑，字梦阮，号雪芹，又号芹圃、芹溪。祖籍辽阳，先世原是汉人，明末入满洲籍，很早就成为满洲正白旗内务府"包衣"(满洲贵族的家奴)。后来曹雪芹的祖先随清兵入关，得到宠幸，成为显赫一时的世家。雪芹曾祖曹玺，因"随王师征山右有功"，成为顺治的亲信侍臣。从康熙继位派曹玺担任"江宁织造"这一内务府的"肥缺"起，其祖父曹寅，父辈曹颙、曹頫，祖孙三代四人担任过这一要职，其间又曾兼两淮巡盐御史，共约六十年。因此，曹家自然也就成为当时江南财势熏天的"百年望族"。康熙六次南巡，曹家四次接驾，其中有三次都以曹家的江宁织造府为行宫，由此可见曹家与康熙的密切关系。曹家既然是康熙的亲信近臣，那么它的兴衰际遇，就势必同皇室内部的矛盾斗争紧密联系在一起。康熙死后，雍正继位，新皇帝为了巩固自己的帝位，开始肃清其父亲的内外亲信，而曹家也由此开始失势。雍正五年，曹頫因解送织物进京时"行为不端""苛索繁费，苦累驿站"以及"织造款项亏空甚多"等罪名被革职抄家，次年全家北迁，家道日衰。

曹雪芹恰好经历了曹家盛极而衰的转变过程。少年时代他曾经历过一段富贵繁

华的贵族生活。13 岁后，随全家迁回北京，在一所皇族学堂"右翼宗学"里做掌管文墨的杂差，境遇潦倒，生活艰难窘迫。晚年则移居北京西郊，生活更加穷苦。穷困潦倒的生活，精神上的压抑和苦闷，促使曹雪芹对郁结的情感进行宣泄，对苦难的人生进行解脱。他以坚忍的毅力，专心致志地从事《红楼梦》的写作与修订。他"披阅十载，增删五次"，将他的"辛酸泪"与"其中味"全部熔铸到他的文学创作中。乾隆二十七年，曹雪芹因幼子夭折，陷入过度的忧伤与悲痛，卧床不起，于这年除夕因贫病交加离开人世。"'生于繁华，终于沦落'。曹雪芹的家世从鲜花着锦之盛，一下子落入凋零衰败之境，使他深切地体验着人生悲哀和世道的无情，也摆脱了原属阶级的褊狭，看到了封建贵族家庭不可挽回的颓败之势，同时也带来了幻灭感伤的情绪。他的人生体验，他的诗化情感，他的探索精神，他的创新意识，全部熔铸到这部呕心沥血的旷世奇书——《红楼梦》里。"[1]

　　强烈的悲剧气氛，是《红楼梦》给人印象最深的方面之一，从皇帝后妃到贩夫走卒、婢女优伶在小说中都有所反映，小说不仅描写贵族生活的豪富、阶级压迫以及下层人民的困苦，也反映了封建礼教、科举制度以及不同人的命运等。《红楼梦》的描写是以贾府与贾宝玉为中心的，随着贾府这一封建大家族的不断衰落，贾府中的人，尤其是那些纯洁美丽、惹人怜爱的"女儿"也一个个无可挽回地酿成悲剧。

1. 宝黛钗的爱情婚姻悲剧

　　自宝玉、黛玉初见，至宝钗入京，三人齐会荣国府，三人的爱情婚姻发展是全书第一条线索，无论是最初清代人读《红楼梦》为拥钗还是拥黛而争得互相"饱以老拳"，还是"革命派"赞美黛玉的"叛逆"与批判宝钗的"正统"，都是围绕着宝黛宝钗的"爱情婚姻悲剧"这一"中心思想"做文章的，可以说，历来研究《红楼梦》的人都无法绕过宝黛钗三人的爱情婚姻关系。

　　富贵闲人贾宝玉，是封建贵族家庭勇敢的叛逆者，他反对男尊女卑的世俗观念，弃绝功名富贵，并反对科举仕宦，他追求纯洁的感情与个性的自由发展，因此被王夫人看成是"不肖的孽障""混世魔王"。只有自幼和他相处、从来不向他

---

[1] 袁行霈：《中国文学史》，北京：高等教育出版社，2005 年，第 300 页。

讲"那些混账话"的林黛玉才是他唯一的知音，况且二人相貌、才情、根基与门第都十分相配，贾府中的一干人也将二人定为一对，王熙凤诙谐打趣儿不说，就连贾琏的心腹小厮兴儿也曾透露过"(宝玉)将来准是林姑娘定了的"。不想忽然来了个薛宝钗，不仅品格端庄、容貌丰美，而且是个带金锁的。

贾宝玉是贾府的继承人，也是贾家兴旺的希望所在，他应该走一条科举荣身之路，以便立身扬名，光宗耀祖。他也应该有一个"德言工貌"俱全的女子做妻子，主持家政，继续家业。当时，贾宝玉的性格最主要的特点是纯情与追求自由，他反对科举，不喜八股，这并不是因为他对科举有深刻的认识，而是出于追求自由的本性。他的心灵是一片未曾污染的净土，他平等、善意地对待大观园中那些年轻美丽的女子，是一种与肉欲无关的审美关系，是出于对美的尊重。他尊重自己的爱情感觉，把自己的爱情只寄托在意中人林黛玉身上。

与贾宝玉相比，林黛玉则更多地表现为真。林黛玉是四大家族贾家第四代贾敏与扬州巡盐御史林如海之女，虽聪慧无比，但幼年丧母，体弱多病，在贾府过着寄人篱下的生活。她任情率性，孤高自许，保持了自然的性情与真实的自我。但在封建大家庭中，却显得曲高和寡，因此她才把自己的希望、爱情甚至生命交付给她的知音——宝玉。尽管林黛玉多愁善感、说话尖刻，但是，她的心灵是一块高洁之地。林黛玉在本质上是最接近贾宝玉的，因此她与贾宝玉才互相认定为知音。

薛宝钗与宝黛不同。她容貌美丽，宽厚豁达，举止娴雅。对长辈，她奉行"悦亲"之道，事事让长辈高兴，她注重"仕途经济"，认为男人们应该"读书明理，辅国安民"，她有封建等级观念，并自觉地用"礼"约束自己，成为符合封建标准的"冷美人"。她之所以未能获得贾宝玉的爱情，正是缘于他们之间有着一种本质的差别。

林黛玉、贾宝玉的爱情是三生石畔的"木石前盟"，虽然是一种心灵契合的感情，却不符合封建家族的利益，贾宝玉和薛宝钗的"金玉之说"关系到贾家的兴衰，结合的双方却没有共同的理想与志趣，围绕宝黛钗三人的爱情婚姻关系，演绎了一出"悲金悼玉"的红楼大戏，正如《终身误》一曲所唱："都道是金玉奇缘，俺只念木石前盟。空对着山中高士晶莹雪，终不忘世外仙姝寂寞林。"

2. 封建大家族的悲剧

在小说中，以贾府为代表的封建贵族的衰落过程是全书的另一条重要线索，围绕这一线索广泛而深刻地反映了封建末世复杂深刻的矛盾冲突，显示了封建贵族家族的本质特征与其必然衰败的历史命运。

《红楼梦》第二回，"冷子兴演说荣国府"一段写道：

> 如今的这宁荣两门，也都萧疏了，不比先时的光景⋯如今生齿日繁，事物日盛，主仆上下，安尊富贵者尽多，运筹谋划者无一；其日用排场费用，又不能讲究省俭，如今外面的架子虽未甚倒，内囊却也尽上来了。这还是小事。更有一件大事，谁知这样钟鸣鼎食之家，翰墨诗书之族，如今的儿孙，竟一代不如一代了！

由此可见，书中宁荣二府已是末世了。在后文作者更是借宁、荣二公之口直截了当说出了"吾家自国朝定鼎以来，功名奕世，富贵传流，虽历百年，奈运终数尽，不可挽回者"。"故遗之子孙虽多，竟无可以继业。"

封建社会所制定的伦理纲常都是以男子为尊、为天的，天不明，世上岂有光亮之说。在小说中，作者借贾宝玉之口说出"男子是泥做的骨肉，见了男子便觉得浊臭逼"的惊世骇俗之语，将批判矛头指向了一系列浊臭的男子。其中有以贾赦和贾雨村为代表的腐朽的封建官员，他们倚财仗势，肆无忌惮，横行霸道，为非作歹，双手沾满了下层百姓的鲜血；有以贾珍和贾琏为代表的贵族子弟，他们荒淫无耻，道德败坏，饱食终日而无所事事，坐吃山空而不思进取。贾家这个钟鸣鼎食之家，诗书传家之族，子孙竟然被焦大骂为畜生。

在贾府这个封建大家庭的内部，各式人物之间矛盾重重，钩心斗角尔虞我诈，就连兄弟之间也是暗中算计，如赵姨娘、贾环因惧怕王熙凤之权势，嫉妒宝玉集宠爱于一身，便联合马道婆暗中算计。这正如探春所说："咱们倒像是一家亲骨肉呢，一个个不像乌眼鸡，恨不得你吃了我，我吃了你！"事实上，面对贾府的日渐衰败，企图力挽狂澜的不只有秦可卿一人，王夫人、王熙凤、贾探春以及薛宝钗等都曾努力过，但终究是回天无力。贾家内部的腐朽、淫乱以及种种激烈的矛盾、斗争，使其在失去政治上的靠山之后，不可挽回地走向了灭亡，也应了探春所说："可知这样大族人家，若从外头杀来，一时是杀不死的，这是古人曾说的'百足之虫，死而不僵'，必须先从家里自杀自灭起来，才能一败涂地！"

小说中，以贾府为中心的四大家族的没落实际上揭示了整个封建社会走向衰亡的历史悲剧。

3. 女儿国的悲剧

围绕着"悲金悼玉"的宝黛钗的爱情婚姻悲剧和封建大家族的悲剧，作者还展现了"千红一哭""万艳同悲"的"女儿国"的悲剧。

在当时的社会里，才选凤藻宫的元春一句"不得见人的去处"，倾诉了她内心的痛苦与哀怨，定义了封建社会里最高层皇帝妃嫔的宫廷生活，宣布了皇宫同样不是女性的乐园；善良懦弱的迎春，对受别人摆布、控制和欺负的敏感度降低，纵容与姑息不合理的事情，但结果还是成了封建包办婚姻的牺牲品，沦为其父贾赦偿还债务的替罪羊，误嫁"中山狼""一载赴黄粱"；贾府三小姐贾探春，虽然"才自精明志自高"，但是仍摆脱不了"生于末世运偏消"、远嫁他乡的命运；四小姐惜春则"勘破三春景不长"，出家为尼。贾府"四春"免不了"元(原)迎(应)探(叹)惜(息)"的命运。其他再如，爽朗乐观的史湘云，也没有逃出"云散高唐，水涸湘江"的命运；机关算尽的王熙凤，终究是"反算了卿卿性命"；自幼遁入空门的妙玉，到头来也不过是"终陷淖泥中"。

绣户侯门的奶奶小姐尚且逃不出被毁灭的悲剧，大观园里的奴婢命运则更为悲惨。在这里，贾母、王夫人以及元春等是掌权者，所有女孩在这里可以锦衣玉食、吟诗作对，但就是不能违背主子的意思，做出逾越封建礼教的事。例如，金钏儿，因为被王夫人认为带坏了她的宝玉，一巴掌打在脸上后，撵了出去，导致金钏儿最后投井自杀，失去了年轻的生命。再如，晴雯是曹雪芹所刻画的众多个性鲜明的女儿形象中，较为突出的一个。尽管她对小丫头们言语尖酸，但也从不巴结讨好主子，更可贵没有像袭人一样，想给自己博个终身依靠，而一味想把宝玉拉入仕途之道，也正因如此，终是"霁月难逢，彩云易散。心比天高，身为下贱"。不过是被逐出大观园，"抱屈夭风流"。

　　胡适在《红楼梦考证》中曾说："无论是贵族阶级的叛逆者、由着自己的性子生活的贾宝玉和林黛玉，还是封建主义的拥护者、拼命内敛自己的薛宝钗，无论是主子还是奴仆，作者并没有因为她们个人的价值取向不同，而分别给她们不同的命运，均以悲剧而告终。"大观园里的悲剧是爱情、青春以及生命之美被毁灭的悲剧。

　　《红楼梦》的创作采用了现实主义的真实描写，这种现实主义是一种在现实生活的基础上提炼出的艺术真实。曹雪芹以其自己独特的方式去感觉与把握现实人生，又以独特的方式把自己的感知艺术地表达出来，形成了独特的叙事风格，即写实和诗化的完美融合，不仅显示了生活的原生态而且充满诗意朦胧的甜美感，不仅是高度的写实而且充满了理想的光彩，不仅是悲凉慷慨的挽歌而且蕴蓄着青春的激情和幽深的思考。

第二章 中国古代文学观念

第一节 中国古代文学观念及其发生渊源

"文学"的内涵、特征是什么？对此，中国古代有自己的独特观念。然而在清代以前，这种观念只是在古代文论家所列举的或古代文选一类的著作所收罗的"文"的外延中体现着，并无明确的界说。直到晚清章炳麟在西方逻辑学的影响下，才对中国古代的这种文学观念做出了明确的界定："'文学'者，以有文字著于竹帛，故谓之'文'；论其法式，谓之'文学'。凡文理、文字、文辞皆称'文'；言其采色发扬，谓之'彣'。……凡'彣'者必皆成'文'，凡成'文'者不皆'彣'。是故榷论'文学'，以文字为准，不以彣彰为准。"章氏此论，准确概括了中国古代占主导地位的"文学"概念：文学(简称"文")是一切文字著作，衡量是不是文学的特征或标准是"文字"，而不是"彣彰"，即"文采"。

一、中国古代"文学"观念的发展

先秦时期，"文"或"文学""文章"不仅包括一切文字著作，而且外延比文字著作还广，包括道德礼仪的修养文饰。"文"字的构造是交错的线条、花纹，所以《易·系辞》说："物相杂，故日'文'。"《国语·郑语》说："物一无'文'。""文章"的本义也是如此。《周礼·考工记》云："画缋(同绘)之事……青与赤谓之'文'，赤与自谓之'章'。"由交错的线条和具有文饰性的花纹，衍生出文饰的含义。《楚辞·九章·橘颂》："青黄杂糅，文章烂兮。"此处的"文章"即指斑斓的色彩。《左传·隐公五年》："昭文章，明贵贱。"杜预注"文章"："车服旌旗。"正由文饰之义转化而来。由自然界的文饰，引申为道德文饰及礼仪修养。孔子说："郁郁乎文哉，吾从周。"《诗·大雅·荡》毛序："厉王无道，天下荡荡，无纲纪文章。"这里的"文"和"文章"，均指周代的道德文明和礼仪法度。《战国策·秦策》："文章不成者不可以诛罚。"这里"文章"则指法律制度。《论语·公冶长》记子贡语："夫子之文章，可得而闻也。"此处的"文章"，不只指孔子编纂的文辞著作，而且包括孔子的道德风范。朱熹《论语集注》："文章，德之见乎外者，威仪文辞皆是也。"道德礼仪的修养离不开后天的学习，所以道德的文饰修养又叫"文学"。《论语·公冶长》记载："子贡问曰：'孔文子何以谓之"文"也？'子曰：'敏而好学，不耻下问，是以谓之文也'。"《论语·先进》述及孔门四科，即"德行""言语""政事""文学"。北宋经学家刑昺将"文学"解释为"文章博学"，郭绍虞先生将"文章博学"解释为"一切书籍、一切学问"，即"最广义的文学观念"。其实此处的"文学"并不等于我们今天所谓的"广义的文学"，在此之外，还包括礼仪道德的学习修饰。因此，《荀子·大略》说："人之于文学也，犹玉之于琢磨也。……子赣、季路，故鄙人也，被文学，服礼义，为天下列士。"正因为此时的"文学"是道德的形式载体和外在规范，所以它并不以"文采"为特质，而以"质信"为特征。《韩非子·难言》指出：当时人们把"繁于文采"的文字著作叫作"史"，把"以质信言"、形式鄙陋的文字著作称为"文学"。于是"文"必须以原道为旨归。《论语·学而》："行有余力，则以学文。"《墨子·非命中》："凡出言谈、由(为也)文学之为道也，则不可而不先立义法。"所以"文学"又常被用来指"儒学"。如《韩非子·五蠹》："儒以文乱法，侠以武犯禁。""故行仁义非所誉，誉之则害功；文学者非所用，用之则乱法"当然，"文"也可单指文字著作。《论语·述而》："子以四教：文、行、忠、信。"刑昺疏："文，谓先王之遗文。"朱熹《论语集注》："程子曰：'教人以学文修行而存忠信也。'"罗根泽先生指出："周秦诸子……所谓'文'与'文学'是最广义的，几乎等于现在所谓学术学问或文物制度。"从"学术学问"一端而言，"在孔、墨、孟、荀的时代，只有文献之文和学术之文，所以他们的批评也便只限于文献与学术。"

两汉时期，情况出现了变化。一方面，"文学"一词仍保留着古义，指儒学或一切学术。如《史记·孝武本纪》："上乡(向也)儒术，招贤良，赵绾、王臧等以文学为公卿。"《史记·儒林传》："延文学儒者数百人，而公孙弘以《春秋》白衣为天子三公。""治礼，次治掌故，以文学礼义为官。"这是以"文学"为"儒学"

的例子。西汉桓宽《盐铁论》记载的与桑弘羊大夫对话的"文学"，即指儒士之学。《史记·太史公自序》云："汉兴，萧何次律令，韩信申军法，张苍为章程，叔孙通定礼仪，则文学彬彬稍进。"又《史记·晁错传》："晁错以文学为太常掌故。"这是把"文学"当作包含律令、军法、章程、礼仪、历史在内的一切学术了。另一方面，此时人们把有文采的文字著作如诗赋、奏议、传记称作"文章"。于是"文章"一词取得了相对固定的新的含义，而与"文学"区别开来。《汉书·公孙弘传·赞》中云："文章则司马迁、相如。"与"文章"相近的概念还有"文辞"。如《史记·三王世家》："文辞烂然，甚可观也。"《史记·曹相国世家》："择郡国吏木讷于文辞、厚重长者，则召除为丞相史。"这里的"文辞"即文采之辞。不过"文章"在出现新义的同时，其泛指一切文化著作的古义仍然保留着。如《汉书·艺文志》："至秦患之，乃燔灭文章，以愚黔首。"作为包罗"文学""文章"在内的"文"，仍然指一切文字著作。因此，《汉书·艺文志》所收"文"之目录包括"六艺"(六经)、"诸子""诗赋""兵书""术数""方技"的所有文化典籍，共六略三十八种，五百九十六家。

魏晋南北朝时期，人们继承汉代"文章"与"文学"的分别，以"文章"指美文，以"文学"指学术。如《魏志·刘劭传》："文学之士，嘉其推步详密……文章之士，爱其著论属辞。"刘劭《人物志·流业》："能属文注疏，是谓'文章'，司马迁、班固是也；能传圣人之业，而不能干事施政，是谓'儒学'，毛公、贯公是也。"所以刘勰《文心雕龙·序志》说："古来文章，以雕缛成体。"《情采》篇说："圣贤书辞，总称'文章'，非采而何？……若乃综述性灵，敷写器象……其为彪炳，缛采名矣。""夫铅黛所以饰容……文采所以饰言……"同时，"文学"一词也出现了狭义的走向，而与唯美的"文章"几乎相同。宋文帝立四学，"文学"成为与"经学""史学""玄学"对峙的辞章之学，亦即汉人所称的狭义的"文章"。其后宋明帝立总明馆，分为"儒""道""文""史""阴阳"五部，其"文"即与上述"文学"相当。与此同时，南朝人又进一步分出"文""笔"概念。"文"是有韵的、情感的文学，"笔"是无韵的、说理的文学。这种与"笔"相举的"文"，萧绎说它"惟须绮毅纷披，宫徵靡曼，唇吻道会，情灵摇荡"，与今天所讲的以"美"

为特点的"文学"是相通的。

陆机《文赋》说："诗缘情而绮靡。"其实,魏晋南北朝时期不仅"诗"重视"绮靡"的形式美,而且整个文学都体现出唯美的倾向。以刘勰为例,刘勰《文心雕龙》所论之"文"范围虽然很广,但大多以形式美相要求。如《征圣》论"圣人之文章":"圣文之雅丽,固衔华而佩实者也。"《宗经》说:"扬子比雕玉以作器,谓《五经》之含文也。夫文以行立,行以文传,四教所先,符采相济。"《辨骚》说楚辞:"金相玉式,艳溢锱毫。""观其骨鲠所树,肌肤所附,虽取熔经义,亦自铸伟辞。故《骚经》《九章》,朗丽以哀志;《九歌》《九辩》,绮靡以伤情;《远游》《天问》,瑰诡而惠巧;《招魂》《招隐》,耀艳而深华……气往轹古,辞来切今,惊采绝艳,难与并能矣。"《诠赋》说赋:"铺采摛文""蔚似雕画"。《颂赞》论颂、赞:"镂彩摛文,声理有烂。"《祝盟》论祝辞和盟书:"立诚在肃,修辞必甘。"《诔碑》论诔文和碑文:"铭德慕行,文采允集。"《杂文》论对问、七、连珠乃至典、诰、誓、问、览、略、篇、章、曲、操、弄、引、吟、讽、谣、咏:"渊岳其心,麟凤其采。""负文余力,飞靡弄巧。""甘意摇骨体,艳词动魂魄。""体奥而文炳""情见而采蔚"。《诸子》论诸子之文:"研夫孔、孟所述,理懿而辞雅;管、晏属篇,事核而言练;列御寇之书,气伟而采奇;邹子之说,心奢而辞壮……《淮南》泛采而文丽。斯则得百氏华采……"《论说》说:"论也者,弥纶群言,而研精一理者也。""飞文敏以济词,此说之本也。"《封禅》说封、禅之文:"鸿律蟠采,如龙如虬。"《章表》说章表:"章式炳贲""骨采宜耀"。《议对》说议与对策之文:"不以繁缛为巧",而"以辨洁为能"。《书记》论包含"簿""录""方""术"等二十四种文体在内的"书记":"或全任质素,或杂用文绮""既弛金相,亦运木讷""文藻条流,托在笔札"。因此《总术》总结说:"凡精虑造文,各竞新丽。"文采美几乎成了所有文体的创作要求。所有这些,都标志着文学观念的演进与深化。

然而,这并不是说,这个时期人们对"文学""文章"内涵、特征的认识就与今人的"文学"概念完全一样了。上述萧绎对"文"的界定与要求,只代表古人对广义的"文"中一种门类的作品特质的认识,它是一种文体概念,而不是一般意义上的"文学"概念。它与"笔"一样都统属于广义的"文"这一属概念之下。

就一般意义而言，广义的文学概念并没有改变。曹丕《典论·论文》："盖文章，经国之大业，不朽之盛事。"挚虞《文章流别论》："文章者，所以宣上下之象，明人伦之叙，穷理尽性，以究万物之宜(仪)者也。"《文心雕龙·时序》谓："唯有齐楚两国，颇有文学。""自献帝播迁，文学蓬转。"这里的"文章""文学"外延远比我们今天所说的文学广泛得多。这种泛文学观念，古人虽未明确界说，却无可置疑地体现在这一时期的问题论中。曹丕《典论·论文》列举的"文"有奏、议、书、论、铭、诔、诗、赋八体，陆机《文赋》论及的文体有诗、赋、碑、诔、铭、箴、颂、论、奏、说十类。挚虞《文章流别论》所存佚文论述的文体有颂、赋、诗、七、箴、铭、诔、哀辞、哀策、对问、碑、图谶。萧统《文选序》明确声称他的《文选》是按"事出于沉思，义归乎翰藻"的标准编选作品的，《文选》不录经、史、子，可见其对文学的审美特点的重视。然而即使在他这样比较严格的"文"的概念中，仍然包含了大量的应用文、论说文。《文选》分目有赋、诗、骚、七、诏、册、令、教、策、文、表、上书、启、弹事、笺、奏记、书、檄、对问、设论、辞、序、颂、赞、符命、史论、史述赞论、连珠、箴、铭、诔、哀文、哀策、碑文、墓志、行状、吊文、祭文等三十多类，足见其"文"的外延之宽泛。刘勰《文心雕龙》之"文"，较之《文选》之"文"，外延更加广泛。《文心雕龙》所论，仅篇目提到的就有包括子、史在内的三十六类文体，在《书记》篇中，作者又论及谱、籍、簿、录、方、术、占、式、律、令、法、制、符、契、券、疏、关、刺、解、牒、状、列、辞、谚二十四体，其中有不少文体不仅超出了美文范围，甚至还超出了应用文、论说文范围，如"方"指药方，"术"是指算书，"券"指证券，"簿"指文书。这与班固的《汉书·艺文志》的收文范围及其体现的文学概念如出一辙。曹丕讲："夫文，本同而末异。"在六朝人论及的各种文体中，它们是建立在一个什么样的共同的根本("本同")之上而被统一叫作"文"的呢？只能找到一个共同点，即是它们都是文字著作。正如后来章炳麟指出的那样："凡云'文'者，包络一切箸于竹帛者而为言。"

　　唐朝韩愈、柳宗元掀起古文运动，南宋真德秀步趋理学家之旨编《文章正宗》与《文选》抗衡，取消了两汉时期"文学"与"文章"的分别和六朝的"文""笔"

之分，文学观念进入复古期，"文学""文章""文辞"或"文"泛指各种体制的文化典籍，嗣后成为定论，一直延迄清末。晚清刘熙载《文概》论"文"，包括"儒学""史学""玄学""文学"："大抵儒学本《礼》，荀子是也；史学本《书》与《春秋》，马迁是也；玄学本《易》，庄子是也；文学本《诗》，屈原是也。"他还概括说："六经，文之范围也。"正中经六朝而远绍先秦的文学观念。因而，章炳麟在《文学总略》中对"文"或"文学"的界说，乃是对中国古代通行的文学观念的一次理论总结。即以以下一段最受人诟病的言论为例："……有成句读文，有不成句读文，兼此二事，通谓之'文'。局就有句读者，谓之'文辞'。诸不成句读者，表谱之体，旁行邪上，条件相分：会计则有簿录，算术则有演草，地图则有名字，不足以启人思，亦又无增感。此不得言'文辞'，非不得言'文'也。"请不要把它视为一个文字学家的文学观念，若与刘勰《文心雕龙·书记》篇中体现的文学观念作一比较，就会发现二者并没有什么两样。

二、古代文学观念的发生渊源

中国古代以"文学"为文字著作，以"文字"为"文"的特征，有着特殊的文化渊源。"文"，甲骨文、金文都写作交错的图纹笔画。所以《国语》说："物一无'文'。"《易·系辞传》说："物相杂故曰'文'。"许慎在《说文解字》中解释为："文，错画也，象交文。"许慎的这个解释很绝妙，一方面，它成功解释了"文"这个字本身的构造特征。甲骨文、金文中的"文"是"错画也，象交文"，在后世高度抽象的"文"的写法，如篆文"文"的写法中，也具有"错画也，象交文"的特点，正如徐锴《说文解字系传·通论》中阐释："……故于'文''人''义'曰'文'。"另一方面，"文"若指文字，"错画也，象交文"也符合所有汉文字的构造特征。先看八卦文字。《易·系辞》说：八卦是圣人"见天下之赜，而拟诸其形容，象其物宜(通仪)"作出的，因而有"卦象""卦画"之称。再看成熟的汉字。汉字分独体字、合体字。独体字是象形字、指事字，它"依类象形"，是典型的"错画""交文"之"象"。合体字是形声字、会意字，它由独体字复合而成，亦为"错画"之"象"。由于汉文字都符合"错画也，象交文"这一"文"字的训诂学解释，因而中国古代把文字著作称作"文"，就是很自然的事了。古代学者"才能胜衣，甫就小学"，而章炳麟本身就是文字学家，他们的文学观念受到训诂学对"文"的诠释的影响，乃势所必然。

然而，文字著作可称"文"，而"文"未必仅指文字著作。符合"错画也，象交文"特征的现象有很多。天上的云彩是"文"——"天文"，地上的河流是"文"——"地文"，人间的礼仪是"文"——"人文"，色彩的交织是"文"——"形文"(绘画)，声音的交错是"文"——"声文"(音乐)，文字的参差组合也是"文"——"文章""文学"或者叫"辞章"。刘勰《文心雕龙·情采》指出："立文之道，其理有三：一曰形文，五色是也；二曰声文，五音是也；三曰情文，五性是也。五色杂而成黼黻，五音比而成韶夏，五情发而为辞章：神理之教也。"只有作为"文学""文章"二语省称的"文"，其外延才与文字著作、文化典籍相等，才表示一种文学概念，而与"天文""地文""人文""形文""声文"区别开来。

第二节 孔子思想与儒家文学观念

一、孔子思想的文学渊源

孔子文学思想的文化渊源，要从文学思想的萌芽说起。先秦时代是我国古代文学批评的萌芽阶段，这个阶段有关文学的意见，只有简短的资料。它们大抵散见在各种学术著作中，成篇的专门论述文学的文章尚未出现。然而，周代的文化学术有很大的发展。相传孔子编订的六经，绝大部分产生于周代，《诗经》也都是周诗。由于诗歌创作的发展，从西周到东周春秋时代，人们逐渐形成了对诗歌作用的一些认识和见解，那就是：作诗可以表达自己的喜怒哀乐之情，表达对别人或事物的赞美或讽刺；通过采诗、观诗，可以了解人们的思想感情，考察民情风俗。这种认识，以后发展成为比较完整的"言志""美刺""观风"等诗歌理论。春秋战国时期是社会发生剧烈变革的时期。由于生产的发展和阶级矛盾的尖锐化，旧的奴隶制度逐步解体，新的封建制度逐步形成。在当时社会剧烈变化的过程中，涌现出许多思想家，他们依据不同的阶级性，提出来许多不同的政治、经济、哲学等方面的主张，形成百家齐鸣、文学作品异常繁荣的历史性的大局面。在诸子百家的论著中，包含着不少有关文学的见解，这些虽然还没有成为完整的篇章，但其中已经有不少较为深刻的原则性的论点，对于后世的文学批评，有很大的启发和影响。特别是儒家的文学思想，在我国文学批评史上占有重要的地位。这时期人们所用的"文学"这一名词，内容比较宽泛。所谓"文"或"文学"是文化学术的总称，具体地说，就是《诗》《书》《礼》《乐》等著作，而其中只有少数是文学作品。当时人们常用的和文学有关的另一个名词是"言"或"言辞"。它表现在口头上，是人们的口常谈话和政治外交辞令等等；表现于书面记录，主要是政治文告、法令和学术著作等等。它的含义也比较宽泛。所以，当时的人们对于文学的见解，大都包含在对文化学术的见解范围之内。当时的思想家常常提到关于诗的意见，那是比较纯粹的有关文学的见解。但《诗》三百篇大都入乐，诗乐紧密配合；人们对于诗歌和音乐的见解，也常常互相联系，有时很难分开。基于上述情况，这段文学批评史的内容，特别不容易跟学术思想史、美学思想史划出清楚的界限。然而儒家的创始人孔子很重视文学(文化、学术)，这就为孔子文学思想的发展提供了一个重要的条件。

生活在春秋末期"礼坏乐崩"时代的孔子，对"礼乐文明"怀着真诚的信仰，在春秋时代礼乐文化激烈的变革中，以"仁"释礼，援仁入乐，通过改变礼乐文化的精神基础，以期"挽狂澜于既倒，扶大厦之将倾"，进而实现其复兴周代"礼乐文明"的文化理想。"礼是一种举止文雅崇高的艺术。"脱胎于原宗教祭仪的周代礼乐文化，其"礼乐相须以为用"的表现形式，使其发轫之时，便和作为文学的"诗"与作为艺术的"乐"紧密地联系起来，周代礼乐文化的表现方式，亦是联系文学和艺术的存在方式。从这个意义上说，周代的礼乐文明不仅是孔子文学思想发生的文化背景，也是孔子文学思想最为切近的来源。研究孔子文学思想，周代礼乐文明不仅是其产生的重要历史背景和文化资源，而且在某种程度上甚至是其文学思想的一部分，"正因为有作为历史源头的西周礼乐文化，春秋末期遂有孔子以礼乐为价值取向的儒家文学思想因素"。因此，对孔子文学思想的研究，不能不从这里开始。

(一) 礼乐溯源

"礼乐文明"虽然是人们对周代文化的特定称谓,但礼乐并非周人所创,而是有其更为古远的源头。究竟源头在哪里,大家的说法并不是很一致。"孔子曾经感叹说:'礼云礼云,玉帛云乎哉!乐云乐云,钟鼓云乎哉!'这些或多或少地都反映了古代礼仪活动可能就是用玉帛、钟鼓为代表物的。"从字源上看,古时的"礼",指的是行礼之器,后来推而广之,凡"奉神人事通谓之礼",这样"礼"与祭祀就有着不可分割的关系。《礼记·礼运》载:"夫礼之初,始诸饮食,其播黍裨豚,污尊而杯饮,蒉桴而土鼓,犹若可以致其敬于鬼神。"虽然这里认为礼始诸饮食,但它又说即使在污尊杯饮的阶段,也是蒉桴而土鼓,礼乐并用,致敬鬼神的,可见"礼"的终极目的仍与祭祀密切相关。

虽然我们不能具体考订礼、乐起于何时何地,但却可以知道,在人类文化发展的过程中,礼、乐都曾经与原始祭祀有关,是原始祭祀中不可或缺的环节。礼最初指祭祀时的行礼之器,乐指祭祀时的乐舞。礼器的作用是示敬,乐舞的作用是娱神,而礼、乐在原始祭祀中所呈现出的这种相辅相成的文化功能,也正是礼、乐后来被政治所用,并逐渐成为一种文化模式的根本原因。

礼的观念从周初时便显示出来,周代的文化系统是在对前代文化批判继承的基础上发展而来的:"殷因于夏礼,所损益,可知也。周因于殷礼,所损益,可知也。"(《论语·为政》)礼在周代不再是单纯的仪式、仪节,而是礼典、道德伦理融为一体,成为周代政治、文化的核心,其影响遍布于意识形态和社会生活各个领域。在周人那里,"乐"的作用也不仅是用以娱神,而是作为"礼"的外在表现形式,广泛地应用于贵族阶级各种典礼仪式,一方面将等级差别以用"乐"的差异表现出来,另一方面又借助乐的"异文合爱"(《礼记·乐记》)的和合作用,以巩固政权、规范贵族生活。人们所说的"礼乐教化",对于孔子来说既是他的文学思想发生的文化历史背景,也是他的文学思想的构成元素。文学思想表征了他的礼乐思想的文化艺术精神,礼乐思想规定了他的文学思想的政治教化伦理道德品格。孔子的这些文化教育思想对当今传统的道德审美文化具有深远的借鉴作用。

(二) 礼乐文化的文学意义

西周的礼乐文化，一方面，使作为区分社会等级秩序和社会行为规范的"礼"，成为周代文化的核心；另一方面，又使在原始祭祀中与礼并立、用于娱神的"乐"，转向治人，形成了礼本乐用，乐以礼制的文化格局。"乐之为乐，有歌有舞"(《左传·襄公二十九年》孔注)，古时的乐是诗(祷辞)、乐、舞三位一体的综合艺术。

从这个意义上说，周公制礼作乐的过程，既是一次政治体制、社会秩序的建立和规范的过程，也是一次文学思想、文学观念的强化过程，因而有着重要而深远的文学意义。西周作为礼制载体的乐被称为"雅乐"。但"礼乐相须以为用"的文化格局并非就意味着"礼"与"乐"在文化地位上是一致的，"乐"的作用是为辅"礼"，周代的雅乐除了作为礼制象征之外，还承担着德育教化的政教功能。西周时代"乐以礼制，礼本乐用"的文化格局，一方面使"乐"作为"礼"的载体，将强调贵贱尊卑的"礼"通过"乐"的不同形式展示出来。"礼"就是国与家的秩序，在家里面，父子、夫妻、兄弟要长幼有序、尊卑有位；在庙堂上，君臣要有义，贵贱要有别，这就是"礼"。"礼"就是最高的人伦道德，所以诗和音乐就是这种人伦道德的最感性的显现。另一方面指"体要""大体"，指文体的内在规定性。我个人认为"礼"也就是内在的本质性的人格道德。在西方大多文学理论中，"体"的"风格"和"形式"词义各异，在理论上分工也比较明确，但是在中国古代却很难统一在"文体"上，"体"是本体与形体之奇妙统一。中国古代文体学的综合性极强，包含了文类学、风格学与相关审美形式等理论。文学作为一种活动，是人类社会所特有的现象。很多人物也被人们直接或者间接地描写。文学是直接或者间接地写人的，很多时候也都是为了人们的需要而写的。所以，在很大程度上人显然是文学活动的出发点和归宿点。文学是以活动的方式而存在，是整个人类活动的一种高级的特殊精神活动，因此文学活动的发生也即文学思想的产生，是与人类的活动息息相关的。

二、儒家文学观念

（一）中庸的文学追求

"中庸"是儒家重要的思想范畴，孔子将其概括为"过犹不及"，这也成为儒家哲学的最高准则，中庸之道表现在文学上，形成了以"中和为美"的文学观。《论语·八情》载"《关雎》乐而不淫，哀而不伤"，是因为它恰如其分地表现了人的情感：快乐而不至于毫无节制，悲伤而不至于伤害身心，情感与理智达到了完美的统一。"子谓《韶》，尽美矣，又尽善矣。谓《武》，尽美矣，米尽善矣。"《论语·雍也》又载："质胜文则野，文胜质则史。文质彬彬，然后君子。"这些都是孔子"中庸"思想的表现，这一思想直接影响后世文学理论的发展。

《礼记·经解》引孔子语云："其为人也温柔敦厚，诗教也。"《礼记·中庸》云："喜怒哀乐之米发谓之中，发而皆中节谓之和。"提出"致中和"的主张。《毛诗序》论述诗歌的言情特点时，提倡"发乎情，止乎礼仪"。汉代董仲舒出于维护封建专制统治的需要，在文学思想上将孔子的"思无邪"申发为"中和之美"，唐代古文运动的代表韩愈和柳宗元都极力推崇"文以明道"。"受中庸平和的儒家思想的影响，中国文学崇尚美在其中而简朴于外，平淡而有实理，简约而有文采，温和而有条理，含蓄写意的美学风格，主张在文学作品中要有节制地宣泄情感，以'远而不怒''婉而多讽'的方式来批判现实。"强调文学所抒之情，要"以理节情"，这对塑造中国文学艺术含蓄蕴藉、深沉内向的总体美学形象和民族性格起着重要作用。"创作上不以表达纯情的文学作品为上品，往往是情理兼具，文质并重；崇尚从容、雍穆，富有委婉、典雅，而缺乏直率、狂热、奔放、潇洒。"儒家的"中庸"思想在文学表现方面似乎是要在文学作品表现情感与表现理性之间寻找一个平衡点，创造一个情与理相统一的审美境界，目的是更好地发挥文艺作品对人的陶冶、净化作用。

（二）天人合一的文学理念

中国古代"天人合一"的思想传统，有一个逐渐演化的过程。中国人习惯把自然天地与人的道德精神结合起来，比如孔子的"智者乐水，仁者乐山"的说法。

在他看来，智者和仁者各有不同的思想品格，他们从山水之中直观他们各自的德性，从而产生审美的愉悦感。"儒家的自然山水之美，乃是一种德行之美，是一种自然美景与人的美德的统一，二者联系在一起，必将'天人合一'的观念贯穿到艺术创作和审美理想的追求中，所以'天人合一'亦即'天人合德'，也就转化为艺术创作和欣赏中的'情景合一'，有此'情'乃有此'景'，有此'景'乃有此'情'，'情'（人）和'景'（天）缺一不可，并且情景相互交融为'一'，才能产生充满道德精神润泽的'圣贤意境'。"

"天人合一"的思想发展到了汉代，演变成董仲舒的天人感应论，董仲舒认为人是天的副本，人的一切都是效法于天的，包括人的生理结构。这里显然有滥用的成分，并且从某些方面来说很消极，但其中心意思是，人与宇宙是一个和谐的整体，一个系统，人的活动应遵从宇宙的规律。"天人合一"是儒家从先秦到宋明以至现代一个重要理论特点。天人合一不是把人所居的自然界仅仅当作征服的对象，也不是在它面前盲目崇拜而无所作为。儒家思想中的"天人合一"更重要的是体现在人与人之间的和谐。儒家的核心三纲五常，就是在承认社会等级制度、承认人的位分的差别上，和谐人与人的关系。宋明理学强调人的位分，人在不同的地位有不同的义务和责任，但人皆可以成就理想人格，皆可以从自己所处的位分上进行道德实践。

综上所述，儒家思想对于中国文学的影响也是巨大的，儒家思想渗入中国人的生活、文化，而对中国文学产生影响的，也恰恰是儒学中最具本质意义的东西。

第三节　老庄哲学与道家的文学观念

一、老庄的思想渊源

（一）老子的思想渊源

老子约生活于公元前 571 年至前 471 年之间，是中国古代伟大的哲学家和思想家、道家学派创始人，被唐朝帝王追认为李姓始祖。老子乃世界文化名人，世界百位历史名人之一，存世有《道德经》(又称《老子》)，其作品的精华是朴素的辩证法，主张无为而治，其学说对中国哲学发展具有深刻影响。在道教中老子被尊为道教始祖。《老子》在政治上是积极的。

老子尚柔守雌，其思想渊源于商朝的《归藏(坤乾)》。老子关于"道生一，一生二，二生三，三生万物"的宇宙论体系。《童子问易》指出："《太玄》应是扬雄模仿《周易》'两仪生成模式'对老子'三(才)生万物'命题构建的新的宇宙图示和理论体系。"

(二) 庄子的思想渊源

庄子是战国中期道家学派的代表人物，著名的思想家、哲学家、文学家，道家学说的主要创始人之一。庄子祖上系出楚国公族，先人避夷宗之罪迁至宋国蒙地。庄子生平只做过地方漆园吏，因崇尚自由而不应同宗楚威王之聘。老子思想的继承和发展者。后世将他与老子并称为"老庄"。他们的哲学思想体系，被思想学术界尊为"老庄哲学"。代表作品为《庄子》以及名篇《逍遥游》《齐物论》等。

庄子思想主要有两个来源，一是老子，一是《易经》。《周易》本经始终未体现阴阳二字，可庄子洞察到"《易》以道阴阳"。庄子的天籁、地籁、人籁"三籁"思想就是《易经》"三才"思想的别称。庄子尊重天道，主张"天地与我并生，而万物与我为一"，强调"天人合一"。

庄子善作儒家的反命题。儒家主张"天人有分"，庄子在《庄子·三木》篇中则说"无始而非卒也，人与天一也"。李学勤先生指出：庄子《三木》这一章在天人关系认识上正好与孔子"天人有分"思想相反，这"正是庄子一派习用的手法"。

二、道家的文学观念

(一) 老子的文学观念

在老子的时代，文学是供贵族奴隶主表现权威、满足欲望的，而百姓却处在饥寒交迫的境地，文学被礼乐文明异化了，所以老子对当时的文学采取了全面否定的态度。老子认为正是礼乐文学使人们变得虚伪狡诈，失去了人性纯真的本质，为了"去欲",老子在文学上提倡"绝圣弃智""绝仁弃义""绝学无忧",在精神上追求"无知无欲"、老死不相往来。他还说:"五色令人目盲,五音令人耳聋。"这里"五色""五音"就是指文学艺术,这些文学形式刺激人的欲望,让人发狂,百姓不复慈孝,难以生存,所以"圣人为腹不为目",文学艺术不符合社会实用的标准,有害人心,应该被排除在外。同时,老子对"言"和"辩"也做出了评价,指出"美言不信",否定了文学的形式美;"善者不辨",否定了文学的思想内涵。所以,在老子看来,"文学"应该是以人的生存为目的,以人的精神无欲为追求的,而最好的实现方式就是对文学艺术与文化教育的不作为。

老子的文学观以"道"为本,道是"自然"的,是虚无缥缈、不可言说的,是无限与有限、混沌与差别的统一。自然之道是可以应用于一切事物的,无论是用于政治还是用于文学都一样,老子的自然之道强调"无为",即"文学"应合乎自然规律,言语修辞要顺应自然,不强求、不泛滥。在这种认知的基础上,老子提出了一种新型的文学大美境界:"大音希声,大象无形。"有声有象的部分的美不是"全美",全美是"道"的体现,想要感受自然的这种完美深厚、多变圆融之"道",老子认为要在心境上做到"涤除玄览"。"道"是玄妙莫测、无中生有的,所以只有排除外部干扰,达到致虚守静的状态,从而使精神集中来体察"全美"的"道",只有满足以上条件的文学,才是符合自然之道的文学。

老子强调"道法自然",反对文学是因为当时的文学充满了情感的泛滥。虽然老子为文学设定了境界,但这种境界是不可言说的,不过老子给出了"文学"应有的特质,比如在心境上要做到"致虚境,守静笃",虽然是为了感悟"道"的途径,但是也可以引申为文学所需要的创作状态与赏析前提,甚至可以说是一种审美标准,而被后世吸收,广泛地应用到文学观念里。

(二) 庄子的文学观念

庄子继承了老子对礼乐文明的看法,他认为文学所带来的文化知识是社会混乱的根源,文学扭曲人的本性、扰乱秩序,要求"灭文章,散五彩",毁灭一切文学文化,希望回到原始的朴素社会中。而且,庄子还指出了一直被追捧的文化典籍的弊病,文献不过是文字的记录,是僵固的学问,文字没有办法表达出学术的全部内涵，人也无法理解文字背后的真实意义，从这一方面讲，文学也是没有存在价值的。

庄子主张"自然无为"，反映在文学审美上就是对自然之美的追求，庄子反对人为的文学形式，并将之作为文学的创作要求与审美理念。真正的美是"天籁"，人为的丝竹之音最低，更不要说被礼乐束缚的文学了，庄子消解了文学活动中人为的创作与修饰，反对文学创作中对言辞的繁复雕琢，明确讽刺礼乐文明以道德仁义为美。庄子崇尚自然，在《庄子》中，像庖丁解牛、轮扁斫轮这样的小故事不胜枚举，庄子希望通过这些故事来引出文学应该尊崇自然的法则，即使是人为的艺术，也应该在精神上顺应自然，只有这样才能够使文学与自然同化，从而达到浑然天成的境地。

庄子给出了如何追求"道"中的自然之美的方法，一是虚静，二是物化。庄子认为"道"就在万物之中，想要观"道"，就要"心斋""坐忘"，提高主体修养、摒弃欲望，然后才能做到"天地与我并生"，达到"万物与我同一"的状态。当主体精神与外物同化，观察到"道"的美，人就想描述出来，于是，庄子对"言"和"意"的关系做出说明。"言"是表达"意"的工具，"言"是手段，"意"才是目的，二者不可混淆。庄子提出了几种"言"的方式：寓言、重言、卮言。当这些手法也表达不出"意"的时候，可以借助"象圈"来实现。庄子的言、象、意渗透到文学观念中，扩大了文学的范畴，文学成为具象与抽象、有限与无限、经验与超验的统一。

第四节　法家的文学观念

一、法家的思想渊源

法家是中国历史上研究国家治理方式的学派，提出了富国强兵、以法治国的思想。它是诸子百家中的一家，战国时期提倡以法制为核心思想的重要学派。

《汉书·艺文志》将法家列为"九流"之一。其思想源头可上溯于春秋时的管仲、子产。战国时李悝、吴起、商鞅、慎到、申不害等人予以大力发展，遂成为一个学派。战国末韩非对他们的学说加以总结、综合，集法家之大成。法家强调"不别亲疏，不殊贵贱，一断于法"。法家是先秦诸子中对法律最为重视的一派。而且提出了一整套理论和方法。这为后来建立的中央集权的秦朝提供了有效的理论依据，后来的汉朝继承了秦朝的集权体制以及法律体制，这就是我国古代封建社会的政治与法制主体。法家作为一种主要思想派系，他们提出了至今仍然影响深远的以法治国的主张和观念，这就足以见得他们对法制的高度重视，以及把法律视为一种有利于社会统治的强制性工具，这些体现法制建设的思想一直被沿用，成为统治者稳定社会的主要手段。当代中国法律的诞生就是受到法家思想的影响，法家思想对于一个国家的政治、文化、道德方面的约束还是很强的，对现代法制的影响也很深远。

在中国传统法治文化中，齐国的法治思想独树一帜，被称为齐法家，古代大家和近代学者一致认为其为道家分支。齐国是"功冠群公"的西周王朝开国功臣姜太公的封国，姜太公的祖先伯夷辅佐虞舜，制礼作教，立法设刑，创立礼法并用的制度。太公封齐，简礼从俗，法立令行，礼法并用成为齐国传承不废的治国之道。管仲辅佐齐桓公治齐，一方面将礼义廉耻作为维系国家的擎天之柱，张扬礼义廉耻道德教化的重要性；另一方面强调以法治国，君臣上下贵贱皆从法，成为中国历史上第一个提出以法治国的人。至战国时期，齐国成为中国历史上第一次思想解放运动和百家争鸣的策源地，继承弘扬管仲思想的一批稷下先生形成了管仲学派。管仲学派兼重法教的法治思想成为先秦法家学派的最高成就。

战国是一个大变革的时代。铁制工具的普及大大提高了生产效率，使个体家庭成为基本的生产单位。战国时期法家先贤李悝、吴起、商鞅、申不害、乐毅、剧辛相继在各国变法，废除贵族世袭特权，使平民可以通过开垦荒地、获得军功等渠道成为新的土地所有者，让平民有了做官的机会，瓦解了周朝的等级制度，从根本上动摇了靠血缘纽带维系的贵族政体。平民的政治代言人是法家，法家的政治口号是"缘法而治""不别亲疏，不殊贵贱，一断于法""君臣上下贵贱皆从法""法不阿贵，绳不挠曲""刑过不避大臣，赏善不遗匹夫"。

法家在法理学方面做出了贡献，对于法律的起源、本质、作用以及法律同社会经济、时代要求、国家政权、伦理道德、风俗习惯、自然环境以及人口、人性的关系等基本问题都做了探讨，而且卓有成效。

但是法家也有其不足的地方。如极力夸大法律的作用；强调依法治国，"以刑去刑"，不重视道德的作用。他们认为人的本性都是追求利益的，没有什么道德的标准可言，所以，就要用利益、荣誉来诱导人民去做。比如战争，如果立下战功就给予很高的赏赐，包括官职，以此来激励士兵与将领奋勇作战(这也许是秦国军队战斗力强大的原因之一)。这就引发了一个问题，即一个君王，如果他能给予官员及百姓利益，官员和百姓就会拥戴和支持他，同时这个君王还擅长"术"的话，那么这个国家就很有可能强盛；但如果这个君王不具备以上的任何一条的话，这个国家就很可能走向衰落，甚至是灭亡。所以，法家理论的一个很大的不足在于过度依赖君王个人的能力。但秦能灭六国，统一中国，法家的作用还是应该肯定，尽管它有一些不足。

二、法家的文学观念

法家代表新兴的地主阶级的利益，韩非作为法家的集大成者，他的文学观念带有明显的反儒性质。法家的政治哲学与墨家相似，都强调以现实利益与实际效果作为评判优劣的标准，这就导致法家不会认同儒家关于文学是积极地劝导的观念。法家着眼于法制，法制的特点是限制，在劝导的过程中会出现差错，但是用法令的手段效果是唯一的，所以法家主张排斥一切文化学术，消除一切文献制度，实行文化专制政策。

韩非师承荀子，他继承了荀子人性恶的观点，法家的文学观念是以人性趋利避害为依据的。韩非认为人与人之间的关系是利害关系而不是伦理关系，所以文学的教化作用是不可能在人际关系上实现的，这样文学的社会同化作用就不存在了。国家应该放弃"六艺之教"，韩非认为如果像儒家一样教育民众以学问，就会使百姓拥有自己的想法，造成私下议论政事、私自抵抗政令的现实，从而破坏国家的稳定统治和法令的顺利实施。如果统治者允许文学对政治进行干预，就会造成国家秩序的混乱，韩非预见到了"文学者非所用，用之则乱法"的恶劣后果，所以才会那么激烈地排斥文学和学者。不仅如此，韩非还强调要对人民的思想、言谈进行控制，对民众的言谈举止有具体的要求，并通过法令条文来规范不轨言行。一切文学活动都要"以法为本"，包括对言辞的表达与修辞的手法，矫揉造作、不和法令的文章内容与文学形式应该被禁止。

韩非认为当时社会有"今修文学，习言谈，则无耕之劳而有富之实，无战之危而有贵之尊"的不良风气，人们向往学术文化不利于耕战的推行。他主张"不期修古，不法常可"的"变易"发展观，反对学习古代的文化制度，应以现实为根据变新。所以韩非在《五蠹》里对理想社会有这样的设想：国家的强大只需要农民、战士、管理者，其他的职业是不必要的，"学者"对发展国家实力没有帮助，所以学者是应该被消灭的蠹虫，学者掌握的"文学"自然也应该被消灭。韩非在政治上否定文学，因为"儒以文乱法"，明确要求"息文学而明法度"，坚持"以法为教""以吏为师"，主张摒弃文学中的文化制度和典籍学术。法家排斥文学带来的不利于统一的"思想自由"，认为文学最不应该去宣传那些仁义道德。法家需要的是完全作为政治统治工具存在的耕战文学，文学不需要任何华丽善辩的言辞、曲折隐晦的思考、独立自由的意志，"文学"只需要成为为君主歌功颂德、操控人民的手段即可。

法家的文学观是建立在"以功用为之毅"的基础上的，一切评判标准都以政治统治为最终目标，文学作为精神文明的组成部分是不利于实现国家物质繁荣的，法家需要的"文学"是法令文书。所以，法家的文学观反对一切文学的内容和形式，认为文学不仅不利于耕战，更不利于政治的统治，企图通过文化专制的法律政令来取代文学所代表的意识形态。

第三章　中国古代文学研究理论

第一节　中国古代文学的创作发生论

优秀文学创作的发生虽然具有一定的偶然性，但其中的规律和刺激文学创作发生的物和情值得我们去学习和研究。

一、文学创作与物情相关

文学创作与物情相关，这种观点源远流长，阵容颇壮。《乐记》云："凡音之起，由人心生也，人心之动，物使之然也。"开这种观点的先河。陆机《文赋》讲："遵四时以叹逝，瞻万物而思纷，悲落叶于劲秋，喜柔条于芳春。"刘勰《文心雕龙·明诗》讲："人禀七情，应物斯感，感物吟志，莫非自然。"钟嵘《诗品序》讲："气之动物，物之感人，故摇荡性情，形诸舞咏。"这些言论清晰地勾画了物→情→辞的生成路线，奠定了这种观点的雄厚基础。此后，这种观点则成为常识，而为历代文人所引述。如唐代的白居易说："大凡人之感于事，则必动于情，然后兴于嗟叹，发于吟咏，而形于歌诗矣。"宋代的朱熹说："人生而静，天之性也；感于物而动，性之欲也。夫既有欲矣，则不能无思；既有思矣，则不能无言；既有言矣，则言之所不能尽，而发于咨嗟咏叹之余者，必有自然之音响节奏，而不能已焉。此诗之所以作也。"明代的蔡羽说："辞无因，因乎情；情无异，感乎遇。遇有不同，情状形焉。是故达人之情纾以纵，其辞喜；穷士之情隘以戚，其辞结；羁旅之情怨以孤，其辞慕；远游之情荒以惧，其辞乱；去国丧家者思以深，其辞曲。此无他，遇而已矣。"清代的尤侗说："文生于情，情生于境。"

作为文学本源的"物"，要义有二。一是指自然景物，古人常称"景"。如刘勰《文心雕龙·物色》说："献岁发春，悦豫之情畅；滔滔孟夏，郁陶之心凝；天高气清，阴沉之志远；霰雪无垠，矜肃之虑深。岁有其物，物有其容，情以物迁，辞以情发。"杜甫说："云山已发兴，玉佩仍当歌。"二是指社会生活，古人常称"事"。

如钟嵘《诗品序》讲："嘉会寄诗以亲，离群托诗以怨，至于楚臣去境，汉妾辞宫，或骨横朔野，魂逐飞蓬，或负戈外戍，杀气雄边，塞客衣单，孀闺泪尽，或士有解佩出朝，一去忘返，女有扬娥入宠，再盼顾国，凡斯种种，感荡心灵，非陈诗何以展其义？非长歌何以骋其情？"

　　文学是表情达意的，而情意的产生又基于现实事物的感触，有什么样的生活遭遇，就有什么样的思想情感及其表现，因而古代文论有"不平则鸣"说。司马迁在《史记·太史公自事》中曾深有体会地指出："夫诗书隐约者，欲遂其志之思也。昔西伯拘羑里，演《周易》；孔子厄陈蔡，作《春秋》；屈原放逐，著《离骚》；左丘失明，厥有《国语》；孙子膑脚，而论兵法；不韦迁蜀，世传《吕览》；韩非囚秦，《说难》《孤愤》；《诗》三百篇，大抵贤圣发愤之所为作也。此人皆意有所郁结，不得通其道也，故述往事，思来者。"韩愈则把这种现象总结为"大凡物不得其平则鸣"："草木之无声，风挠之鸣；水之无声，风荡之鸣，其跃也或激之，其趋也或梗之，其沸也或炙之；金石之无声，或击之鸣；人之于言也亦然，有不得已而后言，其歌也有思，其哭也有怀。凡出口而为声者，其皆有弗平者乎！"由于人处于富贵、平安的顺境时，感受不深、不真；处于穷苦、坎坷的逆境时，不仅情真意切，而且能感他人所不能感，思他人所不能思，发他人所不能发，所以常有这种现象："和平之音淡薄，而愁思之声要妙；欢愉之辞难工，而穷苦之言易好也。"这就叫"诗(文)穷而后工"。欧阳修曾揭示过其中奥秘："凡士之蕴其所有而不得施于世者，多喜自放于山颠水涯，外见虫鱼草木、风云鸟兽之状类，往往探其奇怪，内有忧思感愤之郁积，其兴于怨刺，以道羁臣寡妇之所叹，而写人情之难言，盖愈穷则愈工。然则非诗之能穷人，殆穷而后工也。"举例说来，"李陵降胡不归而赋别苏武诗，蔡琰被掠失身而赋《悲愤》诸诗，千古绝调，必成于失意不可解之时。惟其失意不可解：而发言乃绝千古。下此嵇康临终，杜甫遭乱，李白投荒，皆能继响前贤"；"使七子不当建安之多难，杜陵不遭天宝以后之乱，盗贼群起，攘窃割据，宗社乾脆，民众涂炭，即有慨于中，未必其能寄托深远，感动人心，使读者流连不已如此也"。这正如陆游曾戏谑而不无自嘲地感叹的那样："天恐文人未尽才，常教零落在蒿莱。"

因此，作家的生活经历、人生际遇对创作具有一定的决定作用，"身之所历，目之所见，是铁门限"。有鉴乎此，古人强调作家"伫中区以玄览"(陆机)，"读万卷书，行万里路""多历名山大川，以扩其眼界"，要像杜甫、白居易那样"身入闾阎，目击其事"，了解民生疾苦，反对作家"纸上谈兵""闭门造车"，所谓"纸上得来终觉浅，绝知此事要躬行""山思江情不负伊，雨姿晴态总成奇；闭门觅句非诗法，只是征行自有诗""眼处心生句自神，暗中摸索总非真，画图临出秦川景，亲到长安有几人？"

在"物→情→辞"的文源论中，如果再追究一下："物"是从何而生的？古人便会回答：是由"道"派生的。这样一来，就出现了中国古代另一种形态的文源论："文肇自道"。

显然，这种"道"在古人的玄想中，是离开心灵乃至人之外而存在，派生天、地、人"三才"乃至万物众生的宇宙本体，是"天道""太极"。

按照老庄的宇宙观，天下万物"有生于无"。这个从"无"到"有"的生成图式是"道"("太极""无")生"一"("气"，气已属于"有")，"一"生"二"("阴阳")，"二"生"三"(天、地、人"三才")，"三"生"万物"。孔子、孟子重日用实际，对宇宙生成问题不喜欢多作追究。不过诞生于战国时期的儒家经典《易传》杂取道家宇宙生成学说，揭示了宇宙生成图式："是故易有太极，是生两仪(阴阳、天地)，两仪生四象(四时)，四象主八卦。"(《系辞上》)这虽不是论文源，但也不言而喻地包含了文源论：既然天下万物都源生于"道"，"文学"这种现象自然也起源于"道"。因此，刘勰《文心雕龙·原道》提出："人文之元，肇自太极。"

二、文学创作的发生源自内心的渴求

在"物→情→辞"的文学生成论中，也有人不追究"物"的生成原因，而且连"物"这一环节都给予切断、舍弃，这就形成了另一形态的文源论：文本心性。

以心灵为文学的本源，这在中国文学表现论中已露端倪。按照文学表现论，文学既然是心灵表现，而非现实的模仿，所以外物不同于在艺术模仿中那样作为文艺的反映对象而成为文艺本源，而是作为心灵意蕴的刺激物、激发器，文学所要表现的不是外物而是外物所点燃的心灵火花，当外物点燃了心灵火花后，便完成了使命，退出文学表现舞台，这很容易让人得出"诗本性情"的文源观。而且，外物作用于人的心灵可以产生思想情感，作用于其他生物则不能生出思想感情的事实，也促使人们把文学表现的情思之源归结为"人"这个"禀有七情"的"有心之器"之"心"，而不会归结为作为情思激发器的"物"。所以，当扬雄说"言，心声也"，陆机说"诗缘情"，欧阳修说"诗原乎心者也"时，已包含了"文本于心"这样一个不言而喻的文源论。宋以后，"万法唯心"的禅宗认识论逐渐深入人心；在禅宗影响下形成的宋明理学把"天道""太极"从人心之外移植到人心之内，认为"吾心便是宇宙""人人心中一太极""心外无物"。如此，则"文本心性"的观点正式提出，并蔓延开来，势力也不算小。如宋代理学家邵雍说："行笔因调性，成诗为写心。诗扬心造化，笔发性园林。"这是典型的"文本心性"论。同时代的家铉翁说："序诗者即心而言志，志其诗之源乎！"明确指出"志"是"诗之源"。明代李贽指出诗文之本原即童贞不昧之真心，这"童心"正打着陆九渊、王阳明心学的烙印。清代深受理学、禅学濡染的儒学大师刘熙载指出："文不本于心性，有文之耻甚于无文。"则把这种"本于心性"的文源论唱到终古。

三、文学创作的发生源自经典的启发

今天的文学理论教材认为，书本只是文学创作用资借鉴的"流"，而不是文学创作赖以发生的"源"。中国古代文论则认为，书本，主要是经书，可以是文学创作取之不尽、用之不竭的源泉，所谓"六经者，文之源也"。

细看一下，持这种观点的论者还真不少。北齐颜之推就指出："夫文章者，原出五经。诏命策檄，生于《书》者也；序述议论，生于《易》者也；歌咏赋颂，生于《诗》者也；祭祀哀诔，生于《礼》者也；书奏箴铭，生于《春秋》者也。"他认为文出"六经"，并分析了每种经典派生的文体。唐魏颢《李汉林继续》将历代文学演变的源头推倒"六经"："伏羲造书契后，文章滥觞者六经。六经糟粕《离骚》，《离骚》糠秕建安七子。七子至白(李白)，中有兰芳，情理婉约，词句妍丽。自与古人争长，三字九言，鬼神出没，瞠若乎后耳。"唐代古文家独孤及在给人的集子作序时总结说: "公之作本乎王道,大抵以五经为泉源。" 宋代李涂则在前人所说的 "五经" "六经" 之外加上经过朱熹诠注的 "四书",他说: "《易》《诗》《书》《仪礼》《春秋》《论语》《大学》《中庸》《孟子》,皆圣贤明道经世之书,虽非为作文而设,而千万世文章从是出焉。" 明代茅坤仍以 "六经" 为文之 "祖龙"。宋濂则主张文学创作在 "以群经为本根" 之外还要以 "迁、固二史为波澜"。另有些人把文源从经书扩展到一般书籍,如刘克庄指出 "文人之诗" 是 "以书为本,以事为料"。元代杨载说: "今之学者,倘有志乎诗,须先将汉魏盛唐诸诗曰夕讽咏,熟其词,究其旨,则又访诸善诗之士,以讲明之,若今人之治经,日就月将,而自然有得,则取之左右逢其源。"

古代的中国人为什么以经、书为文之渊薮?一来,文学必须 "原道",而 "道沿圣以垂文",故 "原道" 就是 "征圣" "宗经"。汉代立《诗》《书》《易》《礼》《春秋》于宫学,钦定为 "五经"。唐初,以《周礼》《仪礼》《礼记》"三礼",《春秋》左氏、公羊、榖梁 "三传" 合《诗》《书》《易》为 "九经"。文宗开成年间刻石国子学,又加《孝经》《论语》《尔雅》为 "十二经"。至宋,列《孟子》于经部,为 "十三经"。于是,人们对此奉若神明。"文出五经" 乃至 "群经",正是这种 "宗经" 观念的反映。把古代圣贤的载道之经规定为文学创作的源泉,可以从根本上奠定文学创作不偏离儒道基础。二来,中国古代,由于文人、学者合一,文章、学术不分,故书卷、学问一直是文学使用的材料,就像清代学者总结的,文学作品是 "学问、义理、辞章" 三者的统一,这也自然使文论家们从书本中寻找文学源泉。三来,中国古代的文人学士大都过的是书斋生活,他们的创作往往不是得自 "江山之助",而是得自书本的感发,所谓 "若诗思不来,则须读书以发兴",这也促使他们把书本视为文学创作的一大来源。

第二节　中国古代文学的创作构思论

一、"静思" 说

文学构思是一种高度专注、集中的思维活动。当创作主体进入构思之初,心灵专注于审美意象,甚至整个身心都投入审美意象,从而达到物我两忘的境界。

据传，贾岛"当冥搜之际，前有王公贵人皆不觉"；韩斡"画马而身作马形"；"与可画竹时，见竹不见人；岂独不见人，嗒然遗其身"。正如谢榛所说："思人杳冥，则无我无物。"这种"无我无物"的境界，乃是一种虚空的心灵状态。

由此可见，"杳冥寂寞"的"静"境与"无我无物"的"虚"境是艺术构思达到出神入化境地时必然出现的两种心理状态，也是艺术构思得以顺利进行的保证。因此，刘勰说："陶钧文思，贵在虚静。"苏轼说："欲令诗语妙，无厌空且静。""虚静"成为古代文论家对构思主体必须具备的心态的喋喋不休的要求。

那么，如何获得"虚静"的心态呢？简单地说，就是"去物我"以得"虚"，"息群动"以得"静"。

"去物"，不是把作为客观存在的外物去除掉，而是指感官在接触外物时应物而无伤，不在心灵中留下任何物的影像。它的要义有两个。一是"遗物""忘物"。怎样才能"遗物""忘物"呢？就是像庄子说的那样，"闭汝外"，关闭你所有外部感官的大门。用陆机《文赋》的话说即"收视反听"。这样就能对外物"视而不见，听而不闻"，使"心能不牵于外物"，从而给心灵留下一片空间。二是不"执物""滞物"。外物从现象上看是"有"，从实质上看是"无"，因此，感官所感觉到的物象不过是物的"末""用"，那超以象外的"空无"才是物的"本""体"。所以，对于感官所感知的物象，切不可执着为真，过分滞留于它。只有空诸物象，才能洞悉到物的本体、神韵。在这个意义上，恽南田《瓯香馆记》说："离山乃见山，执水岂见水！"苏轼《宝绘堂纪》说："君子可以寓意于物，而不可留意于物。寓意于物，虽微物足以为乐，虽尤物不足以为病；留意于物，虽微物足以为病，虽尤物不足以为乐。"苏轼不取的"留意于物"，即"滞意于物"。通过对"执物""滞物"的否定，心灵又进一步扩大了虚无的空间。

值得说明的是，"去物"，并不意味着把心灵所有的物象都去除掉，艺术构思所要创造的审美意象是不可"去"的。"去物"的确切含义是去除心灵中与艺术构思所要创造的审美意象无关的一切物象。同样，"去我"，也不意味着把作为构思主体的"我"也否定掉，而是指把与构思无关的各种欲念、情绪排除掉。心灵不空，不仅因为外界物象会通过感官进入心灵，而且因为人的各种内在的本能欲求会源源不断地自动涌入心灵。因而心灵归于虚空，不仅要外空诸相，而且要内空诸念。这种功夫，就是"绝虑"的功夫、"澄神"的功夫、"万虑洗然，深入空寂"的功夫，"疏瀹五脏、澡雪精神"的功夫。通过"去物""去我"，心灵如广阔的大漠，为审美意象的生存准备了偌大空间，如冰壶水镜，为艺术构思提供了独鉴之明。

如果说"虚"侧重以空间言，"静"则侧重以时间言。《增韵》曰：静，"动之对也"。得"虚"的方法是"去物我"，得"静"的方法则是"息群动"。"息群动"也包括主、客体两方面。从客体方面来讲，"品物咸运，主之者静""动以静为基"，客观方面"息群动"，就是要透过变化无常、流动不居的现象，把握到事物寂静贞一的本体。从主体方面讲，"息群动"就是要平息各种欲望、情感、意念的活动，恢复心灵寂然不动、至性至静的本性。"躁""急""嚣""荡"，都是"静"的大敌，主体的"息群动"，包括"雪其躁气，释其竞心""整容定气……毋躁而急，毋荡而嚣"。中国古代文论中，批评家们为了促使创作主体的心灵进入静寂的境界，往往告诫创作主体选择净室高堂，面对明窗净几进行构思创作，如明代杨表正说："凡鼓琴，必择净室高堂，或升层楼之上，或于林室之间，或登山顶，或游水湄，或观宇中。值二气高明之时，清风明月之夜，焚香静室，坐定，心不外驰，气血和平，方与神合……"为的是用外界的静寂引发内心静寂的到来。

"虚"与"静"、"空"与"寂"是相互关联的。时间和空间作为物质存在的基本方式，当心灵从空间方面"去物我"达到了虚空，也就必然会带来"万动皆息"式的寂止，这是"虚而静"；当心灵从时间方面"息群动"达到了寂止，同样会带来"物我皆去"式的虚空，这是"静而虚"。因此，古人总是"虚静""空寂"联言，正揭示了二者相辅相成的关系。

经过"去物我""息群动"的修养功夫，心灵进入了一片"虚静"的状态。这个"虚"不是纯然的空无一物，它包藏着无限的"有"。这个"静"也不是绝对的静止阒寂，它蕴含着最大的"动"。因而这个"虚静"，是包含着最大"势能"与"动能"的一种心理状态。

从"虚静"的"势能"方面说，"虚"可以"观物"，亦有助于"载物"。在中国古代人看来，"物"的本体是"道"，"道"的实质是"无"，要能够透过物的现象"有"洞照到物的本质"无"，观照主体的心灵就必须出之以"虚"。此则古人所谓"虚则知实之情""虚其心者，极物精微""离山乃见山"。反之，如果心灵不空，感官、欲念都在活动，就会执物为有，被物的现象所迷惑，背离物的真实面目，这就是古人讲的："执水岂见水！"所以，"虚心"犹如澄澈的"冰壶"、明亮的"水镜"，它可以为"观物"提供"独鉴之明"。

　　"虚心"不仅可以"观物"，也有利于"载物"。这个"物"就是主体在对外物的观照中通过有限把握无限，通过有形把握无形，通过客体见出主体所产生的林林总总、纷纭挥洒的审美意象。主体只有"虚心"，把其他各种物象和意念从心灵中赶走，审美意象才有生存的心理空间。所以古人讲"虚心纳物""空故纳万境""必然胸中廓然无一物，然后烟云秀色与天地生生之气自然凑泊，笔下幻出奇诡"。"虚心"好比一口"空筐"，它可藏纳万有；"虚心"好比漠漠大荒，它可让审美意象纵横驰骋；"虚心"又好比辽阔的太空，它可允许审美意象上天入地，"精骛八极，心游万仞"。

　　从"静"的"动能"方面说，"静"可以"观动"，亦有助于"载动"。按照古代中国人的观点，"运动"只是事物的现象，"不动"才是事物的本体，所谓"飞鸟之景未尝动也"(庄子)，"动以静为基"。因此，主体只有"以静观动"，才能"以不变应万变"，洞悉到"动"的主宰——事物寂然不动的本体。所以，古人说"静则知动之正""静故了群动""盖静可以观动也""素处以默，妙机其微"。运动是事物恒常不变的本体的即时表现。主体通过以静观动从而由动观静，实际上乃是在刹那间领悟永恒，即在运动的刹那之景——静景中观照恒常不变的本体。

　　"静心"不仅可以"观动"，也可以"载动"。这种"动"就是神思的运行，审美意象的运动。主体只有使各种杂念归于寂止，才能确保艺术构思的正常进行。就是说只有静心，方可最大限度地载动。所以古代文论家每每告诫作者，要"澄神运思"(虞世南)，"罄澄心以凝思"(陆矶)。在审美意象的构思运动中，"静"不只可以"载动"，而且可以"制动""驭动"。如刘勰说："寂然疑虑，思接千载；悄然动容，视通万里。"郭若虚说："神闲意定，则思不竭而笔不困也。"反之，若出之以躁竞之心，则构思的运行不是进入一片无序态，就是被迫中断，断不会像春蚕吐丝那样"思不竭而笔不困"。

二、"神思"说

王昌龄说："为诗在神之于心，处心于境，视境于心，莹然掌上，然后用思，了然境象，故得形似。"艺术构思作为酿造"意象"的思维活动，它是作者"处心于境，视境于心"的产物，是客观境象与主观情思的统一。司马相如讲"赋家之心，包括宇宙，总览人物"，陆机讲构思是"精骛八极，心游万仞"，刘勰讲"思理为妙，神于物游"，胡应麟讲"荡思八荒，游神万古"，黄钺讲"目极万里，心游大荒"，都包含主体("精""心""神""思""目")与客体("宇宙""人物""物""八极""万仞""八荒""万古""万里""大荒")相统一的意思。

由于"神思"是客观与主观的统一，而在客观方面参与构思的主要是物象，主观方面参与构思的主要是情感，所以"神思"又表现为形象性与情感性的统一。关于"神思"的形象性，陆机"物昭晰而互进"已有触及，刘勰则把这种现象精辟概括为"神与物游"，明确指出"神思"达到极致时表现为一种形象思维。以后皎然、司空图、严羽、叶燮等人都从不同角度出发论及文学创作的形象思维特征。关于"神思"的情感性，陆机"情瞳昽而弥鲜"亦已论及，刘勰在《神思》中把"神思"说成是"情变所孕"，徐祯卿在《谈艺录》中则把构思之初"朦胧萌坼"的阶段说成是"情之来"的情况，把构思达到"汪洋曼衍"之盛说成是"情之沛"的状况，把构思中"连翩络属"的现象说成是"情之一"的表现，更突出了"情"在构思中的地位。构思中的"形象"与"情感"是相互引发、相互推进的。陆机讲"情瞳昽而弥鲜，物昭晰而互近"，二语互文见义，即指"情"与"物"在相互引发中走向鲜明。刘勰讲"神用象通"，即指出了主体之"神"因物象激发而畅通的现象。物可生情，而情亦可生物，所谓"登山则情满于山，观海则意溢于海"，如此物象亦可为情变所孕。

"虚构性"，意指对现实规定性的突破。它包含两个方面。一是超越现实的时空限制，在时间上达到永恒，在空间上达到无限。这就是古人讲的"观古今于须臾，抚四海于一瞬""恢万里而无阂，通亿载而为津""寂然凝虑，思接千载；悄然动容，视通万里"。汤显祖说："天下文章所以有生气者，全在奇士。士奇则心灵，心灵则能飞动，能飞动则能上下天地，来去古今，可以屈伸长短生灭如意……"胡应麟说，七言律要对得好，"非荡思八荒，游神万古……不易语也"。辛文房说贾岛"冥搜之际……游心万仞，虑入无穷"。叶燮讲文士之"才"，可"纵其心思之氤氲磅礴，上下纵横，凡六合以内外，皆不得而囿之"。刘熙载说"赋家之心，其小无内"。其实都讲到了虚构性想象的超时空性。二是通过对创作主体规定性的否定，把"自我"化为"非我"的艺术形象，站在艺术形象的角度进行虚构性想象。这也就是金圣叹、李渔所讲的，通过"设身处地"的"神游""代人立言、立心"，过剧中人的心灵生活。

由于艺术构思是虚构性的，不受现实规定性制约的，因而它具有一种创造性。创造性构思一方面表现在"想落天外""思补造化"的奇妙想象上，如刘熙载说司马相如："一切文，皆出于架虚行危。其赋既会造出奇怪，又会撇入宫冥，所谓'似不从人间来者'，此也。"一方面又表现为"务去陈言""自铸伟词"的语言创造活动，所谓"谢朝华于已披，启夕秀于未振"。

在文学构思中，艺术媒介就是语言。构思作为主客体的统一，从主体方面看不只是情思，而且包括语言。作家的构思始终伴随着语言。构思从一开始起就将意象翻译为语言。文学构思的意象总是处于未物化的语言中的意象。这种语言与日用语言不同，它是一定体裁、样式的艺术语言，这一点在诗人的构思中体现得最明显。诗人的构思要得以顺利展开，必须不时地完成意象向一定长度、格律的诗歌语言的置换。因而文学构思又表现为一种语言思维活动。刘勰说："物沿耳目，而辞令管其枢机。"陆机说："倾群言之沥液，漱六艺之芳。"在创作构思中，常常会意外地出现"不以力构"而文思泉涌的现象，这种现象就是灵感，古人通常把它叫作"兴会"。

"兴"，是"感兴""情兴"。在中国古代文论中，它本指"触物起情"的"起"，后来演变为"触物起情"的"情"（"意"）。刘勰《文心雕龙·体性》："叔夜俊侠，故兴高而采烈。""兴"即思致。唐人殷瑶推崇的"兴象"、陈子昂推尊的"兴寄"，即"意象""思想寄托"。唐以后人们常说的"兴味""兴趣"，即"意味""意趣"。刘禹锡讲"兴在象外'，刘熙载讲"赋之为道，重象尤宜重兴，兴不称象，虽纷披繁密而生意索然"，其"兴"为"意"义明矣。正像贾岛《二南密旨》指出的那样："兴者，情也。"在这个意义上，产生了"兴致"一语。严羽《沧浪诗话·诗辨》："且其作多务使事，不问兴致。""兴致"即思致。"会"即"钟会""聚会""集中"。"兴会"，语义即"情兴所会也"，古人用它来指称思如泉涌的灵感现象，是再适合不过的。

因为灵感是构思中"思若有神""思与神合"的状态，因为灵感是飘忽不定，来去无踪，"神而不知其迹"，所以古人亦称之为"神思"(神妙之思)、"妙想"。关于灵感这种现象，晋代的陆机早就注意到了。他在《文赋》中描述道："若夫应感之会，通塞之纪，来不可遏，去不可止；藏若景灭，行犹响起……"但对于灵感的奥秘，他则陷入了不可知论："虽兹物(按：指灵感)之在我，非余力之所勠。故时抚空怀而自惋，吾未识夫开塞之所由。"从陆机以后到中唐，人们始终停留在对灵感现象的描述上，没能深入分析。如梁代萧子显《自序》云："每有制作，特寡思功，须其自来，不以力构。"唐代李德裕《文章论》云："文之为物，自然灵气，惚恍而来，不思而至……"这种情况直到中唐诗僧皎然手中才有所改变。皎然《诗式·取境》曰："……有时意静神王，佳句纵横，若不可遏，宛如神助；不然，盖由先积精思，因神王而得乎？"宋代，参禅悟道的风气为人们认识灵感奥秘提供了相似的心理经验，清代王夫之、袁守定等人则把"兴会"说进一步推向了深入。

灵感是在倏忽之间到来、展开的。这方面，古代有许多极为生动的表述。南齐袁嘏说："诗有生气，须捉著，不尔便飞去。"宋代苏轼说："作诗火急追亡逋，清景一失永难摹。"清代徐增说："好诗须在一刹那上揽取，迟则失之。"王夫之说灵感："才著手便煞，一放手飘又忽去。"张问陶说："……奇句忽来魂魄动，真如天上落将军。"王士禛说："当其触物兴怀，情来神会，机括跃如，如兔起鹘落，稍纵即逝矣。"如此等等，不一而足。

灵感不是作者苦心思考的结果。恰恰相反，苦心的思维往往会距离灵感的到来更远。如元代方回说："竟日思诗，思之以思，或无所得。"因而，灵感的诞生是不自觉的、无意识的。沈约说谢灵运："至于高言妙句，音韵天成，皆暗与理合，匪由思至。"萧子显《自序》："每有制作，特寡思功。"李德裕说："文之为物，隐恍而来，不思而至。"宋代戴复古说："诗本无形在窈冥，网罗天地运吟情。有时忽得惊人句，费尽心机做不成。"方回说："……佳句惊人，不以思得之也。"都是对灵感的无意识性的说明。灵感就是这样一种"率意而寡尤"的构思活动。因此，灵感是不受意识控制、支配的。

灵感的到来是个自然而然的过程，不是人力所能勉强。萧子显讲"每有制作……须其自来，不以力构"。李德裕讲"文之为物，自然灵气"。唐人云"几处觅不得，有时还自来"。清吴雷发说"作诗固宜搜索枯肠，然着不得勉强。故有意作诗，不若诗来寻我，方觉下笔有砷"。王士禛讲《十九首》拟者千百家，终不能追踪者，由于著力也。一著力便失自然，此诗不可强作也"。这些都论述到灵感的自然性、非人力性。灵感的这种自然性，古人又叫作"天成""天机自动"，所谓"天机启则律吕自调"。"古人于诗不苟作，不多作。而或一诗之出，必极天下之至精，状理则理趣浑然，状事则事情昭然，状物则物态宛然，有穷智极力之研不能到者，犹造化自然之声也。盖天机自动，天籁自鸣，鼓以雷霆，豫顺以动，发自中节，声自成文，此诗之至也。"着眼于"兴会"的自然性，古人要求作者"兴来即录""乘兴便乍""兴无休歇""似烦即止"。

所谓"客观性"，指灵感必有待于某种外物的刺激才能产生。如张旭学草书，"见担夫与公主争道及公孙大娘舞剑而后顿悟笔法"，如果没有"担夫与公主争道"及"公孙大娘舞剑"的触发，"顿悟笔法"的灵感也不会产生。因此，古人反对闭门造车，一心内求，主张"兴于自然，感激而成"，指出"诗不可凿空强作，待境而生自工""作文兴若不来，即须看随身卷子，以发兴也。"

第三节　中国古代文学的创作方法论

一、活法说

"活法"的概念是南宋吕本中首先提出来的。他说："学诗当识'活法'。所谓'活法'者，规矩备具，而能出于规矩之外；变化不测，而亦不背于规矩。

是道也，盖有定法而无定法，无定法而有定法。知是者，则可以与语'活法'矣。"
吕氏所论，本针对诗歌创作而言，南宋的俞成发现它具有普遍的方法论意义，便
把它引入整个文学创作领域："文章一技，要自有'活法'。若胶古人之陈迹，而
不能点化其句语，此乃谓之死法。死法专祖蹈袭，则不能生于吾言之外。活法夺
胎换骨，则不能毙于吾言之内。毙吾言者故为死法，生吾言者故为活法。""活法"
提出后，在宋、元、明、清文论界引起了广泛的反响。张孝祥、杨万里、严羽、
姜夔、魏庆之、王若虚、郝经、方回、苏伯衡、李东阳、唐顺之、屠隆、陆时雍、
李腾芳、邵长蘅、叶燮、王士禛、沈德潜、翁方纲、章学诚、姚鼐、袁守定等人，
或径以"活法"要求于文学创作，或通过对"死法"的批评从反面肯定"活法"
的地位。他们从不同角度、不同层面丰富了"活法"理论，为我们全面理解"活
法"的内涵提供了充分的依据。

那么，"活法"究竟是什么方法呢？

"活"即"灵活""圆活""活脱"，作为呆板、拘滞、因袭的对立面，其实质
即流动、变化创造。"活法"简单地说即变化多端、"不主故常"的创作方法。清
代的邵长蘅指出："文之法；有不变者，有至变者。"姚鼐指出："古人文有一定之
法，有无定之法……无定者，所以为纵横变化也。"邵氏讲的"至变"之法，姚氏
讲的所以为"纵横变化"之法，指的就是"活法"。

"活法"作为灵活万变之法，在不同的创作环节上有着不同的表现形态。在
创作过程的起始，"活法"要求"当机煞活"，切忌"预设法式"。反对创作之先就
有"一成之法"横亘胸中，主张文思触发的随机性。魏庆之《诗人玉屑》卷六载：
"仆尝请益曰：下字之法当如何？公曰：正如弈棋，三百六十路都有好着，顾临
时如何耳。"何以如此呢？因为"诗人之工，特在一时情味，固不可预设法式"。
如谢灵运的名句："池塘生春草，园柳变鸣禽。""此语之工，正在无所用意，猝然
与景相遇，借以成章"。

那么，引发文思的"机缘"是什么呢？就是气象万千、瞬息万变的大自然。
以"活法"作诗著称的杨万里在《荆溪集序》中曾这样自述创作体会："每过午……
登古城，采撷杞菊，攀翻花竹，万象毕来献予诗材，盖麾之不去，前者未雕，而

后者已迫，涣然未觉作诗之难也。"大自然是"体有万殊，物无一量"的，因而文思的触发也就光景常新、变化无常了，故"当机煞活"联系到"机"的内涵来说即"随物应机"。

这种"随物应机"的方法直接从现实中汲取文思，给审美意象带来极大的鲜活性。这种文思触发的随机性，也给艺术创作带来了"鸢飞鱼跃""飞动驰掷"的流动美。古人形容这种美，往往以流转的"弹丸"为喻。

在艺术表现的过程中，"活法"要求"随物赋形""因情立格"。这种方法，用今天的话说即给内容赋予合适的形式的方法。内容有内外主客之分。相对于外物而言，"活法"表现为"随物赋形"(苏轼)。用清代叶燮的话说，就叫"准的自然"之法、"当乎理(事理)、确乎事、酌乎情(情状)"之法。相对于主体而言，"活法"表现为"因情立格"(徐祯卿)。由于"向心"文化的作用和表现主义文学观念的渗透，"活法"更多地被描述为"因情立格"、表现主体之法。如吕本中《夏均父集亭》界说"活法"，其特征之一是"惟意所出"；王若虚认为文之大法即"词达理顺"；章学诚指出"活法"即"心营意造"之法。他们都论述到"法"与主体的连带关系，从另一侧面揭示了"活法"的心灵表现特色。

"活法"根据特定内容赋予相应的形式，因而是"自然之法"(叶燮)。对此，古人曾屡屡论及。如沈德潜《说诗晬语》说：所谓"法"者，"行所不得不行，止所不得不止，而起伏照应，承接转换，自神明变化于其中"，从内容对形式的决定性方面论证了"法法"的内在必然性。而不从内容表现需要，仅从内容表达需要的外部寻找一种所谓美的模式加以恪守，则是不"自然"的，无必然性的。正如陆时雍《诗镜总论》说的那样："水流自行，云生自行，更有何法可设？"

既然"活法"主要表现为"因情立格"之法，那么，"情无定位"，法随情变，艺术创作自然不能被"一成之法"所束缚。这里有两个要点：一是"情无定位"说，它揭示了"活法"所以为变化无方之法的动力根源。它由明代徐祯卿在《谈艺录》中所提出："夫情既异其形，故辞当因其势。譬如写情绘色，倩盼各以其状，随规逐矩，圆方巧获其则。此乃因情立格，特守围环之大略也。"二是法随情变。既然"情无定位"，所以法无定方，文学创作没有一成不变的法式可循。"活法"

所以强调"不主故常"，否定"文有定法"，以此，王若虚《文辨》说："夫文岂有定法哉？意所至则为之题，意适然殊无害也。"又在《滹南诗话》中指出："古之诗人，虽趣尚不同，体制不一，要皆出于自得。至于词达理顺，皆足以名家，何尝有以句法绳人哉？"章学诚《文史通义·文理》说："文章变化，非一成之法所能限。"又在《文格举隅序》中指出："古人文无定格，意之所至而文以至焉，盖有所以为文者也。文而有格，学者不知所以为文而竞趋于格，于是以格为当然之具而真文丧矣。"

在艺术表现的终端上，"活法"追求"姿态横生，不窘一律"。既然艺术表现是"随物赋形""因情立格"，其结果自然是"姿态横生""了无定文""莫有常态"。因而在作品面目上，"活法"最忌讳千篇一律，雷同他人，而崇尚"自立其法"，强调"法当立诸已，不当尼(泥)诸人"。

衡量"自立其法"的一个重要标准是法在文成之前还是之后。"法在文成之前，以理从辞，以辞从文，以文从法，一资于人而无我，是以愈工而愈不工"；"法在文成之后，辞由理出，文自辞生，法以文著""不期于工而自工，无意于法而皆自为法"。所以古人强调："文成法立。"张融《门律自序》云："夫文岂有常体，但以有体为常。"根据"自得"之意赋予三种意义均表现方法、形态、格式，就是合理的、美的。意象各别，姿态万千，美的表现方法、形态、格式就多种多样，它存在于"因情立格"、创作告成后的各种特定作品中，没有超越特定内容、离开具体作品可以到处套用的美的"常体"；只有根据"自得"之意写出的作品之法式才属于自己，才是"自立之法"。

除此而外，"活法"还表现为"圆活生动"、变通无碍之法。这主要是在"活法"与具体的创作手段、方法、技巧的关系中显示出来的。这里要交代一点，古人讲"文有大法无定法"，"定法"若指一成不变的美的创作方法、模式，那是没有的；但如果指"可以授受的规矩方圆"，指文学创作基本的技巧、具体的手段，它还是存在的，所以古人在肯定文有"无定之法"的同时又肯定文有"一定之法"。那么，"活法"这个"文之大法"与之有什么关系呢？

首先，它表现为从"有法"到"无法"、既不为法所囿又不背于法的"自由之法"。这一点，"活法"说的始作俑者吕本中说得很清楚："所谓'活法'者，规矩备具，而能出于规矩之外，变化不测，而亦不背于规矩也。是道也，盖有定法而无定法，无定法而有定法。"这是一种领悟了"必然"的"自由"，一种"无规律的合规律性"，以古人之言名之即"从心所欲不逾矩"。它表明，"活法"排斥"定法"，只不过是为了提醒人们不要用僵死的观点对待"法"，"泥定此处应如何，彼处应如何"，帮助人们破除对"法"的精神迷执，所谓"法既活而不可执也，又焉得泥于法"，对于具体的手段、基本的技巧，它并不排斥，恰恰相反，"活法"主张长期地学习、充分地掌握，并把这作为达到超越、走向自由的关键，正像韩驹《赠赵伯鱼》诗形容的那样："一朝悟罢正法眼，信手拈出皆成章。"

其次，"活法"作为一种注重变化、流动的思维方法，它用因物制宜的态度对待事物，从而使它在驾驭各种具体的方法手段时变得圆融无碍。如"起承转合，不为无法"，但依"活法"之见，"不可泥""泥于法而为之，则撑柱对待，四方八角，无圆活生动之意"。又如"字法""有虚实、深浅、显晦、清浊、轻重"等，但"第一要活，不要死。活则虚能为实、浅能为深、晦能为显、浊能为清、轻能为重"。屠隆指出："诗道有法，昔人贵在妙悟。""妙悟"之后就活脱无碍、左右逢源了，所谓"新不欲杜撰，旧不欲抄袭，实不欲粘滞，虚不欲空疏，浓不欲脂粉，淡不欲干枯，深不欲艰涩，浅不欲率易，奇不欲谲怪，平不欲凡陋，沈不欲黯惨，响不欲叫啸，华不欲轻艳，质不欲俚野"。

由于"活法"是"随物应机""当机煞活""因情立格""随物赋形""姿态横生、不窘一律""圆活生动"、变通无碍的创作方法，换句话说，由于"活法"是根据个别的独得意象因宜适变地状物达意的方法，所以它充满了蓬勃的生机和旺盛的创造力，能给人类文化的长卷带来属于作者所有的美的作品和法式，从而与毫无生机的蹈袭模仿形成了鲜明对比。俞成说："专祖蹈袭"的"死法""不能生于吾言之外"，是"毙吾言者"，只有"夺胎换骨"的"活法"才不会"毙于吾言之内"，是"生吾言者"。因此，"活法"是创新之法，而不是蹈袭之法、拟古之法。

以上，我们围绕"活"字，从诸环节、角度考察了"活法"的具体内涵。此外，"活法"还有两大特点。

其一，由于"活法"没有示人以具体可循的创作方法门径，因而是"无法之法""虚名之法"。"虚名"，虚有"法"之名也。

其二，由于"活法"是驾驭各种"定法"的主宰，因而是"万法总归一法"的"一法"，是"执一驭万"之法。

二、定法说

关于文学创作的方法，古代文论既论述到"活法"，又论述到"定法"。所谓"活法"，即辞以达意、"随物赋形""因情立格""神明变化"之法。这种"法"只示人以文学创作的大法，并无一成之法可以死守，所以叫"活法"。它徒有"法"之名而无"法"之实，故叶燮《原诗·内篇下》云："法者，虚名也，非所论于有也"；"活法为虚名，虚名不可以为有"。所谓"定法"，是状物达意时具体的技法，它可以传授和学习，所以叫"定法"。"定法"积淀了文学创作成功的审美经验，为进入文学堂奥之门径，不可或缺。叶燮《原诗·内篇下》云："又法者，定位也，非所论于无也。""定位不可以为无"，即是指此。章学诚《文史通义·文理》指出："学文之事，可授受者规矩方圆，不可授受者心营意造。"这"可授受"的"规矩方圆"就是"定法"，"不可授受"的"心营意造"即"活法"。尽管"立言之要，在于有物"，作为"言有物"的"活法"更为重要，但作为"言有序"的"定法"亦不可偏废。姚鼐《与张阮林》指出："古人文有一定之法，有无定之法。有定者，所以为严整也；无定者，所以为纵横变化也。二者相济而不相妨。"

"活法"本身虽然由内答决定灵活万变，不同于"定法"，但在状物叙事、表情达意时又不得不借助在创作实践中积累起来的一定的章法、句法、字法。这样，"活法"实际上离不开"定法"，并包含"定法"。正如宋代吕本中在《夏均父集序》分析的那样："所谓'活法'者，规矩具备，而能出于规矩之外；变化不测，而亦不背于规矩也。是道也，盖有定法而无定法，无定法而有定法。"而一定的章法、句法、字法如果离开了"当乎理、确乎事、酌乎情"的"活法"，就会沦为令人不齿的"死法"。方回《景疏庵记》将这种"死法"喻为毫无生机的"枯桩"。沈德潜《说诗晬语》指出:"所谓法者……若泥定此处应如何,彼处应如何,不以意运法,转以意从法,则死法矣。试看天地间水流云在,月到风来,何处著得死法?"

由此看来,在古代文学创作方法理论中,"定法"是与"活法"并行不悖、相辅相成的,并为"活法"所统辖,为"神明变化"所服务的。这便决定了"定法"区别于"死法"的最终分野。不同于"活法"又不离"活法",有一定之法可以恪守而又不落入死守成法的僵化窠臼,这就是"定法"的基本内涵。

"文以意为主"。先秦时期,文章道德不分,立言从属于立德,文学创作无"定法"可循,《论语·卫灵公》中孔子的一句"辞达而已",揭示了这一时期文学创作的根本大法,亦为后世"活法"说所本。汉代,令人赏心悦目的诗赋逐渐从广义的文学中脱颖而出,以其美丽的风姿引起了理论家的关注。扬雄《法言》中揭示的"诗人之赋丽以则,辞人之赋丽以淫",标志着汉人对诗赋"丽"的形式美特征的最初自觉。魏晋六朝时期,美文学的创作取得空前发展,文论家们在"诗赋欲丽""绮靡浏亮""绮縠纷披""宫徵靡曼"等文学自身形式规律的审美自觉的指导下,对文学创作的具体技法作出了丰富、深入的理论总结,标志着"定法"论的正式登场。尤其值得注意的是刘勰的巨著《文心雕龙》。这部"体大思精"的文学理论专著在《总术》《附会》《熔裁》《章句》《丽辞》《声律》《练字》《比兴》《事类》《夸饰》《隐秀》《指瑕》等篇目中论述、概括了谋篇布局、遣字造句的一系列审美规则,实开后世"篇法""句法""字法"理论的先河。唐代是一个律诗辉煌的时代。诗人们既不忘风雅美刺的道德承当,也以前所未有的热情打造诗律之美。"为人性僻耽佳句,语不惊人死不休。"(杜甫)"吟安一个字,捻断数茎须。"(卢延让)"二句三年得,一吟双泪流。"(贾岛)与此相应,唐代涌现了许多探讨诗律的诗论著作。如元兢的《诗髓脑》、崔融的《唐朝新定诗格》、齐己的《风骚旨格》等等。宋代,佛教禅宗话头的影响,使得谈"文法""诗法"的用语多起来,"定法"作为与"活法"相对的术语诞生。人们不只抽象地谈论"定法",而且具体地落实到"章法""句法""字法"层面。尤其是江西诗派,"开口便说句法",不仅掀起了一股"活法"热,也掀起了一股"定法"热。明代是一个拟古的时代。在前后七子"诗必盛唐，文必秦汉"口号的倡导下，宋人提出的诗文"章法""句法"
"字法"问题得到进一步探讨和强调，如王世贞《艺苑卮言》卷一指出："首尾开
合，繁简奇正，各极其度，篇法也。抑扬顿挫，长短节奏，各极其致，句法也。
点缀关键，金石绮彩，各极其造，字法也。""篇法，有起，有束，有放，有敛，
有唤，有应。大抵一开则一阖，一扬则一抑，一象则一意，无偏用者。句法，有
直下者，有倒插者……篇法之妙，有不见句法者，句法之妙，有不见字法者：此
是法极无迹。"清代是一个善于综合、总结的集大成时期。叶燮、邵长蘅、徐增、
王士祯、方苞、姚鼐、沈德潜、翁方纲、章学诚、包世臣、刘熙载、金圣叹、毛
宗岗、脂砚斋等人对诗文小说的创作法则都发表过很有价值的意见，古代文论的
"定法"说达到了空前丰富和深入的程度。

三、用事说

"用事"，又叫"用典"。刘勰说："事类者，盖文章之外，据事以类义，援古
以证今者也。"(《文心雕龙·事类》)据此可知，用事(用典)，是引用古事、古语
含蓄地表达自己的思想感情、证明自己观点的正确性的一种修辞方法和论证方法。
王勃倾吐"怀才不遇"的牢骚，却说"冯唐易老，李广难封"(《滕王阁序》)，
就含蓄多了。萧统提出自己的诗学观点，则说："诗者，志之所之也，情动于中而
形于言。《关雎》《麟趾》，正始之道著；桑间濮上，亡国之音表。"(《文选序》)
第一句和后面一联对偶的上半联引自《毛诗序》，下半联引自《礼记·乐记》，自
己观点的正确性就不证自明了。

从典故的成分来看，有"事典"与"语典"之分。"冯唐易老，李广难封"，
用的是事典。上面萧统说的那一段，用的是语典。刘勰《文心雕龙·事类》列举
过"明理引乎成辞，征义举乎人事"两类情况，"引乎成辞"以"明理"就相当于
用语典，"举乎人事"以"征义"则相当于用事典。

当用古代的人事隐喻自己的真情实感时，"用事"就与"比喻"的方法重合了。
正如清代李重华《贞一斋诗说》指出："比，不但物理，凡引一古人，用一故事，
俱是比。"比如"冯唐易老，李广难封"，既是"用事"，又是"比喻"：王勃是说

自己像西汉的冯唐一样，人生易逝，他希望明主能趁着自己年轻任用自己，千万不能像西汉名将李广那样，战绩赫赫而终身不得封侯。

古人用语典，往往不指明出处，讲究剪裁融化。剪裁即裁取合乎自己句式需要的古语，融化即把裁取的古语加以改易，用以表达自己的意思。这时，用语典就与"点化"的方法重合了。杜甫云："春水船如天上坐，老年花似雾中看。"这里语出沈佺期诗："人如天上坐，鱼似镜中悬。"这既属于"用事"，也属于"点化"（"脱胎换骨""点铁成金"）。

作为"援古证今"的论证方法，"用事"出现在散文中，尤其是论说文中乃势所必然；作为表情达意的含蓄方法、与"比喻""点化"相交叉的方法，"用事"出现在辞赋、骈文乃至诗歌中也很自然。从文学史上看，先秦时期诗赋中用事并不多见，散文，尤其是诸子散文中引用古言古事表述意见的倒不少见。《文心雕龙·事类》上溯到《周易》，它是这样描述的："昔文王繇《易》，剖判爻位。《既济》'九三'，远引高宗之伐；《明夷》'六五'，近书箕子之贞：斯略举人事，以征义者也。至若《胤征》羲和，陈《政典》之训；《盘庚》诰民，叙迟任之言：此全引成辞，以明理者也。"《周易》常常采用古代故事示人休咎，刘勰将用事的历史上推到《周易》，用心可谓良苦。汉代的散文出现了骈偶化倾向，奏疏策论也丰富完备起来，逞辞大赋也出现了，文章中用事比先秦更多。刘勰的描绘可见一斑："……贾谊《鵩赋》，始用《鹖冠》之说；相如《上林》，撮引李斯之书：此万分之一会也。及扬雄《百官箴》，颇酌于《诗》《书》，刘歆《遂初赋》，历叙于纪传，渐渐综采矣。至于崔（骃）、班（固）、张（衡）、蔡（邕），遂捃拾经史……因书立功……"魏晋南北朝时期，经过汉代的酝酿，骈体文到这时已正式形成并在创作上达到鼎盛期。骈文要求典雅、精练、含蓄、委婉，故用典成为其方法上的一大特点。用事作为与比喻相通的含蓄的表情达意的方法，本来就适合于诗，这时候经过在句式、语音、用词方面与诗很接近的骈文的浸淫渗透，便在诗歌创作(主要是五言诗)中蔓延开来。像颜延之、谢灵运，都是著名的代表。然而也就在同时，问题出现了。按照《尚书》《毛诗序》开辟的"言志述情"的诗学传统，诗歌只要表达了真情实感就可以成为好诗，而典故的运用常常造成读者的不理解，滞碍情志的传达，那么，诗到底可不可以用事？再连带起来，文中用典也存在着读者是否理解的问题，文可否用事？梁代的钟嵘《诗品序》提出了一种意见，他认为诗不可用事，而文可以并且应当用事，所谓"若乃经国文符，应资博古；撰德驳奏，宜穷往烈"。什么原因呢？因为"文"与"诗"具有不同的使命。"诗"须"吟咏情性""文"却不必；"文"要"尽至扩经国"的使命，也应该从古言古事中找到根据，如果不理解，可去查类书。钟嵘的后一种意见，代表了古代批评家的普遍主张，他的前一种意见，则是他的一厢情愿。在他之后，文中用事作为一种共识而不再有批评家去争论它，而诗中用事，一方面在唐有杜甫、韩愈、李商隐，在宋有苏轼、黄庭坚、陆游、辛弃疾，在明有"临川派"，在清有"宋诗派"为其代表，历代不乏其人；另一方面，每一个时代的批评家们都卷入进来，对此说长道短，评头品足，厘定是非，臧否得失，从而构成了中国古代"用事"说的主体。

中国诗歌批评史上关于"用事"的四次大讨论，在不同的历史阶段由不同的创作实际所引起，然后按照正、反、合的顺序不断朝前推进(清代吸取前人经验，省去了"反"这个环节，直接从"正"走向"合")。在"合"的环节，"用事"论否定了"正""反"环节各自的片面性，而取得了折中、圆满的意见。小结一下不同历史阶段"合"的用事论的重合、相通之处，它们有这样一些要点：

关于诗歌用事的态度：既不一味强调用事，也不简单排斥用事，而是主张诗歌要"善于用事""用得恰好"。

关于诗歌用事的方法，主要有："正用"，即"故事与题事正用者也"。"反用"，即"故事与题事反用者也"。如林逋诗："茂陵他日求遗稿，犹喜曾无封禅书："这里反用了司马相如的故事。司马相如退职家居，临死前还写《封禅书》讨好汉武帝。林逋"反其意而用之"，表明如果皇帝他日来求遗稿，他自喜没有《封禅书》一类的作品讨好皇帝，以此表示他高洁的品格。"借用"，即"故事与题事绝不类，以一端相近而借用之者也"。亦叫"活用"(用事不泥)、"化用"。"暗用"，即"故事之语意，而不显其名迹"。古人讲"虽用经史，而离书生"，用事要如"水中著盐，不著形迹"，亦是此意。

"泛用"，即"于正题中乃用稗官、小说、俗说、戏谈、异端、鄙事为证，非大笔力不敢用，变之又变也"，也就是融化经史子集以为语。从某种意义上说，人类使用的语言无不是建立在对前人语言的广采博收之上的，因而"泛用"实际上算不上"用典"。

上述诸法，不限于诗，文中用事亦然。

那么诗如何用事才算"恰好"呢？一切以不妨碍性情的传达接受为转移。

用事不可多(忌繁、忌堆积)。用事是为表达情意服务的，用事太多，则反客为主，我为事使，"使读者迷于使事用典之繁"，而转忘其"所欲譬喻之原意"，且使事过繁，"多有难明"。

用事不可僻。用事过僻，就会在作品与读者之间设置一道隔膜，影响语言的明白晓畅，使作者"嗫不能读"。如非用不可，则须"僻事实用""隐事明使"，也就是要直接、详尽、明白地使用冷僻的典故。

那么用事可以太明白吗？也不可。因为太明白了，不能给读者留下回味想象的余地，所以必须"熟事虚用""明事隐使"。

诗用故实，以"水中著盐，不露痕迹"为高，因为它既然用得"有而若无"，使读者"浑然不觉"，说明用事并未阻碍诗的传达接受。

诗歌用事，又尚"融化不涩"，不"拘泥古事"，那也是因为这是"我来使事'，而非"我为事使"的表现。

这些意见，包含若干的审美价值和现实意义，足见"用事"说这一古代文论遗产并未过时。

第四章 中国古代文学的批判思想与批判主题

第一节 两汉史学批评思想的由来

中国文学批评从来缺乏统一性文体，除了成熟期的诗话、词话、论诗诗、小说评点等批评文体之外，更多的文学批评是以书信、序跋、凡例、集注的样式出现。《中国历代文论选》两汉部分收录史书体共七篇，其中属于正文的有三篇：《史记·太史公自序》《史记·屈原传》《汉书·艺文志》；属于附录的有四篇：《汉书·礼乐志》《汉书·司马迁传赞》《汉书·扬雄传》《汉书·司马相如传》。这七篇是两汉文学批评的主要文献，其他文学批评史教材和批评史资料的编写也大多会选录这七篇。两汉史书体的文学批评的产生，和悠久的史官文化、先秦的史书传统和理论积淀、西汉初期文学的初步自觉与繁荣有关。

一、史官文化催生史书的批判属性

史书体的文学批评在两汉时期以一种独立的姿态出现，以史书的形式，负载了文学批评的内容，成为汉代文学批评的主要文体样式之一。按照刘勰"原始以表末"的方法，对史书体这种批评文体的考察，有必要从先秦史书及史官文化谈起。

中国早期的史官文化非常发达。"我国文明社会初期，以文字为载体的意识形态，基本是一种各科学融为一体的综合形态，它常以史的形式，包罗社会万象，是人们全部生活的缩影。"这种"史"的形式，与后世史书存在巨大差别，但作为一种社会存在的反映，却几乎是我们了解先民活动的唯一途径，"最初以文字为载体的意识形态大都属于史料形式，它产生的时代最早，可以说它是以文字为载体的精神物化产品的原始形态"。先秦时期的文学批评寄生在以"六经"为代表的典籍中，而"六经"有着天然的史书性质。从早期的学术来看，以"六经"为代表的典籍是后人考察先秦社会状貌的重要凭据，确乎带有"史"的性质，徐复观先生认为："欲为中国学术谈根溯源，应当说中国一切学问皆出于史。"因此可以说，文学批评首先以史书的形式出现，是当时文化环境下的一种必然选择。

　　被称为"文化学之父"的美国学者 L. A. 怀特在《文化的科学》中谈道："每个人都降生在一个先他而存在的文化环境之中，这一文化自其诞生之日起便支配着他，并随着他的成长和成熟过程，赋予他以语言、习俗、信仰和工具。"中国文化的源头应该上溯到远古时期的巫史文化，从时间上看，文学作为子文化的一部分，应当受到当时巫史文化的影响。在那个充满着原始想象力的时代，"巫"与"史"是不分的，史官担负着占卜天运，记录社会活动的职责，《文心雕龙·史传》有云："轩辕之世，史有仓颉，主文之职，其来久矣。《曲礼》曰：史载笔。史者，使也；执笔左右，使之记也。古者左史记事者，右史记言者。"其中"文"按刘勰的理解，应为学术之意。"史者，使也"，可见早在传说中的三皇五帝时期，史官就是当时天子近臣，其活动代表的是官方的意志，扮演着日常政治生活的重要角色；另一方面，史官"主文之职"的地位说明了史官是当时文化的垄断者，是文化传播与发展的决定力量。

　　中国文化的传承者是史官，"中国之史官，则直接或间接与学术记录等有关系者。史官也者，几乎可以视为学术之远源。史官之职，以古代文字之教育未能普及，非人人所得而司之。因之其官亦为世守之官"。王国维在《观堂集林·释史》一文中也说："史为掌书之官，自古为要职。殷商以前其官之尊卑虽不可知，然大小官名及职事之名多由史出，则史之位尊地要可知矣。"在考察中国政治制度发生的过程中，王国维得出了这一结论。如果从文化传承的角度来看，中国文化得以传播也与史官有着密切的联系。《礼记·玉藻》曰："动则左史书之，言则右史书之。"《汉书·艺文志》："古之王者，世有史官，君举必书，所以慎言行，昭法式也。左史记言，右史记事，事为《春秋》言为《尚书》，帝王靡不同之。"通过记言记事史官成了文化解释的权威。

　　史书体文学批评出现有赖于先秦以来中国史官文化的发达和史书在此期一枝

独秀的地位，这种史学发展的优势地位促成了史书体批评的文体意识，"所谓文体意识，即一个人在长期的文化熏陶中形成的对文体特征的或明确或朦胧的把握。……作家的文体意识的产生首先要从他所处的文化关系中加以考察"。正是在这种文化氛围和文体意识的支配下，文学批评的主体对史书的这一批评形式具有优先选择的权利，为文学批评的破土而出提供了先天的渠道。史书体的批评文体经历了先秦的寄生状态之后逐渐显得独立和清晰起来。

二、早期史书的评判特点为史书批判开辟了道路

"在文化发展的早期，文学批评滞后于创作，批评意识的不自觉必然导致批评文体的非独立性。批评者不可能一开始就会创造出一种全新的批评文体，批评必然是在大文学大文体意识的支配下进行的，这种大文体意识指导着批评选择现有的主流文学批评样式来进行实践活动。中国社会历史及文化发展的早期——先秦时期的文学批评很明显地存在这种情况。"先秦的文学批评一开始也没有独立的批评文体，相当部分还只能以"寄生体"的形式存在于各种先秦典籍中，原因在于此时还缺乏真正意义上的文学批评的主体、文学批评的客体和文学批评的文本。先秦时期严格说来真正可以被后世称得上文学作品的只有《诗经》，可是从孔子与诸生论诗的言论中可以看出，孔门师生是把《诗经》当作一部放之四海而皆准的百科全书式的教材，所谓的诗论无不通过言此意彼的表意跨度和隐喻为手段，映照出某些道德、真理、工具方面的价值，其功利的意图十分明显。再者，从文学批评文本上看，此时的文学批评又几乎全部以哲学著作的形式呈现，它们的作者各为儒道墨法的创始人，因而可以说，构成文学批评的要素在此期尚不具备，还没有真正意义上的文学批评，也就没有真正意义上的批评文体：尽管如此，文学批评还是零散地存在于文化典籍当中，这其中就包含着历史典籍，如：

> 帝曰：夔！命女典乐，教胄子：直而温，宽而栗，刚而无虐，简而无傲。诗言志，歌咏言，声依咏，律和声，八音克谐，无相夺伦，神人以和。夔曰：於！予击石拊石，百兽率舞。

（《尧典》）

> 王曰："呜呼！父师，今予祗命公以周公之事，往哉！旌别淑慝，表厥宅里，彰善瘅恶，树之风声。弗率训典，殊厥井疆，俾克畏慕。申画郊圻，慎固封守，以康四海。政贵有恒，辞尚体要，不惟好异。商俗靡靡，利口惟贤，余风未殄，公其念哉！"

（《周书·毕命》）

可以看出，《尧典》和《毕命》中提出的"诗言志"和"辞尚体要"等文学观念，很大程度上还没有摆脱功利的性质，主要是从实用上着眼的。"诗言志"和"辞尚体要"这些训诰式的命题语言上极度精练简省，在近乎判断式的语气中却构成一个完整的主谓宾结构，仿佛一篇文章的标题，给后人留下了无尽的诠释空间。可以想见，在人类思维意识还不十分发达和缜密的时期，已经有了先民们对文学的朦胧意识，尽管带有朴素的性质，却深刻地影响着后世文论。

到了《左传》《国语》中，文学批评的方式逐渐丰富起来：

> 秦伯任好卒。以子车氏之三子奄息、仲行、铖虎为殉。皆秦之良也。国人哀之，为之赋《黄鸟》。君子曰："秦穆之不为盟主也，宜哉。死而弃民。先王违世，犹诒之法，而况夺之善人乎！《诗》曰：'人之云亡，邦国殄瘁。'无善人之谓。若之何夺之？"古之王者知命之不长，是以并建圣哲，树之风声，分之采物，著之话言，为之律度，陈之艺极，引之表仪……

（《左传·文公六年》）

与《尚书》相比，《左传》《国语》中的文学批评除继续沿用着尚书中的对话体的记言形式外，有两点值得注意：一是在批评中已经出现了史家的身影，即"君子曰"的形式，它表明了文学批评主体意识在逐渐觉醒，这种史家个人意识介入的评判为后来两汉史书中文学批评品格的提升提供了可能，在文学批评主体有意识的参与下，文学批评才成为真正意义上的批评；二是由于《诗经》文本的广泛流传，称诗引诗的风气影响到了先秦史书，史书中对《诗经》的处理多以"断章"的形式，对含义、意蕴近似的事物随心所欲地加以表达，而不追究诗之本义。《左传》《国语》中大量的"《诗》云""《诗》曰"式的引用，借《诗》来发挥，这表面上看是外交辞令的需要，来达到显示其文采和雅致的目的，客观上导致的结果是引《诗》的风气经过演化，而形成了独特的话语方式，而这种由先秦史书中引《诗》开始的引经据典的习惯，逐渐成为中国文论言说的基本模式之一。《左传》《国语》中称引《诗》的方法可以认为就是后世文论引经据典之滥觞，两汉的《史记》《汉书》中的文学批评自然也因袭了这一传统。又如：

> 吴公子札来聘，请观于周乐。使工为之歌《周南》《召南》，曰："美哉！始基之矣，犹未也，然勤而不怨矣！"为之歌《邶》《鄘》《卫》，曰："美哉，渊乎！忧而不困者也：吾闻卫康叔、武公之德如是，是其《卫风》乎？"为之歌《王》，曰："美哉！思而不惧，其周之东乎？"为之歌《郑》，曰："美哉！其细已甚，民弗堪也。是其先亡乎？"……
>
> （《左传·襄公二十九年》）

先秦史书中论《诗》，大多从政治道德或善的角度出发，与其说论诗，不如说在通过议民风之异同、考王政之得失来讨论社会道德及价值观念问题，这一文学批评模式也为两汉史书所继承。在《史记》《汉书》里，文学批评的重点几乎都要归结到文艺与政教和道德的关系方面。从表述方式上看，上述引文借吴公子季札之口表达了对《诗》的总体评价，涉及多种美学观念，如文艺的功用问题、文艺与政教的关系、文艺是社会的反映等，比起《尚书》中命题式的只言片语的记录，是一大进步。再如：

> 阳处父如卫，反，过宁，舍于逆旅宁嬴氏。嬴谓其妻曰："吾求君子久矣，今乃得之。"举而从之，阳子道与之语，及山而还。其妻曰："子得所求而不从之，何其怀也！"曰："吾见其貌而欲之，闻其言而恶之。夫貌，情之华也；言，貌之机也。身为情，成于中。言，身之文也。言文而发之，合而后行，离则有衅。今阳子之貌济，其言匮，非其实也。若中不济，而外强之，其卒将复，中以外易矣。若内外类，而言反之，渎其信也。夫言以昭信，奉之如机，历时而发之，胡可渎也！今阳子之情

矣，以济盖也，且刚而主能，不本而犯，怨之所聚也。吾惧未获其利而
及其难，是故去之。"期年，乃有贾季之难，阳子死之。

（《国语·晋语》卷十一）

这段记述提出了"情"与其外部表现相合相离的问题，涉及"情"的话语表述，运用了比喻的手法，其论说方式趋于多样，已经能够完整地阐述一个理论问题了。

总而言之，先秦史书中的文学批评是中国文学批评的源头，尽管它与《老子》《庄子》《孟子》《论语》等先秦文化典籍在文学批评论说方式上存在重合之处，自身还缺乏有效的可辨识的文体特征，但是以"史"的形式开创的文论言说传统却影响着后世几千年，它为包括两汉史书体在内的批评文体提供了无尽的理论资源、话语习惯、论说模式。我们可以看到，在两汉史书中，很多文学理论表述或者就是先秦史书中某些观点的具体展开，或者就是某种印证，比如对文学的批评必定和社会政治道德方面联系起来，充满人文关怀的色彩，而绝少西方那种纯粹形式主义的批评，这不能不说是史书所固有的体裁与功能所决定的。先秦史书中的文学批评为两汉史书体的批评文体的产生在体制上提供了借鉴。

三、文学和文人的使命感使批判精神得到发扬

延至两汉，中国早期学术根深蒂固的"史学化"的传统习惯性地延伸到了两汉的文学批评当中，使得后世的司马迁、班固以史书的形式去记录文学，史书体的文学批评文体才逐渐清晰和独立起来。但是，严格意义上的史书体的文学批评文体的产生，还有赖于文学观念的自觉，正是汉代文学繁荣的盛况和文学观念的自觉使得文学作为一种特有的现象被汉代史家们觉察到，因而能够在史书中比较集中和有意识地去谈论它，才有了完全意义上的批评文体。

在提到中国文学由不自觉到自觉的时候，大部分学者会不约而同地把这个分水岭定位在魏晋时期，主要依据是鲁迅先生的《魏晋风度及文章与药及酒之关系》："他(指曹丕)说诗赋不必寓于教训，反对当时那些寓训勉于诗赋的见解，用近代

的文学眼光看来，曹丕的一个时代可以说是'文学'自觉的时代，或如近代所说是为艺术而艺术(Art for Art's Sake)的一派。"鲁迅先生的这种说法学界现今颇多争议，这里且不作理论，实际考察文学发展的面貌，倒是文学观念的自觉始于汉代可能更符合实际。

在汉代，文学的自觉首先表现为作家观念的自觉，作家观念的自觉又主要表现在两汉史书中，辞赋家以文章名世，开始成为史书中的独立传主。在《史记》中，司马迁开始为战国时期和汉代的辞赋家单独立传，在《屈原贾生列传》中记载了屈原和贾谊这两位文学家的生平事迹，主要篇幅放在介绍他们作品产生的背景和心理基础。传记中还开了传中登载著录其作品的先例。

第二节　元曲的批评体分析

一、元曲批评文体出现的文化背景

从文学批评发展史的角度看，文学批评和文学创作往往是不同步发展的，这已经是一个普遍的现象，而尤以元杂剧的批评明显为胜。这主要源于当时的社会文化环境的影响，表现在以下几个方面：

(一) 汉蒙文化的矛盾对元杂剧批评的影响

建立元朝的蒙古人当时还处于奴隶社会的后期，草原民族本身极具彪悍和粗野的气质。他们入主中原大地后，自身的草原文化、奴隶制度与汉民族的封建文化产生了巨大的矛盾，对后者造成了极大的破坏。最重要的是对汉民族文化的代表者——文人的摧残和毁灭。一方面大量的文人知识分子被杀戮或者沦为奴隶，同时科举制度被废除，文人赖以晋升的道路被堵死，而且元代贵族实行了极其严格的民族歧视政策，汉人知识分子只能够做低等的官吏，难以进入政治核心。汉民族的精英们一时间找不到自己的文化定位，甚至物质生活都成了问题。虽然也有一些民间的文学批评，但是主流或者能够流传后世的主要还是文人的批评。很难想象物质生活都无法保证的文人士子们还有心情来关注文学作品，进而进行文学批评。元杂剧的批评就是如此，在大量的文人的传统晋升道路——科举入仕被阻挡以后，有一少部分文人沉沦，沦落为书会才人，除了进行杂剧的创作，还进行杂剧的批评，如关汉卿等；另一方面在元代的初期，有一些前朝高层文人得到蒙古最高层的起用，成为他们向汉文化转化、施加恩惠的象征，比如胡祗遹、赵孟頫等。由于元代文学的代表是元杂剧，所以他们不可能不关注元杂剧，并进行杂剧的批评。这对当时的元杂剧批评产生了极大的影响：首先使得当时的批评者分化为高层文人和底层才人对立的两大类，前者思想较为正统，从伦理道德、思想性角度切入批评，但难以把握元杂剧的本质，无异于隔靴搔痒，就是从批评的文体来看，采用的也是非常传统的序文体：如胡祗遹、赵孟頫、杨维桢；后者比如关汉卿等，借助散曲、杂剧作品零星地表现一些对元杂剧的看法。因为没有固定的文化地位，加以过于形而下的生活影响，其评论具体随意、点到为止，且感性多于理性，意义多在于资料的实录。

从某方面来讲，蒙古人简单的草原生活和奴隶社会的低级结构，使得他们无法理解复杂的汉文化。他们忽视了伦理道德等意识形态的东西，只关注于舞台效果的新与奇，元杂剧等艺术形式就因此而避免了沦为宣传工具、教化手段的命运。这不但刺激了当时社会的思想解放，还极大地激发了元杂剧的兴起和兴旺。这对于批评的影响在于：使得批评本身来得干脆、直接而没有太多的涂饰，批评观念相对开放，批评直接关注于元杂剧本身，直接关注于杂剧的搬演效果以及对于演员的要求和演出技巧的汇集，以便更好地演出。

（二）城市经济繁荣对于批评的影响

元代城市的商业和手工业得到迅速的发展：北方的大都，南方的杭州、苏州、扬州、温州等许多城市成为世界性的工商业大都市。人口和财富都相对集中于市镇，客观上促进了表演艺术的迅速发展。其中，做过北方经济、文化中心的大都，和做过南方经济文化中心的杭州，依旧是元代商业和文化的重镇。这些城市交通发达，商业往来极为频繁，货物琳琅满目。意大利旅行家马可·波罗在他的游记中记载"……用马车和驮车载运生丝到北京城的，每日不下一千辆次"，而在杭州城里，除了有"不计其数的商店外，都有四万到五万人来赶集"。这些人中有以经商为职业的商人，也有大臣或者王室派出的奴仆、管事，以及寺院、道观的僧侣、道人等。

商业经济的繁荣对元杂剧的批评造成了两种影响。第一个是直接催生了元杂剧，为本时期提供了最直接的批评对象。因为来往于城镇之间的巨商大贾和游客王臣们的声色需要，成为刺激戏曲艺术的因素。这一点可从众多的反映商人、妓女和士子们爱情故事的剧目中看出。可以说，当时元杂剧得以生存的最重要的经济来源就是这些出手大方者的钱包。第二个就是商业的发达催生了妓女行业，为元杂剧批评提供了批评对象：据马可•波罗记载，在大都"公开卖淫为生的娼妓达到二万五千余人""无数商人和其他旅客为朝廷所吸引，不断地来来往往，络绎不绝。娼妓数目这样大，还不够满足这样大量商人和其他旅客的需要"。夏庭芝《青楼集》就以记载这些风尘女子为主。同时她们也是当时不可或缺的批评者，虽发言甚少，篇幅零星，但因为躬自粉墨，所言颇中肯綮，切入角度独特，是本时期批评中的重要组成部分。

(三) 元杂剧演出的鼎盛、创作和搬演重心的南移对于批评的影响

演出的鼎盛为杂剧批评提供了丰富的批评对象。元杂剧演出的鼎盛时期吸引了各种各样的戏曲批评者参与进来，如大量的高层文人和贵族官僚关注元杂剧，从而进行杂剧的批评。这些人有较高的文学艺术修养和优裕的生活条件，所以他们的评价更为单纯、深入，加以地位高，影响就更大，如胡祗遹、赵孟頫等。元杂剧演出的鼎盛还吸引了大量的"书会才人"加入进来，如关汉卿、马致远等人，在他们的散曲作品和杂剧作品中可以看到对于元杂剧的批评意见。

随着元杂剧通过演出由北向南的传播，逐渐吸引了南方中下层文人的关注。南方文人依靠原本较为富足的文学基础和深厚的人文积淀，对元杂剧展开了更为单纯和深入的批评，由于中国的经济中心从唐代开始已经逐步往南方转移，到宋代已经基本完成，虽然有战乱的影响，但是南方经济恢复得很快：在元代，经济

的中心仍然是南方。南方文人因为天然的优越经济，往往能够远离官本位文化，保持人生的相对自由状态，对文学艺术具有更为单纯的兴趣，在批评中也就更为专注于元杂剧艺术本身的价值，较少地站在外在的功利的角度评价。也只有在这个前提下，元杂剧作品本身、演员、作家等正式成为批评的对象才成为可能，摆脱了功利性批评。如夏庭芝的《青楼集》主要就是记录下优伶的演艺技艺以及对演员自身素质的要求。

元代后期，即1330年后，元杂剧度过了其繁荣期，发展势头开始趋缓。这种相对趋缓其实在杭州成为南方的杂剧中心时就开始了。此时北方的杂剧作家群基本消解，原本有些气象的南方作家群多为"声名籍籍乎当今者"，或在官场里淘金，或是成为"地下修文郎矣"。在南方成长起来的新一代创作者在创作上丧失了规范，其成就难以和前期相比。这种相对冷清的局面让理论家们获得了审视元杂剧必需的距离，有了前后对比的观照，他们能够在前数十年的艺术积淀的基础上开拓出新的局面，元杂剧批评从此进入一个新的"发展期"。

在元代的中后期，南方发生了连绵不断的战乱，生灵涂炭。学者、文人也是如此：他们的生命不保、生活动荡之时就产生了"不平则鸣"的心态，并以元杂剧批评作为自己人生价值实现的方式。这一心态成为本时期元杂剧批评的强劲动力，导致了批评的繁荣，并使得批评更为深入和真诚。

当然，元杂剧批评出现的原因既有当时的社会环境、文化氛围等外在原因，也有文学批评史发展的内在原因。我们关注元人的杂剧批评，一个不容忽视的现象就是批评的形态采用的(当然是主要的)为序跋体和目录体。而一种文体缘何在一种文学批评中被屡屡使用，这就有必要引起我们的重视和研究了。

二、元曲批评文体的特征分析

(一) 序文体的特征分析

许慎《说文解字》说："序，东西墙也。从广予声。"段玉裁注曰："《释宫》曰：东西墙谓之序。按堂上以东西墙为介。《礼经》谓阶上序端之南曰序南，谓正堂近序之处曰东序、西序。……又复部曰：次弟谓之叙。经传多假序为叙。《周礼》

《仪礼》序字注多释为次弟是也。又《周颂》：继序思不忘。传曰：序，绪也。此谓序为绪之假借字。"由《说文解字》和《尔雅·释宫》中对"序"的解释，我们可以确定序的本义是"东西墙"。为什么要把"东西墙"赋予一个专有名词称为"序"呢？段氏的解释是比较合理的："堂上以东西墙为介。"也就是说，堂上的方位是以东西墙为基本标准点的。再以这一标准点来指明堂上的各处方位，即《礼经》中所说的"序端""序南""东序""西序"等。应当说，这是一个专门的联用性指涉，而在实际的行文应用中仅仅拿出这一标准点，即单独使用"序"字，其意义是不大的。由此，"序"字在单独使用时便容易脱去其本义而成为其他字的假借字，再加上音同的关系，"叙"与"绪"就成为经常被假借的对象。"经传多假序为叙。《周礼》《仪礼》序字注多释为次弟是也。"《说文解字》："叙，次弟也。"可见，经传中多借"序"为"叙"并取用叙的本义，即次弟。由于有了这一层联系，"次序"联用也就不足为怪了。《诗经》中出现的"序"字皆是假"序"为"叙"或假"序"为"绪"。《说文解字》曰："绪，丝端也。"段玉裁解释说："端者，草木初生之题也，因为凡首之称。抽丝者得绪而可引。引申之，凡事皆有绪可绩。"由此，绪的本义是丝头，而行文中用得较多的是取其引申义，即开端。

综上，序的本义是"东西墙"，而由于这一专门性的本义用得极少，经传行文中使用序字多是作为"叙"或"绪"的假借字，并取其义：次弟或开端。如此一来，序的本义"东西墙"就逐渐被遗忘，而序的常见意思则立足于其假借义的两个基本点(次弟或开端)了。弄清了这一点，就不难理解《释名》等中的解释了。正是因为使用频繁的"序"字的含义兼有叙(次弟)和绪(开端)的意思，才使得文体名称定为"序"比"叙"或"绪"更具有丰富的内涵。对于这一点，徐师曾对序体的解释是很恰当的："字亦作'叙'，言其善叙事理，次第有序，若丝之绪也。"序体文章从文体名称渊源角度所包含的两个基本内核也就凸显了：叙事说理次第有序，有开篇明义之功效。

序有"自序""他序"两种。

自序，具有开山意义的当推司马迁《史记》中的《太史公自序》，这篇序文详细叙述了作者写作《史记》的前因后果，家世生平，以及发愤著书的经过。最后还介绍了《史记》一书的规模体例，并一一说明各篇要旨。这篇自序既有后世序文"序典籍之所以作"的内容，也起着目录和条例、提要的作用。正如李景星《四史评议》所说："凡全部《史记》之大纲细目，莫不于是粲然明白。未读《史记》以前，须将此篇熟读之；既读《史记》以后，尤须以此篇精参之。文辞高古庄重，精理微旨，更奥衍宏深，是史迁一生出格大文字。"

他序，是作者为别人的作品写序。又有为人作序，求人作序之别。求人作序起于晋代左思。据说左思《三都赋》成，自以为名气不大，求当时著名学者皇甫谧为他作序，皇甫谧便写了《三都赋序》。后代沿袭成风，求人作序成了历代文人的时尚。除了序诗文外，还有序政书、序奏议、序族谱(年谱、年表)、序府县志，等等。有时一本书有两序、三序乃至四序。为人作序，这方面的代表作应推与司马迁同代而稍后的刘向所写的《战国策序》。后世相沿，唐代有韩愈的《荆潭唱和诗序》，宋代有欧阳修的《苏氏文集序》、苏洵的《族谱引》等，都是名序。

通过梳理元代以前的序文，我们可以发现序文就是陈述作品的作意(宗旨目的写作动机背景等)和评价作品内容的文字。

从体制上讲，序文的写法一般都是先评价作品和作家的风格和地位、全书的目录和提要以及与之相关的作品之间的渊源、比较等，然后再交代写作的缘由和作者的关系。这基本上是序文通行的写法。在胡祗遹、杨维桢的关于评价元人元曲的序文中，也基本上采取同一写法。如杨维桢《周月湖今乐府序》：

> 士大夫以今乐府鸣者，奇巧莫如关汉卿、庚吉甫、杨澹斋、卢疏斋；豪爽则有冯海粟、滕玉霄；酝藉则有如贯酸斋、马昂父。其体裁各异，而宫商相宣，皆可被于弦竹者也。继起者不可枚举，往往泥文采者失音节，谐音节者亏文采，兼之者实难也。夫词曲本古诗之流，既以乐府名编，则宜有风雅余韵在焉。苟专逐时变，竟俗伐，不自知其流于街谈市谚之陋，而不见锦藏绣腑之为懿也，则亦何取于今之乐府，可被于弦竹者哉？四明周月湖文安，美成也公之八世叶孙也。以词家剩馥，播于今日之乐章，宜其于文采节音，兼济而无遗恨也。间尝今学士吴毅，辑而成帙，熏香摘绝，不厌其多，好事者又将绣诸梓以广其传也，不可无一

言以引之，故为书其编首者如此。至正七年十一月朔序。

在这篇序文中，杨维桢首先谈到了前人以乐府成名的作家及这些作家的风格，并且指出了这些作家作品都可以入乐这个特点。接着从音乐特点指出了曲的渊源，最后点出作者所要为之作序的主人公的家世，并且对其创作做出评价。

这样的体例便于对所要谈论的问题的渊源进行梳理，便于了解当时的状况以及这方面的代表人物及各自所取得的成就。在评论中，我们就知道了诸如关汉卿、庾吉甫、杨澹斋、卢疏斋、贯酸斋、马昂父等的风格。知道了他们成名的缘由——"宫商相宣，皆可被于弦竹者也"，文采音节相谐。知道了所要为之作序之人在曲的创作上所取得的成就及文坛地位及作序的原因。这样不仅对于所要评论的作家作品有一个比较全面的了解，就是对于整个文坛的情况也有一个鸟瞰，便于全面地把握作家作品。

再如胡祗通的《赠宋氏序》：

百物之中，莫灵莫贵于人，然莫愁苦于人。鸡鸣而兴，夜分而寐，十二时中，纷纷扰扰，役筋骸，劳志虑，口体之外。仰事俯畜。吉凶庆吊乎乡党闾里，输税应役于官府边戍。十室而九不足，眉蹙心结，郁抑而不得舒；七情之发，不中节而乖戾者，又十常八九。得一二时安身于枕席，而梦寐惊惶，亦不少安。朝夕昼夜，起居寤寐，一心百骸，常不得其和平。所以无疾而呻吟，未半百而衰。于斯时也，不有解尘网，消世虑，熙熙暤暤，畅然怡然，少导欢适者，一去其苦，则亦难乎其为人矣！此圣人所以作乐以宣其抑郁，乐工伶人之亦可爱也。乐音与政通，而伎剧亦随时所尚而变。近代教坊院本之外，再变而为杂剧。既谓之杂，上则朝廷君臣政治之得失，下则闾里市井父子兄弟夫妇朋友之厚薄，以至医药卜筮释道商贾之人情物理，殊方异域，风俗语言之不同，无一物不得其情，不穷其态。以一女子而兼万人之所为，尤可以悦耳目，而舒心思，岂前古女乐之所拟伦也，全此义者吾于宋氏见之矣。

在这篇序文中，胡祗通主要谈了两个问题，即戏剧的娱乐功能和对杂剧之"杂"

的认识。而这两个问题都统一于"宋氏"这个作者所要为之作序之人，很明显，宋氏是个演员，是个技艺高超、能够吸引观众，并且所演戏剧能够让观众得到娱乐的演员，那么为了说明这个演员能够让观众得到娱乐，就要首先说明观众需要娱乐，所以有戏剧的出现，有了戏剧的出现，观众就能够"宣其抑郁"。但是仅仅有戏剧的出现还不够，还需要演员的高超技艺，因为只有演员具有高超的技艺，他的演出才能吸引观众。正如胡祗遹在《优伶赵文益诗序》中所说"优伶，贱艺也，谈谐一不中节，阖座皆为之抚掌，而嗤笑之，屡不中，则不往观焉"。这里能够娱乐观众的演员自然使人感到难得而且可爱了。为了说明演员的技艺高超，他又谈到了杂剧之"杂"。胡祗遹首先肯定了元杂剧为教坊院本之新变，是教坊院本的发展，进而指出其所谓"杂"乃在于：①能广泛地反映社会整个阶层的面貌，上则朝廷君臣，下则闾里市井。②能深刻地反映他们的"人情物理"。③其表演艺术可使"无一物不得其情，不穷其态"，即内在之情和外在之态的综合体现。这里的三点虽然是为了说明演员的技艺高超，但是却点出了元杂剧的特征，并且这个把握是相当深刻的，元杂剧正是因为具有了这些特征，所以能够成为超乎宋金杂剧、院本之上而成为代表元代文学的文学样式。

这里"序文"的体制方便了作者对所要谈论的问题进行评论，再者，由于作者的文人身份，所以用起序文体来更是得心应手，读者看来也可以对所要谈论的问题渊源、流变以及相关的知识进行了解，还有就是可以很好地了解作序之人的身份、地位等相关的知识，对于我们更好地认识元杂剧的理论有很大的帮助。

从语体上讲，这种元曲序文体的批评多采用议论和叙事相结合的语言来进行评论，一般都是在叙述中进行议论，在议论中进行归纳。如胡祗遹的《赠宋氏序》首先就叙述了世俗之事的困扰，所以内心很压抑、郁闷。"鸡鸣而兴，夜分而寐，十二时中，纷纷扰扰，役筋骸，劳志虑，口体之外。仰事俯畜。吉凶庆吊乎乡党闾里，输税应役于官府为戍。"接着就进行议论："此圣人所以作乐以宣其抑郁，乐工伶人之亦可爱也。"叙述从日常生活中谈起，感觉是在叙家常，分别叙述了人的日常生活中可能遇到的种种让人烦心的事情，从而导致了人精神的压抑、郁闷。那么人的精神压抑、郁闷怎么解决呢？作者就进行议论："此圣人所以作乐以宣其抑郁，乐工伶人之亦可爱也。"点出了杂剧的娱乐功能是自古就有的，并且这些伶人由于表演杂剧而可爱：这里的议论紧承着叙述，议论得恰到好处，一点也不显得突兀，就好像是一股泉水在自然而然地流出，一点也不显得是为议论而议论，真可谓是"天然去雕饰"。

由于胡祗遹、杨维桢都是文学史上的大家，对文学典故很熟悉，所以在他们的序文体的评论中，我们可以发现他们也用典，例如胡祗遹在《优伶赵文益诗序》中道："醯盐姜桂，巧者和之，味出于酸醎辛甘之外。"咸酸之喻出自唐代司空图诗论，本来用以形容言外之旨，韵外之致。这个说法在诗歌批评中经常被引用。胡祗遹引来比喻杂剧演出之求新，杂剧和诗歌从大体上讲，一个属于俗文学，一个属于雅文学。胡祗遹把本来用于雅文学的比喻用于俗文学，本身就是对俗文学的重视，还有就是他的文人身份的使然，从而使杂剧批评显得比较典雅。再如在杨维桢的《优戏录序》中，点出了司马迁在史记中为滑稽者立传的典故，拈出了春秋时优孟而歌的故事。这篇序文就是为了说明戏剧具有"优谏"之功，而这个功能从戏剧起源的时候就具有，为了说明这个道理，所以作者运用了典故，运用典故可以从源头上进行说明，更具有说服力。还有就是这些典故是大家耳熟能详的故事，在中国的戏文里不知道被搬演过多少遍，从观众接受的角度看，也是比较容易的，所以这些典故的运用既是文人典雅化的一种表现，也是其学识广博的证明，这里，表述的典雅化和接受的通俗化很好地统一起来。

不管是胡祗遹，还是杨维桢，他们语言的选择都是比较正式的文学批评的术语，借用一些中国古代文论的理论资源和文艺思想。上面举出的典故自然不必说，就是一般的叙述和议论性的语言也让人明显地感觉到其中的书卷气，语言表述非常准确。例如杨维桢《周月湖今乐府序》中关于关汉卿等风格的描述："奇巧莫如关汉卿、庚吉甫、杨澹斋、卢疏斋；豪爽则有冯海粟、滕玉霄；酝藉则有如贯酸斋、马昂父。"这里的"奇巧""豪爽""蕴籍"都是文学批评的专业术语并且总结得都非常准确。胡祗遹在论及演员的素质的"九美说"之二提出的"举止闲雅，无尘俗态"，就是强调演员要有"神韵美"。而这些都是中国古代文论在论文和论人时用的术语和文艺思想。如《世说新语·巧艺》载，庚道季批评戴奎画说："神明太俗，由卿世情未尽。"他认为作画要"神明""脱俗"；《南村辍耕录·写山水诀》载，元代著名画家黄公望提倡"作画"要"去邪、甜、俗、赖四个字"。胡祗遹将这些文艺思想引入杂剧批评，认为"举止闲雅，无尘俗态""风神靓雅，殊有林下风致"对于演员修身养性、提高表演水平很重要。这些评语体现了文人们天真烂漫、异想天开乃至于幼稚的品格。

从风格上讲，这些序文体的批评，既得益于先前的序文一些名序的传承，同时又具有自己的特色。在体例上基本上遵循一般的序文的体例，在语言上采用夹叙夹议的语言，叙述可以说是情文并貌，议论可以说是切中肯綮。如胡祗遹的《赠宋氏序》中，我们仿佛真的看见了作为人在社会中所受到的各种困惑而导致的身心的疲惫和压抑，可以说是情文并貌，栩栩如生。还如在他的"九美说"中，用"老僧之诵经"来形容演员在演唱的时候应该注意的情态。

内容上胡祗遹强调杂剧的娱乐功能以及演员的表演要内在之情和外在之态很好地结合起来，并进而提出了对演员舞台表演的要求，可以说胡的着眼点在于杂剧的娱乐，落脚点还在于娱乐，他的几篇关于杂剧评论的序文都是写给演员的，在对演员的描述、赞美中发表了自己对杂剧一些看法。杨维桢强调杂剧的"讽谏"的功能，提倡音节和文采相统一。他们的风格都是文人式的，都是讲究典雅与情趣的，他们不是为评论而进行评论，而是在与伶人、演员的嬉戏中，在表现文人的情致中随意挥洒的一种方式而已，只不过由于作者本人学识的广博，所以谈论的问题往往能鞭辟入里，恰到好处。

（二）目录的特征与影响

1. 目录体的由来

"目录"一词，始于汉代郑玄的《三礼目录》，"目录学"则始于汉代的刘向、刘歆父子。春秋之前，书籍数量有限，因而没有必要编制目录。春秋战国之际，百家争鸣，学术繁荣。随着诸子学派的崛起、书籍的增多，书中开始了对学术思想的分类：如《庄子·天下篇》将古代学术分为七派，开学术分类法的先河；到了汉代，统治者吸取亡秦的教训，在调整经济政策，实行无为政治的同时，亦实行比较开明的文化政策。《汉书·艺文志》说："汉兴，改秦之败，大收篇籍，广开献书之路，百年之间，书积如山丘。"到成帝时更"使谒者陈农求遗书于天下"，当时的藏书规模达到了高峰。藏书多了，为了便于使用，就要对藏书进行整理，于是成帝"诏光禄大夫刘向校经传、诸子、诗赋，步兵校尉任宏校兵书，太史令尹咸校数术，侍医李柱国校方技"。每校完一部书，都由刘向写一篇简明的内容提要给成帝阅览。所谓"每一书已，向辄条其篇目，撮其指意，录而奏之"。当时刘向曾把这些提要另写一份，汇编成《别录》一书，这便是我国第一部解题式书目。刘向死后，成帝令其子刘歆继承父业，继续校理群书。刘歆在《别录》的基础上，对序录删繁就简，进一步将全国图书详加分类，于是"总群书而奏《七略》"。《七略》是我国最早的综合性群书目录，是我国图书分类法的开创之作。其著录的图书六百零三家，一万三千二百一十九卷。可惜原书已经亡佚，其详情不得而知。从古书记载中，我们可以得知《七略》将图书分为"六艺略""诸子略""诗赋略""兵书略""术数略""方技略"六大类，其所分类目并非尽善尽美，但初创之际能有如此成就，已属难能可贵。《七略》一书开我国传统目录学的先河，对以后的目录学发展起了奠基作用。它确立的图书著录事项和格式、首创的互见、别裁及附注等方法，编有精辟的内容提要等，至今仍是我们著录图书的基本方法。利用图书目录来反映文化学术源流，以及我国古代图书分类两大系统之一的"六分法"，都是刘向父子创造的成功之法。继刘歆而起的目录学家是东汉的班固。班固的《汉书·艺文志》是我国现存最早的史志书目。由于史书体裁和篇幅的限制，班固删掉了刘书大量的叙录，又把《集略》(即总要)分割开来，属于总论性质的列于六略之前，大序、小序则分别置于六略及十八种之后，并增加了刘向、扬雄、杜林三家的著作，在细目和具体归类方面有所变通和改进。由于《别录》《七略》均已亡佚，而《汉书·艺文志》是在上述两书基础上完成的，因此，汉代社会学术思想和文化典籍的概况得以因《汉书·艺文志》而保存。又由于上述原因，《汉书·艺文志》成了我国研究古代典籍的重要依据，具有很高的学术价值。清代学者王鸣盛说："不通《汉书·艺文志》，不可以读天下书。《艺文志》者，学问之眉目，著述之门户也。"

　　魏晋时期，"文籍逾广"，晋秘书监荀勖及其助手张华在《魏中经簿》的基础上，编纂了《晋中经簿》，这是我国西汉末年到唐初这一时期最好的一部官修目录：荀勖、张华把个别重要书籍"依刘向故事"校定新本，编写叙录——在著录分类上则开我国系统目录中的四分法之先河；及至东晋，著作郎李充编《晋元帝书目》，并因荀勖四部之法，且将荀瑁的经子史集之部易为经史子集，自此以经史子集为序的四部分类法基本确立。南北朝时，刘宋秘书丞王俭逾二纪编成《七志》。《七志》一反当时官修目录的成规，依《七略》的分类体系，广泛著录"今书"，开创了我国传录体叙录之先河，使其成为当时最有影响的目录之一。当时另一部颇有成就的目录是阮孝绪的《七录》。《七录》"总括群书四万余卷，皆讨论研核，标判宗旨"，使《七录》成为这一时代中最杰出最有参考价值的全国综合性目录巨著。它在分类体系上依《七略》并加以改进，在解题方面尽可能编写了和《七略》相仿的简单说明。

　　到了唐宋时期，文化更为发达，特别是印刷术的发明，更为各类书籍的出版提供了物质条件。书籍的大量增加，也带动了书目编制和图书分类的发展。值得一提的目录学著作主要有唐代魏徵的《隋书·经籍志》、南宋初年郑樵的《通志·艺文略》和元代马端临的《文献通考·经籍考》。《隋书·经籍志》的编撰，汲取了前代目录学著作的精华，把当时政府的藏书删并为四部四十七类，并直接冠以经、史、子、集的名称。全书依《汉书·艺文志》的体裁，但有所增补。首有总叙一篇，四部有后叙四篇，分类有小序四十篇，道、佛叙二篇，末有后叙一篇，总计48 篇。《隋书·经籍志》反映了我国中古时期的典籍情况，是研究唐以前学术源流及其演变，以及宋至隋图书概况的重要文献。《隋书·经籍志》将甲、乙、丙、丁换成经、史、子、集的类名来表示，为四部分类法定了名。至此，中国传统目录学上的四部分类法才真正形成一个完整而切合实际的图书分类体系，成为后世分类法的标准。我国著名目录学家王重民先生对《隋书·经籍志》是这样评价的：《隋书·经籍志》"成为总结我国中古时期一部划时代的全国综合性图书目录，其重要意义是与《汉书·艺文志》相同的。而其参考使用价值之广泛，在某些地方，又超于《汉书·艺文志》以上"。

2．目录体的影响

在我国古代目录学史上，目录体作为一种文体，从体制上讲，自汉代开始，一般目录的著录方式均以书名项作为标目，但是在元代，不管是夏庭芝的《青楼集》，还是钟嗣成的《录鬼簿》都能别出心裁，根据戏剧特点，以演员伶人或作家为纲，以剧作为目，记录一代戏剧创作成就，并以小传、按语(指部分剧目后的有关文字)和吊曲诸形式，对作家剧目予以批评，创造了戏剧学研究的一种主要模式。如《青楼集》顺时秀：

> 姓郭氏，字顺卿，行第二，人称之曰"郭二姐"。姿态闲雅。杂剧为闺怨最高，驾头、诸旦本亦得体。刘时中待制尝以"金簧玉管，凤吟鸾鸣"拟其声韵：平生与王元鼎密。偶疾，思得马板肠，王即杀所骑骏马以啖之。阿鲁温参政在中书，欲瞩意于郭。一日戏曰："我何如王元鼎？"郭曰："参政，宰臣也；元鼎，文士也。经纶朝政，致君泽民，则元鼎不及参政，嘲风弄月，惜玉怜香，则参政不敢望元鼎。"阿鲁温一笑而罢。

此书就是以演员为标目，记录下演员的姓名、姿色、所擅长的戏剧形式以及和当时的官宦、名公士子交往的情况。再如在《录鬼簿》中，钟嗣成首先对当时的元曲作家进行了分类：前辈已死名公，有乐府行于世者；方今名公；前辈已死名公才人，有所编传奇行于世者；方今以亡名公才人，余相知者，为之作传，以凌波曲吊之；已死才人不相知者；方今才人相知者，记其姓名行实并所编；方今才人，闻名而不相知者。在每一类的下面著录下作家的姓名，简单地介绍作家的生平，所作的元曲篇目，对于了解的还用一凌波曲进行凭吊。

这种著述模式以作家为聚焦点，以剧目为主干，"记其才能出处于其前，度以音律乐章于其后"，可谓文献著录和理论批评两不偏废。用钟氏自序之语来表述，这种戏剧学文体批评的长处在于：既能借助"叙其姓名，述其所作"，反映一代戏剧创作盛绩；又能通过"传其本末，吊以乐章"，表达著者的戏剧美学观点。

从语体上讲，这种元曲目录体的批评多采用客观叙述和主观评价相结合的语言。在客观的叙述中，多为叙述演员的姓名，所擅长的表演形式以及和当时名公士人的交往，有时还兼杂一些故事；作家就是叙述姓名、籍贯、创作的作品。由于当时记录下这些演员、作家主要是要为他们正名，树碑立传，所以在叙述的时候就比较客观，语言不疾不徐，也没有采用什么修辞手法，基本上就是一种实录。例如在《青楼集》中，说喜春景："姓段氏，姿色不逾中人。而艺绝一时，张子友平章以侧室置之。"说顺时秀："姓郭氏，字顺卿，行第二，人称之曰'郭二姐'。……刘时中待制尝以'金簧玉管，凤吟鸾鸣'拟其声韵。平生与王元鼎密：偶疾，思得马板肠，王即杀所骑骏马以啗之。阿鲁温参政在中书，欲瞩意于郭：一日戏曰：'我何如王元鼎？'郭曰：'参政，宰臣也；元鼎，文士也。经纶朝政，致君泽民，则元鼎不及参政，嘲风弄月，惜玉怜香，则参政不敢望元鼎。'阿鲁温一笑而罢。"

　　在以上的记叙中，我们看到的就是关于演员的一些基本情况，语言平铺，非常便于了解当时演员的真实情况；另外，在《录鬼簿》中，关于作家作品的著录采用的也是记叙的语言，便于了解作家的创作。在评价的时候，是就前面的客观叙述而作的评价。如在《青楼集》中评价顺时秀"姿态闲雅。杂剧为闺怨最高，驾头、诸旦本亦得体"。在《录鬼簿》中，主要采取以凌波仙曲调来进行凭吊。在这里，叙述不是材料的简单堆积，而是在一定的戏剧学观念指导下的"编排类集"，需下一番分类整合的编排之功；评价不是无的放矢，而是在充分占有一代文献资料，了解一位作家事迹风貌的基础上，知人论世，评曲论剧。正因为具备这些长处，所以这种目录体的模式多为后人从事戏剧理论批评所仿效。

　　从风格上讲，这种目录体的元曲批评是一种别具风格的戏剧文学批评；从构成形态上讲，通常以两个部分构成一个整体：序(跋)和演员(作家)，作品的著录；从批评的内容来看，以对作品的分类著录来体现其批评思想，将宏观批评和具体的作家批评相结合，从具体的作家批评中体现其戏剧理论。如在《录鬼簿》中，钟嗣成就是基本以史的序列来对作家和作品进行排列，从而对中国戏剧史的划分有一个大致的轮廓，再如他对一些作家的凭吊体现了他关于戏剧形式之美的理论。

　　自从如《录鬼簿》这种目录体的元曲批评形态问世后，相继出现了元末明初的《录鬼簿续编》，明嘉靖年间徐渭的《南词叙录》。还有直接据《录鬼簿》改编的朱权的《太和正音谱》卷中的《群英所编杂剧》，后来减晋叔《元曲选》又据《太和正音谱·群英所编杂剧》作"五百四十九本名目"。这些有赖于元人目录体的开创之功。

在整个古代戏曲文学批评史的发展过程中，戏曲目录实为一种主要的戏曲文学批评形式，从数量上看，根据中国艺术研究院编校的《中国古典戏曲论著集成》，共收唐至清中后期的戏曲论著四十八种，其中，戏曲目录就有十五种。当然，这还不是古代戏曲目录的全部，不过，仅此数字已足可看出戏曲目录在古代戏曲文学批评著作中所占的分量。所以，古代戏曲目录是古代戏曲文学批评的一种主要形式，它深刻地影响着中国古代的戏剧批评。

元人的元曲批评前人多有论及，但基本上从内容着手，探讨元代剧论的历史地位、元代剧论的功能论、元代剧论的戏曲家论、元人的戏曲创作论、元代剧论的戏剧表演论等。到目前为止，还没有从形式上探讨元人元曲批评的文章和专著。本章采用文体学的方法，主要从形式上总结出"序文体"和"目录体"两种批评的文体表现形式，希望对之后的相关研究有所帮助。

元人的戏曲理论批评，采用的是"目录体"和"序文体"。在中国的文学批评中，有众多批评形式可供批评家选择，如对话体、选编体、文章体、史传体、骈俪体、笺注体、论诗体、诗话体、评点体等。元人批评者由于身份地位使然或要求为杂剧作家、优伶艺人立传的目的是，他们选择"序文体"和"目录体"的主要原因。

不管元人进行元曲批评采用的是"序文体"还是"目录体"，它都有自己的一套体制、语体、风格方面的表现，所以对元人元曲批评进行文体研究有助于我们从形式方面来理解元人的元曲批评。

在元代这个特殊的社会中，这些汉人批评家采用"序文体"和"目录体"主要是由于汉蒙文化的矛盾、城市经济的繁荣、杂剧搬演的繁盛、表演重心的南移等多种文化背景造成的，表现出了重视实践、乐于和优伶交往、冲破世俗的樊篱为杂剧作家、优伶立传的文化精神。

第三节 小说批评文体研究

小说批评的文体特征与早期的经注、史评以及文选注评有着密切联系。

一、经注与小说评点

儒家经典在中国古代社会有着很高的地位，是中国历史上被最早最系统地进行注释的文化典籍。"五经""六经""十三经"一直是古代圣贤与封建帝王非常重视的文化典籍与治国之道。秦始皇统一中国，尊尚法家学说，焚书坑儒，曾使儒家经典遭到严重破坏，西汉王朝接受秦朝灭亡的教训，采取休养生息、无为而治的基本国策，儒家经学开始日益复苏。汉高祖刘邦登基以后，因种种原因经学没能立即显于朝廷，此时，经过战国以来的力量集聚，汉儒已逐步把经学的解释权攫取到自己的手中。到了汉武帝时期，经济繁荣，国力强盛，汉武帝实行"罢黜百家，独尊儒术"的思想文化政策，确立儒学为统治思想。为了树立儒家思想的权威地位，将儒家经籍《诗》《书》《易》《礼》《春秋》尊为"五经"，并由政府设立"五经"博士，立太学，郡国置五经率史，广泛传播儒家思想，由此而兴起一门训解或阐释儒家经典著作的学问，即"经学"。

经学从严格意义上讲乃是指对庸家经典研究、诠释、传授的学问，汉代经学实际上是汉代儒士对先秦儒家思想的解释系统。经学振兴之后，为了使读者能够没有障碍地接受这些经典文体，经学研究者开始对经典中的词句意义进行解释，对文句进行疏通，从而让这些经典之作的价值得到最大的实现。今文经师先是以脑记口说授经，后渐著之竹帛，解说"五经"的传、记、训、故、说、解、注、章句，日益繁多。

随着经学的繁荣，解经之作日益丰富，如注丹作《易通论》七篇，伏恭作《齐诗解说》九篇，卫宏著《古文尚书训旨》，牟长著《尚书章句》，马融遍注《孝经》《论语》《毛诗》《周易》《二礼注》，许慎作《五经异义》、何休著《公羊解诂》《公羊墨守》《左氏膏肓》《穀梁废疾》等。

　　据《汉书·艺文志》和《续补后汉书·艺文志》所列书目的不完全统计，自武帝至汉末，解经之书计一百多种。其中《诗》二十三，《书》二十三，礼二十四，《易》十三、《春秋》二十七。古代的注疏名目繁多，各有侧重。分开来说，解释古书字、辞意义的叫"注"，"注"又有传、笺、解、章句等名；疏通经传文意、义理的叫"疏"，疏又有义疏、正义、疏证等名。注疏的流行大大方便了读书人对于经典的接受。

　　汉代是我国注释之学发展的兴盛时代，无论是训诂专著，还是"随文而释"的注释都取得了前所未有的成绩。大言别之，表现在两个方面：一方面是训诂专著的出现，如汉初的《尔雅》、西汉末扬雄的《方言》，东汉许慎的《说文解字》、汉末刘熙的《释名》。另一方面是"随文而释"的注疏之学的兴盛。这方面，大家辈出，成绩斐然。如高诱、赵波、王逸、贾逵、马融等，而郑玄又是其中的翘楚。东汉末年的郑玄，遍注群经，成为汉代经学的集大成者。郑玄的注释囊括了后世训诂学所涉及的全部内容，显示了汉代注疏之学的巨大成就，他对于经典文本的诠释相当全面，包括词义、句义、语法、修辞、解释古代名物和典章制度，揭示义理乃至概括文本主旨。更为重要的是，他大大地发展了"随文而释"的体例，已经将注文和正文融为一体。

　　例如《礼记·檀弓》"吾离群而索居，亦已久矣"，郑玄随文注云："索犹散也。"《周礼·天官·宫正》："春秋以木铎修火禁。凡邦之事跸，宫中、庙中则执烛。"郑玄随文注云："郑司农(郑众)读'火'绝之，云：'禁凡邦之事跸，国有事，王当出，则宫正主禁绝行者，若今时卫士填街跸也。宫中、庙中则执烛，宫正为王于宫中、庙中执烛'。玄谓：事，祭事也。邦之祭社稷七祀于宫中，祭先公，先王于庙中，隶仆掌跸止行者，宫正则执烛以为明。"

　　这些注释为了让读者更好地理解经文，几乎是与正文句句相符的，这种"随文而释"的注文与正文融为一体的注释体制，直接影响了后来的小说评点的批评体式。

二、史评与小说评点

　　小说评点的文体特征与史评体例的影响也有着很大的关系。从先秦到汉魏六朝的史书，在体裁结构上有一个特征，就是每篇作品之后附有论赞。史书中的论赞，指史书纪传篇之末所附的评语。其名目很多，《左传》称"君子曰""君子谓"或"孔子曰"；《史记》称"太史公曰"；《前汉纪》《北史》《南史》等用"论曰"；《汉书》《新唐书》《辽史》等称"赞曰"；《南齐书》和《宋史》除有"论曰"外，还用"赞曰"。《三国志》称"评曰"；《宋书》《梁书》《魏书》《周书》《隋书》皆称"史臣曰"；常璩《华阳国志》称"撰曰"；《资治通鉴》称"臣光曰"。其他还有称为"议""诠""序""述""奏"的。唐代史学家刘知几总结这一体式道："其名万殊，其义一揆。必取便于时者，则总归论焉"，并统名之曰"论赞"。

论赞一般被认为起源于《左传》，但也有一种说法，认为《尚书》中的"曰：若稽古"是论赞的源头。这些"论赞"，从"以传附经"的体制来看，大多采取随人随事夹叙夹论的方式，作史者通过对具体历史人物事件的评论来昭显自己的观点。

例如《左传》的"君子曰"："君子谓祁溪于是能举善矣。称其仇，不为谄；立其子，不为比；举其偏，不为党。商书曰：'无偏无党，王道荡荡。'其祁溪之谓矣。解狐得举，祁午得位，伯华得官：建一官而三物成，能举善也。夫惟善，故能举其类。诗云：'惟其有之，是以似之'。祁溪有焉。"（《左传·襄公三年》）"君子是以知秦穆公之为君也，举人之周，与人之壹也。孟明之臣也，其不解也，能惧思也。子桑之忠也，其知人也，能举善也。《诗》曰：'于以采蘩，于沼于沚。于以用之，公侯之事。'秦穆有焉。'夙夜匪解，以事一人'，孟明有焉。'诒厥孙谋，以燕翼子'，子桑有焉。"（《左传·文公三年》）

把这一体式成熟和确定下来的人则是司马迁。司马迁在先秦典籍《左传》《国语》《战国策》中"君子谓""君子曰""君子以为""某人曰"的基础上，创造了新的史论形式——"太史公曰"。《史记》全书每篇正文或前或后都附有一段"太史公曰"，共一百三十七条，约三万字。篇前称序，篇末称赞。"太史公曰"和"君子曰"之间虽然存在着明显的师法关系，但区别也是很大的。先秦史著中的"君子曰"等，随意性较强，非常灵活，不成体系。而司马迁《史记》论赞或在文前，或在篇尾，篇中出现较少，多就所写人物一生行事或其一生中的某一个重要事件发论，或阐明创作题旨，或总结兴亡成败的经验教训，或评骘历史人物，体系严谨，精义深旨，总结概括的性质更强。例如《史记卷七·项羽本纪》太史公曰：

> 吾闻之周生曰"舜目盖重瞳子"，又闻项羽亦重瞳子。羽岂其苗裔邪？何兴之暴也！夫秦失其政，陈涉首难，豪杰蜂起，相与并争，不可胜数。然羽非有尺寸，乘势起陇亩之中，三年，遂将五诸侯灭秦，分裂天下，而封王侯，政由羽出，号为"霸王"，位虽不终，近古以来未尝有也。及羽背关怀楚，放逐义帝而自立，怨王侯叛己，难矣。自矜功伐，奋其私智而不师古。谓霸王之业，欲以力征经营天下。五年卒亡其国，身死东城，尚不觉寤而不自责，过矣。乃引"天亡我，非用兵之罪也"，岂不谬哉！

又如《史记卷一百九·李将军列传》太史公曰：

> 传曰"其身正，不令而行；其身不正，虽令不从"。其李将军之谓也？余睹李将军悛悛如鄙人。口不能道辞。及死之日，天下知与不知，皆为尽哀。彼其忠实心诚信于士大夫也？谚曰"桃李不言，下自成蹊"。此言虽小，可以喻大也。

司马迁熔铸前人，断以己意，熔历史、现实于一炉，创造"一家之言"的"太史公曰"，可能还受到当时汉代浓厚的解经注释的时代风气的很大影响。这种史评形式得到了后代史家的广泛响应，"既而班固曰'赞'，荀悦曰'论'，东观曰'序'，谢承曰'诠'，陈寿曰'评'，士隐曰'议'，何法盛曰'述'，扬雄曰'撰'，刘炳曰'奏'，袁宏、裴子野自显姓名，皇甫谧、葛洪列其所号"，在这种趋势下，后来的《汉书》《后汉书》《前汉纪》《资治通鉴》《三国志》《晋书》《宋书》《旧唐书》等史书，在《史记》的基础上对这种史评形式做了进一步的继承发展。

史书的"论赞"，不但在史学编撰体例上开拓出了随人随事进行历史评论的新形式，同时也具有重要的文学史意义。这种史文与史评合为一体，随人随事夹叙夹论的方式，直接影响了中国的评点文学的发展，也成了小说评点体例形成的一个重要渊源。

三、文选注评与小说评点

在经典注释与史家评论发展的同时，汉代又出现了诗文的注解。很显然，它们之间存在着相互影响的关系。《毛诗》中的《大序》《小序》，实际上已经是涉及具体的文学批评理论了。作为诗文的注解，它首开了寄生于文本，随文予以解析的文学评点风格，《大序》是毛诗首篇《关雎》前的序，毛诗每篇都有小序；此大序可以作为整部《诗经》的总结性的序。

例如在《大序》中，就对诗歌的本质进行了评论：

> 诗者，志之所以也，在心为志，发言为诗。情动于中而形于言，言之不足故嗟叹之，嗟叹之不足故永歌之，永歌之不足，不知手之舞之，足之蹈之也。

而每首诗前的小序，则起到了重要的导读作用，从每首诗的背景、主旨、用意等方面给予评论。例如《氓》的《小序》：

> 刺时也。宣公之时，礼仪消亡，淫风大行，男女无别，遂相奔诱。华落色衰，复相弃背，或乃困而自悔，丧其妃耦，故序其事以风焉。美反正，刺淫佚也。

《毛诗》之后，王逸的《楚辞章句》也继承了这种评点体例的风格，采取了以《诗》释《骚》的方式，用两汉诗经学的解释方法来解释《楚辞》。作为现存最早的楚辞注本，《楚辞章句》有《总序》，每篇楚辞之前，也有一段解题的小序。例如，《楚辞章句序》对屈原的作品创作动机及作品功用进行了分析：

> 而屈原履忠被谮，忧悲愁思，独依诗人之义，而作《离骚》，上以讽谏，下以自慰。遭时暗乱，不见省纳，不胜愤懑，遂复作《九歌》以下凡二十五篇。

《楚辞章句》在解释一般字词时多引用《诗》和《易》，例如《离骚》："忽奔

走以后先。"王逸注曰:"奔走先后,四辅之职也。"《诗》曰:"予聿有奔走,予聿有先后。"(《大雅·绵》)

继《毛诗》《楚辞章句》之后,唐代出现了殷璠的《河岳英灵集》和高仲武的《中兴间气集》等诗歌评点,这些评点,主要宣扬了编选者的诗歌主张,并引导读者对诗歌进行简单的艺术鉴赏。

古文的评点,在宋代开始兴盛。宋太祖偃武修文,提倡科举,将经义定位为科举考试的文体。为了仕宦前途,文人士子必须苦心揣摩"经义"的写作。而古文与经义又较为相近,为了满足这一需求,一批古文家、道学家便从"写作学"的视角开始了对古文的选评。宋代影响较大的古文评点范本有吕祖谦的《古文关键》、谢枋得的《文章轨范》、楼昉的《崇文古诀》、真德秀的《文章正宗》等。

《古文关键》一书选取唐宋两代古文家韩愈、柳宗元、欧阳修、曾巩、苏洵、苏轼、苏辙、张耒等八家六十一篇,辑成两卷。吕祖谦在《古文关键》卷首"总论·看文字法"里总结了几条"看文字法":第一,看大概主张;第二,看文势规模;第三,看纲目关键,如何首尾呼应,如何是一篇铺叙次第,如何是抑扬开合处;第四,看警策句法,如何是一篇警策,如何是下句下字有力处,如何是起头换头佳处,如何是缴结有力处,如何是融化屈折、剪裁有力,如何是实体贴题目处。

从"看文字法"来看,吕祖谦的评点之法既是要对全文有一个整体的把握,也是要进行具体的文本分析。其评点的对象包括文章的思想大意、章法、布局、结构、段落、句子、词语、辞格、风格等方面,要考察其遣词造句、起结、剪裁、转折等文字功夫。

如他在韩愈《师说》一篇总评云:"此篇最是结得段段有力,中间三段自有三意说起,然大概意思相承都不失本意";于"是故无贵无贱,无老无少,道之所存,师之所存也"句旁批"转换起得佳";在《获麟解》的"麟之为灵,昭昭也"句旁批"起得好,先立此一句",说明了他对章法布局的重视。他在柳宗元《晋文公问守原议》中"而乃背其所以兴,其所以败"旁批"下字,文字好处,意到语壮"是对句子词语的考察。他在欧阳修《朋党论》中的旁批"夫前世之主,能使人人异心不为朋,莫如纣;能禁绝善人为朋,莫如汉献帝;能诛戮清流之朋,莫如唐昭宗之世。(如人说反话)然皆乱亡其国"，则是对辞格方面的评点。

《古文关键》体的评点还运用许多批评术语。比如精神、眼目、血脉、关锁、筋骨等，也相当重要。又比如八股文评点中常有文中"立柱""题题""骂题"等，这些术语在《古文关键》中也已出现了。

谢枋得的《文章轨范》的评注方式主要有两种：总评和夹评。总评通常是指一篇文章之后总论全文的意趣脉络的文字，本书六十九篇文章中的四十四篇之后都有总评。另外，谢枋得在每卷卷首都写有识语。这是一卷之总评，指明了本卷的总体特点，并提出了由放胆到小心的文学主张。夹评，即随文评，就是在文章转折处、关键处点出说明，文评相连，为了避免混淆，原文用大字，评注用小字且为两行，夹注于文下。书中除《原毁》《与韩愈论史书》《纵囚论》《书其子庙碑阴》四篇外，其余各篇均有夹评，但或详或略。作为评选著作，谢枋得的《文章轨范》在评点类总集中有其特殊的位置，一是开圈点类评点体例之先河，二是体制格式较为完备。

楼昉是吕祖谦的学生，楼昉的主要评点著作《崇古文决》共三十五卷，选取古文两百多篇，体例与《古文关键》大致相仿。从圈点与批评运用的方式来看，楼昉所用评点方式主要有三种情况：一种是将圈点和评论进行结合，一种是只用圈点不加评论，还有一种是只作评论没有圈点。在批评体例上，他喜欢在文章前面用一段文字，对该篇的写作章法、结构、词句、风格等方面进行评论，他对旁批使用得不多，也基本上没有尾评。他使用的圈点符号包括大圆圈、小圆圈、月牙点、斜点、直线等多种形式。

林岗先生说："总括宋人的评点，约由一部分组成：卷前看文作文法；每篇前的总评；伴随行文的随处批语和重点句子的圈点。"

日后的小说评点大体承袭了这种形式，小说评点置于篇前的"读法"即相当于看文作文法；回前评则相当于篇前总评；夹批、眉批、圈点就是行文的随处批语和圈点。"当然形式相似并不见得精神雷同。"这句话准确地揭示了小说评点与宋代古文评点之间的关系。

南宋末年的刘辰翁在中国文学评点史上具有重要地位。

　　评点作为一种批评形式，在宋代的兴盛，与古文、经义教育的社会风尚有着很大关系。评点的广泛应用更多的是出于一种功利性的目的。刘辰翁却一改这种实用性，开始从一种审美的、形象的批评视角来介入文学文本，对文学作品的艺术内涵进行细致的体味，他的评点具有更多的独创性和敏锐性，与之前的吕祖谦、谢枋得、楼昉、真德秀等人的教化性质的评点相比，刘辰翁的评点带给读者的是一种美学艺术的欣赏，而不是为了揣摩"经义"的写作技巧，所以更接近一种纯粹的文学评点。

　　刘辰翁的评点范围很广泛，涉及诗、词、散文等各个文体领域，更为重要的是，他是第一个对小说进行评点的人，首开中国小说评点的风气。在相当长的时期里，中国传统文学观念中的小说戏曲地位较为低下，难登大雅之堂，也较少得到文人的关注和评论。但刘辰翁大胆地进行了小说批评的尝试，对刘义庆的《世说新语》进行了评点。

　　刘辰翁评点《世说新语》的形式较为单一，绝大部分采用眉批形式，而且字数较少，少则两字，多则二三十字，风格较为随意。如《世说新语》卷中之下《赏誉》中云："山公举阮成为吏部郎，目曰：'清真寡欲，万物不能移也'。"刘辰翁便在眉端批道："妙绝举词。"又如卷上之上《言语》中云："林公见东阳长山，曰：'何其坦迤。'"刘辰翁又在眉端批道："如此四字，极似无谓，亦有可思。"

　　难能可贵的是，刘辰翁在评点《世说新语》时，已经开始在早期的经注、史评以及文选注评的发展中，逐渐孕育了小说评点的各种形式之源与技法要素，是小说评点形成的重要渊源。而到了明清时期，章回小说这一新文体的出现，则预示着小说评点作为中国独特的文学批评形态，正式登场。

第五章 中国古代文学浪漫主题

第一节 中国古代文学浪漫主题的成因

一、先秦两汉浪漫主义主题的文学叙写与形成原因

在我国最早的诗歌总集《诗经》中，就有与浪漫主义发生联系的诗篇。《诗经·小雅·斯干》是言周宣王宫室落成之祝歌，宫室落成后的喜悦伴随宣王进入梦中。周宣王梦见的熊罴虺蛇，分属阴阳，占梦官说这分别是生男和生女的喜瑞之征。《诗经·小雅·无羊》中牧官梦见众人捕鱼是年丰岁熟的祥兆，梦见族旗是子刊众多之象。据《周礼·占梦》："季冬聘王梦，献吉梦于王，王拜而受之。"占梦官得知牧人的吉梦，献之于宣王。这两篇诗中的浪漫主义都是梦境的实写，入于诗中能够表达情感。

距《诗经》两三百年后，南方楚国诞生的新诗体中也幻化出浪漫主义的景象。屈原的《九章·惜诵》中的梦象，正是诗人想要为灵修分忧却不能靠近的现实悲哀。诗人梦中飞游苍天，中途遇河却无法渡船。《惜诵》虽然仍有占梦的影子，但是占梦的结果已经不单纯地反映吉凶，屈原借文学创造通灵梦境来表现自我的现实感受。宋玉《高唐赋》《神女赋》缔造了"高唐神女梦"，宋玉为襄王"引荐"的神女是美好的化身，将其置于梦中平添朦胧之美。浪漫主义描写趋于细腻工致，令人魂牵梦绕。

我国的第一部散文集《尚书》中，《说命上》篇开头用拙朴的语言记录了武王梦中得到贤相傅说的经过，"高宗梦得说，使百工营求诸野，得诸傅岩"。

《尚书》之后，先秦历史散文对浪漫主义主题表现出较大的青睐，《穆天子传》《春秋》三传、《国语》《战国策》《晏子春秋》等均有相关描写。历史散文中的浪漫主义叙述受限于宗教职事，显示了史官的文化责任意识，同时也体现文学性的

剪裁。《左传》很具代表性，其中浪漫主义的叙述数量最多，一共有二十七则。这些故事并非附赘，而是与表现时局或重要人物紧密相关的。作者将浪漫主义作为值得记录的史料编入了历史事件中。《左传》中既有应验的梦事，也有没应验或不遵循梦中所示的。这时期，"天道阇昧，故推人道以接之"，史官已倾向于人事探讨，作者的关注点不仅是梦的预兆作用，还包括各种通灵和梦境中浪漫主义背后的历史真相。

先秦说理散文《庄子》《韩非子》《列子》等书也有一些浪漫主义记叙。较有代表性的是《庄子》中的六则，分别是庄周梦蝶、栎树见梦、鸽骸见梦、周文王假托梦、宋元君梦神龟、郑缓托梦。《庄子》中的浪漫主义描写好似天马行空，不落俗套，属于寓言式的。他的作品较少地受占梦原始思维的影响，更多的是用浪漫和雄奇的想象描写巧妙地阐明情理，表现了遗世绝尘的思想内容，寄寓了惊世骇俗的深刻情思。他用极具想象力的形象思维，减少了空洞枯燥的说教，变幻成肆纵自然、无拘无束的神奇而智慧的表达，倏尔回溯历史，忽又回到现实，神奇杳渺，引人入胜。用刘熙载的话来说，就是"意出尘外，怪生笔端"。梦和通灵一说带有先天的神秘特征和浪漫色彩，庄子虚己游世，得到艺术启迪，使他不再蹈袭前人，而是独创典型。当庄子的哲学沉思难落言筌的时候，就用浪漫主义的故事状其语意。

秦代《吕氏春秋》一书历来被视为"杂家"著作，班固在《汉书·艺文志》中将它分列到"诸子略"的"杂家"一类。刘大杰说它"内容综合诸子，兼收并蓄，所以称为杂家"。就其中的六则用浪漫主义手法的叙说记事来说，都为说明道理而成言，现实针对性很强，言之有物，不作空言。

到了汉代，《史记》受《左传》影响，也将实录精神融液贯通到对浪漫主义这一叙事题材的记载中，将和事件相关的传闻载录以备"后有君子，得以览焉"。《史记》中一共有二十二则浪漫主义故事(包括《龟策列传》中的诸先生所补的二则)，其中有来自《尚书》《左传》《庄子》等典籍的。比如《殷本纪》武丁梦得傅说来自《尚书》，《龟策列传》神龟托梦宋元君来自《庄子》，燕姑梦天与之兰等六则故事源于《左传》。据可永雪先生《史记文学成就论衡》，《史记》的资料来源大体上有三个方面：先秦及汉初的典籍、国家的文献档案、游历交往所得及亲身的观察体验。其余的浪漫主义之事的来源可能是司马迁在游历当中所闻和在朋友交往中搜集。"柱谓《左传》体奇而变，其流为《太史公书》。"《史记》继承了《左传》"好奇"的一面，其中的浪漫主义叙事手法颇为有趣。

《汉书》一共有十八则通灵主题的浪漫主义主题故事。其中六则源自《史记》，且基本抄用原文，相差无几。

《汉书》不像《左传》《史记》那样追求情节的奇异，除了引述《史记》中的浪漫主义作品，其余的大都深稳平易，不似《左传》《史记》那样铺张渲染，但却自有一种平实富赡的风格。比如在《霍光金日磾列传》中，由于霍氏泰盛日久早为汉宣帝所忌，在霍光过世后其子孙愈发骄奢不逊，无礼犯法，汉宣帝借机打压，霍氏子孙因此惶恐不安。"山、禹等甚恐，显梦第中井水溢流庭下，灶居树上，又梦大将军谓显曰：'知捕儿不？亟下捕之。'第中鼠暴多，与人相触，以尾画地。鸮数鸣殿前树上。第门自坏。云尚冠里宅中门亦坏。巷端人共见有人居云屋上，彻瓦投地，就视，亡有，大怪之。禹梦车骑声正讙来捕禹，举家忧愁。"三个梦境相组，梦中之奇景承上说明了霍氏"甚恐"，启下说明霍氏即将被灭门的结局。《汉书》相比《左传》《史记》的此类文章更显简洁，篇幅较短，读起来虽然不够生动活脱，但也别具风味。

梦境和通灵主题的浪漫主义在汉代的辞赋中也有很多体现。《李夫人赋》是汉武帝刘彻所作。李夫人是汉武帝的宠妃，"一顾倾人城，再顾倾人国"。李夫人病逝后，汉武帝深情无歇，自作赋以寄相思悲感。"神茕茕以遥思兮，精浮游而出畺……欢接狎以离别兮，宵痛梦之芒芒。忽迁化而不反兮，魄放逸以飞扬。何灵魄之纷纷兮，哀裴回以踌躇。势路日以远兮，遂荒忽而辞去。超兮西征，屑兮不见。"两个人在梦中正欢接亲昵，忽然又分开相隔，魂逸魄飞，短暂的相聚后是永久的别离，那种追之不及的痛楚，在这渺渺茫茫的梦中陡然倍增。梦对于皇帝和百姓都是平等的，汉武帝虽贵为君主，亦会做梦，文中运用浪漫主义的描写体现了他具有普通人感情的一面。从中不难发现，浪漫主义的描写在情感表达上有重要的作用。

　　班固《幽通赋》是一篇言志之作。弱冠之年，初蒙父丧，夙夜不休的思虑，使得神灵进入了班固的梦寐之中。作者在梦中登山的过程中，见到了一位神灵。

　　他持葛藟而来，并将它交付给作者，篇谏他万万不可堕落懈怠。颜师古注曰："言入峻谷者当攀葛藟，可以免于颠堕，犹处时俗者当据道义，然后得用自立。故设此喻，托以梦也。"颜师古认为班固不是真的梦见神人持葛来授，而是一种假托，意在说明秉持道义而自立。颜师古的解释是很合理的，但是不管假托与否，浪漫主义都是一种文学思维方式，表达作者内心深处的思索和忧虑。

　　张衡的《思玄赋》和班固的《幽通赋》同属《文选》"志"篇，也是抒写志向之作。他对遭遇无常、时不待人有所担忧和狐疑，试图远离尘氛，"咨妒嫭之难并兮"，在神游的过程中，作者有了浪漫主义的经历。"发昔梦于木禾兮，谷昆仑之高冈"，作者刚开始从东方神游时，便做了此梦。作者没有急于解梦，而是在经历了东、南、西、北、方的游历后，在从下方向上方的游历之时，才请古神巫为他占梦，以梦境所寓之意引出思归故居之感。游览之始所做之梦的铺设，原是为了占梦后回到现实之中，作者画了一个圆，考虑周到，辞采细密。确如刘勰在《文心雕龙·体性》中说："平子淹通，故虑周而藻密。"

　　蔡邕的《检逸赋》又名《静情赋》。题名为检逸，旨在约束自身淫荒。文中描绘的是一位千载难遇的佳丽，她的容貌举世无双，性情贤淑柔善。故此《艺文类聚》将它辑录在《美妇人》的部分。作者心悦于她，但是"爱独结而未并"，这种单相思弄得人六神无主。夙夜爱之思之，到达一定的程度，就只有大胆直率地在梦中与她的魂魄交往了，"夜托梦以交灵"是也。浪漫主义在这篇短小精悍的赋作中，是情感表达的最强之音。

二、灵魂崇拜是通灵浪漫主题文学作品形成的最初动力

　　通灵题材和浪漫主义主题的产生和发展演变，是建立在中国古代灵魂崇拜和占梦文化的基础之上的。如理查德·柯瑞纳教授所说："古代的文化区分不如今天发达和明显。在亚洲文明中间所有的文化区分仍然都沉潜于整体生命的洪流中，于是我们不能谈论似乎与宗教相分离的艺术，与冥想相分离的宗教，与神秘感受

相分离的冥想；或者是与道德和政治智慧相分离的神秘感受。"尤其是在中国古代社会，文学艺术同宗教意识具有统一的内在联系。在文学史上具有奠基意义的先秦两汉的梦境和通灵浪漫主义文学，则是灵魂崇拜延续的语言艺术表现，涵融先民神圣观念和情感。

北京山顶洞人已经知道给死者随葬物品，在尸骨身上撒上代表血液的赤铁矿粉末，表达存者希望亡者永生的愿望，说明在旧石器时代晚期，已经出现了灵魂崇拜现象。灵魂崇拜观念产生以后，先民以己身观照自然界，自然界的千变万化，使人觉得自然界和人类存在之间是无断裂可言的。人逐渐将自然力量人类化，扩而大之，广而推之，就形成了万物有灵论。神、自然、人合成宇宙的一体生命。同身类比，举凡日月山川、草木鸟兽等的变化，就都和人的祸福有关了。原始宗教便在伴随着万物有灵观念而来的同身类比中产生，各种浪漫大胆的想象便产生了。张维青、高毅清的《中国文化史》一书中，将原始宗教的灵魂崇拜对象大致分为三类：自然崇拜、图腾崇拜、祖先崇拜。人们由衷地祈祷，祈祷接近神圣，免除灾祸。

原始人希冀和天地之间的各种神灵沟通。《中国文化通史·先秦卷》："中国史前宗教的特点是把世界分成天地人神等不同的层次，并由巫师往来其间，充当沟通天地人神的使者。"《国语·楚语下》记载了观射父的一段评论："古者民神不杂。民之精爽不携贰者，而又能齐肃衷正，其智能上下比义，其圣能光远宣朗，其明能光照之，其聪能听彻之，如是则明神降之，在男曰现，在女曰巫。是使制神之处位次主，而为之牲器时服……民是以能有忠信，神是以能有明德，民神业，敬而不读，故神降之嘉生，民以物享，祸灾不至，求用不匮。及少眸之衰也，九黎乱德，民神杂蹂，不可方物。夫人作享，家为巫史，无有要质。民匮于祀，而不知其福。蒸享无度，民神同位。民读齐盟，无有严威。神钾民则，不蜀其为。嘉生不降，无物以享。祸灾荐臻，莫尽其气。"我们从中可以看到，远古时候，九黎乱德之后，曾经存在过普通百姓可以随意交接神灵的无秩序阶段。据李炳海《部族文化与先秦文学》，楚族成员受东夷文化的影响，淫祀好鬼，因此《楚辞》中有许多展现人神杂糅的画面。但九黎乱德之前，和神灵交接的职责由巫师承担。九黎乱德之后，颛顼曾有绝地天通的举措。《尚书·吕邢》记载，尧帝也有类似的举措。"乃命重黎，绝地天通，周有降格。"孔安国传："尧命羲和，世掌天地四时之官，使人神不扰，各得其序，是谓'绝地天通'。言天神无有降地，地抵不至于天，明不相干。"这在周代相延续，"周人尊里尚施，事鬼敬神而远之，近人而忠焉"。

　　无论是灵魂崇拜还是占梦信仰，虽然不能以清晰的概念解释事物，但是都表达了先民在焦虑痛苦或是安宁喜悦的现实生活里，神圣而虔诚的情感体味。当这种原始思维过渡为文学作品的时候，梦和通灵意象便出现在了文学里，使文学作品具有了神秘而浪漫的色彩。正是因为中国自古以来独特的宗教心态，和相应而生的对梦的解读，才造就了这类和浪漫主义相关的文学作品，刺激了中国浪漫主义文学作品的产生。

第二节　中国古代文学浪漫主题的创作方向分析

　　先秦两汉散文中的浪漫主义主题文学涉及社会生活的诸多方面，这些故事各色纷呈，构成鲜活的文本。这些叙述反映了丰富多彩的内容。由于作品内容丰赡，意义复杂，想要妥善归类并非易事。根据其具体内涵、情感旨趣的不同，大体可梳理成以下六大类型，笔者名之为主题旨向与情感寄托。浪漫主义作品以浪漫神秘的笔触构架现实遭遇，以虚幻的境界网罗真挚的情感，作者的情感抒发充沛，以委婉曲折的叙述道出美好的向往。从中可以看到古人对美好事物的渴慕追恋和对理想的期待憧憬。

一、忧心家国祸福

　　"建久安之势，成长治之业"，大概是中国人最美好的愿景之一，上至君主，下及百姓，无不祈盼王朝之稳固，家族之长兴。古人对于家国的灾祥之兆十分重视。这也反映在早期的浪漫主义文学作品中，故而此类题材的作品最多。先看《诗经·小雅·斯干》中：乃寝乃兴，乃占我梦。吉梦维何？维熊维罴，维虺维蛇。大人占之："维熊维罴，男子之祥；维虺维蛇，女子之祥。"

　　周宣王时，道德盛行，国家富强，百姓和亲，宣王在集众力筑成的宫殿内，与群臣燕乐。孔颖达《正义》曰："既考之后，居而寝宿。下至九章，言其梦得吉祥，生育男女，贵为王公，庆流后裔，因考室而得然，故考室可以兼之也。"宣王在其乐融融的氛围中安然寝卧，梦见熊罴虺蛇，醒后命人占卜，郑玄笺："大人占之，谓以圣人占梦之法占之也。熊罴在山，阳之祥也，故为生男。虺蛇穴处，阴之样也，故为生女。"毛亨传宣王的吉梦是"言普之应人"，孔颖达《正义》曰："梦者，应人之物，善恶皆然。"可知梦是悉获感应的途径，而这种感应与人和家国的祸福相关，宣王子孙繁盛便是家国的吉祥。

　　《左传》哀公七年载："初，曹人或梦众君子立于社宫，而谋亡曹，曹叔振铎请待公孙强，许之。旦而求之曹，无之。戒其子曰：'我死，尔闻公孙强为政，必去之。'"这一段安插在宋国包围曹国之后，解释宋国出兵的原因。曹国有人曾梦到许多人商量着灭亡曹国，曹始祖请求拖延到公孙强当政之后，君子们也答应了。天亮后遍寻不见公孙强，这个曹国人就嘱咐儿子死后听到公孙强执政，一定要离开曹国。之后就写到公孙强因为擅弋，而得到曹伯阳的宠信，称霸的策略得到听从，背晋奸宋。宋景公讨伐曹国，曹国从而走向灭亡的结局。曹人的通灵梦有预示的作用，其家躲过一劫。曹始祖在梦中直接点出公孙强的名字，指明他是罪魁祸首。他不求德行天下，而妄图推行霸权政治，最后导致了曹国的灭亡。司马迁谈及此时曾说，"及振铎之梦，岂不欲引曹之祀者哉？如公孙强不修厥政，叔铎之祀忽诸"。除此，《左传》中那些预示战争胜败的梦也都反映了家国灾祥的内容。

　　《国语·晋语》中记载，虢国将亡的时候，国君梦到国将灭亡。

　　　虢公梦在庙，有神人面白毛虎爪，执钺立于西阿，公惧而走。神曰："无走！帝命曰：'使晋袭于尔门。'"公拜稽首，对曰："君之言，则薄收也，天之刑神也，天事官。"

　　梦中的神人面部长着白毛，有老虎一样的爪子，虢公丑在梦中就被吓得跑开了，还给神人下拜磕头，醒后自然会召太史占卜。太史说这是西方神蓐收，传达

167

上帝命虢国灭亡之令，主管刑杀。虢国公面对灾祸即将降临的局面，没有反思自己的行为，反而掩耳盗铃，囚禁太史，让国人祝贺这个梦。大夫舟之侨判断"今嘉其梦侈必展，是天夺之鉴而益其疾也"。虢公已然不能以梦为鉴，省察行为，改造毛病，虢国一定会灭亡。这之后的六年虢国就灭亡了。

二、慨叹个人命运

人生在世，任何人都要经历生老病死、贫富祸福。出于对自然界的敬畏和对命运的思虑，梦境中经常感应到这些内容。

孔子有两则和个人运命有关的浪漫主义故事。其一，《论语·述而》："甚矣里吾衰也!久矣!吾不复梦见周公。"这是孔子晚年的状态。孔子心中的圣人是周公，他一心想复周公之道，回到礼乐熏习、天下大治的状况，所以他做梦都梦到周公。没有梦到周公说明他的行道之心有余而力不足焉。孔子周游列国不见作用，内心深处的悲凉都用这个梦境道了出来。周公之世是他的梦想，眼见无法实现，久不梦周公诉说了理想与现实的差距。其二，《史记·孔子世家》所载，孔子病了，子贡来探望他。孔子正拄着拐杖在门口散步，说子贡来得太晚了。孔子因而叹息，随即唱道："太山坏乎!梁柱摧乎!哲人萎乎!"说着流下了眼泪，对子贡说："天下无道久矣，莫能宗予。夏人殡于东阶，周人于西阶，殷人两柱间。昨暮予梦坐奠两柱之间，予始，殷人也。"孔子说自己是殷人之后，殷人死了棺木停放在厅堂的两柱之间，他梦到自己坐在两柱中间受人祭奠。七天后，孔子就走了。孔子自叹垂垂临老不梦周公，与梦坐两柱间自知大限，均在感叹自身命运的同时，也伤感理想之幻灭。"子不语怪力乱神"，孔子的梦境都是就现实中的道不行而说的。

有关于寿命记载的故事。《礼记·文王世子》："文王谓武王曰：'女何梦矣？'武王对曰：'梦帝与我九龄。'文王曰：'女以为何也？'武王曰：'西方有九国焉，君王其终抚诸。'文王曰：'非也。古者谓年龄，齿亦龄也。我百，尔九十。吾与尔三焉。'文王九十七乃终，武王九十三而终。"这是一则用对话描述浪漫主义的故事。文王问武王做了个什么梦，武王说梦见天帝给了他九颗牙齿。文王问武王对这个梦的看法，武王说可能是您将抚有西方九国吧。文王说不是这样的，与你九龄是你活九十岁的意思，我活一百岁，给你三岁。最后文王九十七岁而终，武王享寿九十三岁。孔颖达《正义》曰："年寿之数，赋命自然。不可延之寸阴，不可减之暑刻。文王九十七，武王九十三，天定之数。今文王云'吾与尔三'者，示其传基业于武王。欲使武王承其所传之业，此乃教戒之义训，非自然之理。"因为先秦两汉的浪漫主义故事的主体，许多是帝王诸侯，因此，个人的祸福也就和家国的灾祥有关。

三、了却因果祸福

先秦两汉人非常关注伦理道德，他们用各种道德规范约束自己，比如孝、敬、信、仁、义、礼、俭等，并认为个人行为的善恶将分别招致善果或恶果，对现世人生产生不同的影响。世俗的伦理规范，就是恩怨报应的产生标准。他们将恩怨报应的运行机制寄托于天地鬼神的有知，并且经常在梦中显露效验。

《左传》宣公十五年，魏颗梦结草老人是一则温馨的报恩故事。

> 初，魏武子有嬖妾，无子。武子疾，命颗曰："必嫁是！"疾病，则曰："必以为殉！"及卒，颗嫁之，曰："疾病则乱，吾从其治也。"及辅氏之役，颗见老人结草以亢杜回，杜回踬而颠，故获之。夜梦之曰："余，而所嫁妇人之父也。尔用先人之治命，余是以报。"

这一段在晋国魏颗在辅氏击败了秦军，俘获了秦国大力士杜回之后。故事中魏颗的父亲魏武子在刚刚患病时，命令他的儿子将宠妾改嫁，病危时又改命魏颗让宠妾殉葬。后其父过世，魏颗经过权衡，认为病重时神志不清的命令不能听从，从而遵循父亲初病时的前命将那个宠妾改嫁了。在辅氏之役中，魏颗看到有个老人打结的草，绊倒了杜回。这使得魏颗获胜，生擒杜回。当天晚上，魏颗梦到那位老人自称是宠妾的父亲，所做是为报答他采用魏武子神志清醒时候的命令、没让女儿殉葬的善行。杜预说："传举此以示教。"揭集作者记录这一故事的目的在于标榜善有善报的观念，宣扬教化温暖人心。

梦中交感厉鬼复仇的故事，读来令人栗栗畏惧，如《左传》哀公十七年：

卫侯梦于北宫，见人登昆吾之观，被发北面而噪曰："登此昆吾之虚，绵绵生之瓜。余为浑良夫，叫天无辜。"公亲筮之，胥弥赦占之，曰："不害。"与之邑，置之，而逃奔宋。卫侯贞卜，其繇曰："如鱼赦尾，衡流而方羊。裔焉大国，灭之将亡。阖门塞窦，乃自后逾。"

浑良夫是孔文子的竖臣，孔文子的妻子是卫庄公的姐姐。浑良夫因长相俊美成为卫庄公姐姐的姘夫，后来拥立卫庄公成为卫国主君。当初二人密谋时，卫庄公曾经许诺"苟使我入获国，服冕、乘轩、三死无与"，特许浑良夫拥有大夫的待遇，并且可免死三次。可是后来卫庄公和太子疾设计杀害浑良夫，仅仅用"紫衣、袒裘、带剑"三项罪名轻易加害了浑良夫。没过多久，卫庄公就在梦中和浑良夫相见了。浑良夫披散着头发，朝着卫庄公的方向大喊："登此昆吾之虚，绵绵生之瓜。余为浑良夫，叫天无辜。"浑良夫用类似于歌谣的方式表白内心的冤屈和愤怒。

卫庄公醒后占卜，显示的乃是噩兆。当年十一月，他就被己氏杀人夺玉，梦中索命的征兆得到了应验。

梦中昭示天地鬼神对恩怨的感知，即便没在行为主体自身显现，还是会在行为主体的子孙后代身上显现。《晏子春秋》载：

景公吹于梧丘，夜犹早，公姑坐睡，而梦有五丈夫北面韦庐，称无罪焉。

公觉，召晏子而告其所普。公曰："我其尝杀不辜，诛无罪邪？"晏子对曰："昔者先君灵公吹，五丈夫苦而骇兽，故杀之，断其头而葬之。命曰'五丈夫之丘'，此其地邪？"公令人掘而求之，则五头同穴而存焉。公曰："咯！"

令吏葬之。国人不知其普也，曰："君悯白骨，而况于生者乎，不遗余力矣，不释余知类。"故曰："君子之为善易矣。"

齐景公在打猎的时候打了个瞌睡，梦到五个男子向北面对他的行帐，说自己没有罪过。齐景公惊醒后召见晏子，他自我反省，询问晏子自己是否杀过无辜的人，才会感通这样的梦境。晏子回答，先君灵公曾经杀了五个吓跑猎物的男子，把他们的头砍下埋在了一起，起名叫"五丈夫之丘"，可能就在这附近。齐景公命人掘地，果真见五头同穴。齐景公叹息了一声，命人将他们重新厚葬。景公本是替其父安葬白骨，赎滥杀之罪。国人不知道梦中五人喊冤的事，反而称赞齐景公仁爱，所以文章结尾感慨"君子之为善易矣"。

四、歌颂高洁美德

从浪漫主义作品中看到先秦两汉人至诚真挚，尚德尚美的心态。《斯干》之梦熊罴虺蛇，是由于周宣王时道德盛行，后经众力和合，建成宫殿，宣王在新宫殿内安然宴寝。如果没有对于美好德行的持守，是无法入于吉梦中的，如果没有诚心，无法在梦中得到感应。《无羊》之梦见众人捕鱼和旋旗，也是因为宣王恢复牧人的举措合民心顺天意，所以从神灵那里接收到丰收和多子的暗示。《惜诵》开篇即说"惜诵以致愍兮，发愤以抒情。所非忠而言之兮，指苍天以为正"已意清白愿请苍天鉴查，这是内心世界最深沉的意念口屈原本身的人格"言与行其可迹兮，情与貌其不变"，言行中可见忠诚，表里如一，也正是崇德向美。宋玉赋中，被如此这般"徊肠伤气，颠倒失据，黯然而瞑，忽不知处"倾心思慕的神女，拥有得天独厚的美质，"夫何神女之妓丽兮，含阴阳之握饰"。李善注："言神女得阴阳厚美之饰。"既受天地化育的厚爱，也有"怀贞亮之清兮"美好庄重的品德。汉武帝哀戚李夫人芳魂的逝去，以致"神茕茕以遥思兮，精浮游而出冒"。他的深情不仅仅是因为李夫人的倾城倾国，也缘于对"嫉妒闾茸"之辈的鄙夷。

《思玄赋》，作者思谋全身之事，那日日夜夜郁积在他胸中的块垒，依然是仁与义，"匪仁里其焉宅兮，匪义迹其焉追""志团团以应悬兮，诚心固其如结"诚心坚固。无论是宋玉、汉武帝还是蔡邕，对女性倾吐衷情的实质都是一种对美的追求。张衡怀着对先考先妣的敬意思索人生，用他自己的话说就是"精诚发于宵寐"，神灵要他"眷峻谷曰勿坠"，遵守礼仪不要堕落。

先秦两汉的文学里体现的情思与意念，至诚而真挚。《中庸》云："诚者天之道也，诚之者人之道也。"诚是宇宙的内在真理，人处天地间，是"三才"之一，遂要仿效天道，为人亦要诚才能符合天道。既愿通神灵，一定要至诚方可感通。《子夏易传》："至诚感神。"《亢仓子》："故至诚之至，通乎神明。"诚表现在文学创作里，就是"修辞立其诚"。在朱立元、王文英《真的感悟》中说这种创作观"提出了另一种意义上的艺术真实，即创作主体的真情实感"。"这种表述有一定的合理性，但却是一种简约化和现代化的解释。"实际上，古人说的真诚所包含的内蕴极为厚重，容纳了对宇宙人生之道的体味，绝非"真情实感"这种泛泛之词所能指涉。

当人对于红尘内外的精神力量充满着真诚与感恩，他所向往的一定是美和德。"情动于中，声成文，谓之音。"(《礼记·乐记》)先秦两汉人的文学观，是一种广义的文学观，可以包括所有的物质表现形态。它们都应该体现德，体现美，以此符合天道。当作者的情志郁然，故而集聚巨大的心理能量，这样的能量非为文无法释放。然而，该类主题文学并非普通的情志书写，而是憧憬真善美的重要表述，饱含诗性的智慧，蓄满强大的感人力量。浪漫主义将作者对超凡的精神力量的设想，与最为炽盛的真诚，和个体操行的持守，完满地熔铸在一起。

五、主张齐物无为

浪漫主义文学是列子和庄子进行哲思表述的重要领域，这是浪漫主义文学最具深刻思想的一类。这一类体现齐物无为内容的烂漫主义文学创撰，立足于人的生理和精神现象的深刻体验，将浪漫主义的特质发挥得十分巧妙，展现了创意的智慧。在神秘缥缈的艺术架构中，窥见万物间的逍遥妙谐。

庄子登上了沉思的精神高处，视无限的大道流行于一切之中，他以道的境界看待一切，包括生与死。《庄子·至乐》篇中，庄子前往楚国，路上看见一具空枯的骷髅，他拿马鞭敲敲他，列举种种死亡原因，问他为何而死。"夜半，髑髅见梦曰：'子之谈者似辩士。视子所言，皆生人之累也，死则无此矣。子欲闻死之说乎？'庄子曰：'然。'髑髅曰：'死，无君于上，无臣于下；亦无四时之事，从然以天地为春秋，虽南面王乐，不能过也。'庄子不信，曰：'吾使司命复生子形，为子骨肉肌肤，反子父母妻子闾里知识，子欲之乎？'髑髅深矉蹙曰：'吾安能弃南面王乐而复为人间之劳乎？'"普通人求生恶死，而已经死去的骷髅却通过梦的形式阐述了死为至乐的思想，骷髅在庄子梦中现身，并且用对话的形式诉说死亡的乐趣。

第三节 中国古代文学浪漫主义的成就与审美特征

一、亦梦亦幻超逸浪漫

梦感通灵主题逐渐摆脱了占梦的束缚，丧失原始意义的占梦意味，成为文人的一种创作手法，究竟是真梦还是幻写难以分清，亦幻亦梦。但是同先民占梦的行为相比，梦感通灵主题依然保留着向宇宙苍祇寻问的浪漫精神，超拔于凡俗。

《高唐赋》和《神女赋》是宋玉久负盛名的两篇文章。黄侃先生在《文选平点》中说"《高唐》《神女》实为一篇，犹《子虚》《上林》也"，此说极当。《高唐赋》写道：

> 昔者先王尝游高唐高唐之客，闻君游高唐，高丘之阻，旦为朝云，故为立庙，号曰朝云。怠而昼寝，梦见一妇人曰："妾，愿荐枕席。"王因幸之。去而辞曰：暮为行雨，朝朝暮暮，阳台之下。"巫山之女也，为"妾在巫山之阳，旦朝视之如言。"

闻一多先生曾著有《高唐神女传说之分析》和《高唐神女传说之分析补记》，对高唐神女的神话传说做了一些探源研究。他认为，涂山、简狄、高唐，应该都是一个共同的女性元祖化身。降雨对农业社会的生产至关重要，作为天神配偶的先妣能行云致雨。朝云这个名字也就是这么来的。先妣也是高媒。闻一多先生的研究是很有道理的。如果既知高唐神女是楚国始祖的化身，《高唐赋》所写"王将欲往见，必先斋戒。差时择日，简舆玄服。建云旆，蜺为旌，翠为盖"，是和祭祀高禖的风俗相关的。宋玉描述的这位神女究竟是梦中所见，还是幻想出来的，很难说个究竟。她的来去如同大自然变化不定的美丽影像，瑰姿玮态富有诗意。梦中神灵的意象，与同神灵交通造成的幻境完美结合，使得作品呈现出浪漫超逸的玄妙色彩。就是在这种情形下，王与神女相互交流着彼此的爱恋，心里充满激昂和欢乐的情绪，引发了后代文人无穷的遐思，"一自高唐赋成后，楚天云雨尽堪疑"。

作者对梦中感通神灵的设置是一种艺术建构。例如，屈原在梦中登天无航，诗人的处境是多么艰难，"地尽则水，水尽则天"，天水相连却无法企及。正如朱熹所说："其言明切，最为易晓。"诸家都能明白地从作品中看出屈原孤忠为君君不知，党人所谗谗见信，著词自明有天知，远祸之道无所出。明代黄文焕《楚辞听直》："虽直而法未尝不曲也，言字情字志字是通篇呼应眼目。中段忽入说梦，尤工于穿插出奇。在前文，屈原诉说自己内心蒙受的不白之冤，展现了自己忠贞不贰的品格。在这一部分突然插入梦境与占梦描写，笔法神奇。这样的似梦似幻之笔将他对"穷苦倦极"的困境的无可奈何，带入浪漫的氛围中。司马迁曾给出屈原强烈忧愤的沛然倾诉，并在梦中通灵呼天的真正原因，"夫天者，人之始也；父母者，人之本也。人穷则返本，故穷苦倦极，未尝不呼天也；疾痛惨淡，未尝不呼父母也"。作者立足于现实的土壤，对潜含在占梦文化中的浪漫主义文学因素进行了发掘和提炼。《思玄赋》通过梦感通灵的设置产生了耐人寻味的、新颖的、富有吸引力的情节，张衡的痛苦和气愤都披上了浪漫超逸的外衣，而且使得政治斗争趋向柔和了，能够以善意的口吻批评政局。

梦感通灵构成向外探求的开放的精神空间，使文章呈现跌宕起伏之势，宏肆铺张梦中景象，形成浪漫超逸的艺术境界。梦感通灵如同在作品中摆放了一面朦胧的青铜镜，投射作者所遇所想，同时读者又借助镜子隐约看到了作者之相。这种无羁浪漫的表现手法对于深深受困于种种现实种种限制而身心俱疲的士人来说，是自由和诗意的召唤。傅正谷先生甚至认为梦幻主义是一种在现实主义、浪漫主义之外的独立的文学。

二、文浮于质成巧生趣

梦感通灵参与先秦两汉散文的叙事，文采缤纷，对读者富有感染力。美妙的表现形式超过了内容，避免了平铺直叙，从而设置了波澜，造成了引人入胜的艺术效果，使得文章的趣味性和可读性大大增强。

在《国语·晋语》里借令狐文子之口述魏颗大败秦国、活捉杜回、立功建勋的记录："昔克潞之役，秦来图败晋功，魏颗以其身却退秦师于辅氏，亲止杜回，其勋铭于景钟。"显然，这是一段质朴论说，文辞简质，内容一眼明了，同前文已引魏颗梦结草老人之事对比，既没有传奇色彩，也看不到魏武子前嘱治命后遗乱命的曲折，更看不到魏颗经过权衡，遵从先父治命的理性和仁德，较《左传》的描写逊色了不少。《史记·赵世家》："初，赵盾在时，梦见叔带持要而哭，甚悲；己而笑，抃手且歌。盾卜之，兆绝而后好。"赵盾梦见先祖叔带扶着腰痛哭，非常悲伤，一会儿又笑了起来，还拍手唱歌。这个描写非常富有层次感，读罢仿佛能看到叔带大哭大笑的模样。如果只说梦到叔带先哭后笑，表达效果会差很多。

《列子·周穆王篇》有一则故事：

> 周之尹氏大治产，其下趣役者侵晨昏而弗息。有老役夫筋力竭矣，而使之弥勤。昼则呻呼而即事，夜则昏惫而熟寐。精神慌散，昔昔梦为国君。居人民之上，总一国之事，游燕宫观，恣所欲，其乐无比。觉则复役。人有慰喻其勤者。役夫曰："人生百年，昼夜各分。吾昼为仆虏，苦则苦矣；夜为人君，其乐无比。何所怨哉？"尹氏心营世事，虑钟家业，心形俱疲，夜亦昏惫而寐。昔昔梦为人仆，趋走作役，无不为也；数骂杖挞，无不至也。眠中啍吃呻呼，彻旦息焉。尹氏病之，以访其友。友曰："若位足荣身，资财有余，胜人远矣。夜梦为仆，苦逸之复，数之常也。若欲觉梦兼之，岂可得邪？"尹氏闻其友言，宽其役夫之程，减己思虑之事，疾并少间。

钱锺书曾指出："'周之尹氏大治产'一节，老役夫旦旦为仆虏，夜夜梦为人君……奇情妙想，实自《庄子·齐物论》论梦与觉之'君乎牧乎固哉'六字衍出，说者都未窥破。隐于针锋粟颗，放而成山河大地，亦行文之佳致乐事。"钱锺书先生的意思有这段是后世伪作之嫌疑，姑且不论。但是用"君乎、牧乎、固哉"说明这段主旨是未尝不可的。陈鼓应《庄子今注今译》引林希逸说："'君'，贵也，'牧'，困贱也。愚人处世方在梦中切切自分贵贱，岂非固蔽矣！"短短的六字表明人世间的荣华富贵和贱苦劳役都应平等看待。而这段故事文采斐然，设置了两个对照的角色。尹姓富人越看老役夫年老体衰，越驱使其不停歇地干活，一心谋算盈利，结果晚上梦见给别人当奴仆受苦承辱；老役夫每每白天进行繁重的劳动，却夜夜梦见自己当了国王，恣意快活。

文中安排了两个推动情节移递的人物。一个是看老仆役可怜从而安慰他的人，老奴仆却说昼为仆受苦，夜梦王享乐，昼夜各半，所以白天筋疲力尽也没什么好抱怨不悦的。另一个是尹氏的朋友，劝他不要太执着白天的富贵。尹氏听劝，果然较之前心宽体胖。作者宣扬的这种不分别不计较的人生态度，便同"君乎、牧乎、固哉"想要传达的是一样的，作者用淋漓畅快的笔墨，综绩辞采，将观点表达得既生动又显豁。文章通过铺陈对比富人与奴仆的现实与梦境，将深邃的思想和美妙的艺术表现融合，使深奥的哲理表述情趣盎然。

三、虚实相间模式灵活

带有神秘色彩的梦感通灵文学往往虚实结合，且具有灵活多变的叙事模式。

首先，就叙事视角来说，以采用第三人称全知视角为主，第三人称限知视角为辅，第一人称限知视角极少。第三人称全知视角是一种冷静的摄录，它独立于事物之外，客观性较强。无论是史传散文还是哲理散文，大部分梦感通灵的作品均为此特点，兹不一一列叙。第三人称限知视角，是采用故事中主要人物的眼光来叙事，读者必须伴随人物的进程，才能看见事物的发展。比如《吴越春秋·勾践伐吴外传》中，越国士兵就要攻破吴国大门的时候，"未至六七里，望吴南城，见伍子胥头巨若车轮，目若耀电，须发四张，耀于十数里。越军大惧，留兵假道。即日夜半，暴风疾雨，雷奔电激，飞石扬沙，疾于弓弩。越军坏败，松陵却退，兵士任毙，人众分解，莫能救解"。给人的感觉是天公不作美，越国攻入不合天意。这就是第三人称限知视角的采用，造成了紧张感，刺激读者的阅读兴趣。文种和范蠡只好袒胸露臂、磕头伏地，拜谢子胥，恳求借路。夜晚便梦到伍子胥解释说，自己只是因为不忍心看到他们灭亡自己的国家才制造狂风暴雨干扰，因为越国伐吴符合天意，所以他愿意另辟东门让他们进入无阻。在越国伐吴的历史事件中，横生了这样一个枝节，多了分悬念，增大了回味的余地。第一人称限知视角，就是作品随着"予""余"等自称的视线而进行叙述。最有代表性的就是"庄周梦蝶"的故事，作者亲历梦境，确切体验，增强了读者的认同感，容易使读者产生对梦境感悟的共鸣。

其次，就叙事时间而言，有顺序、预序、补序、插叙等多种手法。顺序有注重次序性的特点，按照时间线索，一条直线地叙述。晋景公梦大厉、晋景公梦二竖子、小臣梦负晋景公登天，三个事件符合梦幻时序和事件的发生时序，一气呵成，便是这样的例证。预序往往预示情节的进一步发展。梦感通灵总是和预兆警示挂钩，所以这一类非常多。比如《史记》王美人梦日入怀，为武帝继承大统埋下伏笔。再如《吕氏春秋》妹喜梦东西两方都有日，两日相斗，西方太阳胜。和后文商汤从西方绕道最终灭夏形成"伏""应"的对应关系。插叙如《史记·赵世家》中，作者先叙述，晋景公三年大夫屠岸贾想诛杀赵氏家族，再用一个"初"字插叙，赵盾梦见叔带扶着腰痛哭，非常悲伤，一会儿又大笑，拍手唱歌，赵盾占卜，结果是先吉后凶，赵国史官看后说会应验在他儿子身上，在他孙子身上，赵氏更衰微。接着又将视线重新回到屠岸贾身上。补序如结草老人梦中言报，便是对魏颗掳获杜回的情节补充，塑造了魏颗明礼敦厚的形象。此种叙述有余音绕梁三日不绝之感，令人回味无穷。

再次，就叙事组构来说，通灵梦的出现是一种创意营构，宏观上多呈现"现实→入梦通灵→现实"的圆形闭合结构，对情节递移产生很大的影响。如《李夫人赋》，汉武帝因思念而梦中见到李夫人，之后，回到现实看到她的兄弟儿子，"仁者不誓，岂约亲兮？既往不来，申以信兮"，表示将不负其临终所托。梦感通灵是一座桥梁，承载着宽阔的现实。左岸是现实，右岸亦是现实，能够象征和反映现实生活与诗人内心世界那些复杂的矛盾关系，实现感性与理性的良好互动，体现诗人深刻的构思。《庄子·列御寇》中，儒者缓让其弟学墨，儒墨之辨，其父帮助墨家，缓自杀后托梦其父，说："使而子为墨者予也。阖尝视其良，既为秋柏之实矣？"从缓的言语中，他的自以为是可见一斑，由此便能顺利转入对有道之士的淳素自然的赞美。全文在相对简短的篇章框架中，建构了婉曲深致的情节。微观上，则多呈现线性结构。线性结构有的是寥寥数笔的勾勒，比如缓托梦其父，简洁明了。有的则在线性结构中注入了许多语言、行为以及心理活动的描写，具有了鲜活灵动的生命意识，从而呈现出勃勃生机。如《东观汉记》为张奂作传时，载："奂为武威太守，其妻怀孕，梦见带奂印缓登楼而歌。讯之占者，曰：'必将生男，复临兹邦，命终此楼。'"梦中登楼而歌，手中还拿着张奂的印缓，行文灵动飘逸。梦后接着进行了占梦，所以写梦验就很自然。这就将记叙拉到另外一件事上去，张奂的儿子张猛也做了武威太守，被韩遂讨伐，自知无幸，于是登楼自焚而死。梦感通灵串联了分散的事件，多侧面、多角度塑造人物形象，给读者留下了深刻的印象。

四、寓意褒贬入道见志

梦感通灵精妙优美，寓褒贬于梦感通灵的叙事中，凭借作者自身的材料掌握和感受想象，巧妙地表现了自己的真实思想。或丰富了历史记事，或形象地阐述人生哲理，都能把作者的观点表达得既生动又显豁，可谓以寥寥短章写义，以委婉曲辞述辩。

《左传》成公十年，三个相连的梦感通灵事件——晋景公梦大厉、晋景公梦二竖子、小臣梦负晋景公登天，堪称妙绝，看似是作者"好奇"的自我发挥：

> 晋侯梦大厉，被发及地，搏膺而踊，矣！坏大门及寝门而入。公惧，入于室如梦，公曰："何如？"曰："不食新矣。"曰："杀余孙，不义！余得请于帝又坏户。公觉，召桑田巫。巫言公疾病，求医于秦，秦伯使医缓为之。未至，公梦疾为二竖子，曰："彼良医也。惧伤我，焉逃之？"其一曰："居肓之上、膏之下，若我何？"医至，曰："疾不可为也。在肓之上、膏之下，攻之不可，达之不及，药不至焉，不可为也！"公曰："良医也！"厚为之礼而归之。
>
> 六月丙午，晋侯欲麦，使甸人献麦，情人为之。召桑田巫，示而杀之，将食，张；如厕，陷而卒，小臣有晨梦负公以登天，及日中，负晋侯出诸厕遂以为殉。

具体情况是：此前，赵同、赵括因为赵庄姬的陷害蒙冤，被晋候所杀，两年之后晋景公梦到了赵氏祖先前来索命报仇。晋景公醒后找桑田巫占卜，桑田巫占断鬼魂一定要索命才会罢休，他吃不到新收的麦子了。随后，晋景公染病，医生说病入膏肓之地难以救药。六月麦子新熟，晋景公觉得自己明摆着能吃到新麦子，桑田巫的占卜眼看着没有应验，便召见桑田巫，故意让他看煮好的麦子，然后把他杀了。

　　就在晋景公要吃饭的时候，肚胀如厕，结果掉进茅厕死了。有个小臣早晨梦到背着晋景公登天，中午把晋景公背出茅厕，于是就用他来殉葬了。三个梦境相连得非常奇妙，极能引人兴趣。看似是玄言幻语，实则用梦感通灵穿针引线，将史实有致地叙说，并且隐晦地表达自己的感情和思想。晋候草菅人命被报复，并且无药可救，他不得善终，是因为"不义"。正如在赵青藜《读左官窥》里评论说："献麦杀巫，景岂能贤。"杜预注"传言小臣以言梦自祸"，而小臣是因为告诉了别人自己的梦境，而最终祸及自身。其中隐含着简单的因果报应思想。作者娓娓讲述，撰其用意，旨在将历史事件全面地揭示，并试图从中找到事情发生的规律，从而指导后人的行事。

第六章　中国古代文学守望主题

第一节　中国古代文学作品中守望主题的呈现

一、中国古代文学作品中守望主题的类型总结

虽然同样为守望，但守望的原因和目的各不相同，因此导致了守望性质的差异。概括地说，中国古代文学作品中的守望主题呈现出以下几种类型：

（一）执着于爱情的守望

执着于爱情的守望，政治意义上的守望和伦理意义上的守望。爱情意义上的守望主要指的是女性主体的守望。包括少女的怀春式守望和少妇的闺怨式的守望。由于古代女性在社会中的依附地位，使得她们的存在意义只有在被"守望"的人面前才能体现出来。因此，她们生存的意义也就系在男性的身上。所以，从白天的"误几回，天际识归舟"到黄昏的"守着窗儿，独自怎生得黑"，甚至夜深了依然"夜久无眠秋气清，烛花频剪欲三更"，直至"帘卷西风，人比黄花瘦"，她们一直在翘首期盼男性的出场。

1. 守望情郎：少女的守望

由于在当时的社会语境中，女子处于弱势地位，她们的行动和思想都受到"礼"的严格限制，因此，她们是没有话语权的，即使在象征着人类精神自由的爱情中，也不得不处在被动的地位。因此，在恋爱过程中，她们往往是守望的一方。"静女其姝，候我于城隅。爱而不见，搔首踟蹰。"（《邶风·静女》）就塑造了一位痴心守望却又羞涩躲藏意中人的美丽多情女子。"青青子衿，悠悠我心。纵我不往，子宁不嗣音？青青子佩，悠悠我思。纵我不往，子宁不来？"《诗经》中的《子衿》表现的是一位恋爱中的少女对男子爽约的不满。李之仪最为人所称道的一首诗《卜算

子》:"我住长江头,君住长江尾。日日思君不见君,共饮长江水。此水几时休?此恨何时已?只愿君心似我心,定不负相思意。"描绘了一位少女对爱情的决心以及对心上人等而不得见的焦虑。屈原的《湘君》以"望夫君兮未来,吹参差兮谁思?"与《湘夫人》中"帝子降兮北渚,目眇眇兮愁予。袅袅兮秋风,洞庭波兮木叶下。登白薠兮骋望,与佳期兮夕张"表现爱恋中的湘君与湘夫人相互守望,尤其是《湘夫人》形象地刻画了湘君守望湘夫人久等不至,怅然若失的失落和焦急的心境。

2. 守望归人:少妇的守望

美好的向往与开始往往并不预示着完满的结局。"士之耽兮,犹可脱也,女之耽兮,不可脱也",男子的心总是那样易变,痴心女子负心汉的故事总是一遍又一遍地上演。女子的苦苦守望很多时候只是化为一场空。即使作为恋爱的幸运者,与心上人修成了正果步入婚姻的殿堂,依然摆脱不掉"独行独坐、独唱独酬还独卧"(朱淑真《减字木兰花》)的守望。具体地讲,有以下几种:

(1) 良人何处事功名,十载相思不想见:离妇的守望。

经过待字闺中的守望,痴心女子盼得有情人终成眷属,正是情意深深你侬我侬的时候,却紧接着要面临另一种煎熬:丈夫为了完成社会赋予的角色不得不远行。由于儒家哲学讲求大丈夫立于世不应沉浸于小儿女之情而应"致君尧舜上,再使风俗淳"(杜甫《奉赠韦左承丈二十二韵》),成就一番伟业,上报朝廷下耀门庭。"为了获得进身之机,实现自己的理想抱负,大批士人或离家应考远赴京城,或出外漫游广采声誉,或拜谒名流争取举荐。也有一些人中举后不携家眷,独自在外任职。这种情况造成相当数量的妇女长期独守空房。"由于婚后生活空间多局限在深深的庭院楼阁之内,封闭性的空间造就了视野的狭小和心理的束缚,因此,她们获得与外界联系的主要"中介"就是"夫君"(包括君王)。女性只有通过他才能真切地意识到自身的存在价值与意义,所以造成她们深狭而偏执、确定但又盲目地去依赖男性。当丈夫长期在外时,留给闺中人的依然只有独守空房及日复一日的守望。《王风·君子于役》就是通过写黄昏时分,牛羊都按时回家了,而最依恋的那个人却始终不见回来。于是,守望的女子不免触景生情、黯然神伤。李白的《菩萨蛮》中:"暝色入高楼,有人楼上愁。玉阶空伫立,宿鸟归飞急。"也是将时间定格在黄昏，宿鸟都急急回巢了，有人却还是独立于楼上痴痴凝望，因为她等的人还是不曾回来。"梳洗罢，独倚望江楼。过尽千帆皆不是，斜晖脉脉水悠悠，肠断白蘋洲。"温庭筠在《忆江南》中写尽了众多为守望自己丈夫归来而"望断天涯路"的思妇形象。一句"忽见陌头杨柳色，悔叫夫婿觅封侯"道尽了天下离妇的守望无奈与悲哀。

2. 从此不归成万古，空留贱妾怨黄昏：征妇（夫）的守望

由于古代多战事，出于军事的需要，成千上万的男人被征发到沙场作战或边疆戍守，一去多年甚至战死边疆、有去无回。受到古代通信和交通条件的局限，对于那些不幸沦为征妇的女子来说，她们唯一能做的就是苦苦地守望丈夫的归来。最早的表现征妇情感的诗在《诗经》里就可以找到痕迹。《卫风·伯兮》里表现一位妇人因为思念在外服役的丈夫而痛苦不堪"自伯之东，首如飞蓬。岂无膏沐，谁适为容？"所爱的人不在身旁，还能为谁梳妆呢？由于没有了欣赏的主体，女子就只能一任自己慵懒颓废。"燕草如碧丝，秦桑低绿枝。当君怀归日，是妾断肠时。春风不相识，何事入罗帏？"李白的《春思》中描写的是一位在家中焦虑而又带着些许兴奋的少妇守望征人归来的心境。这种守望是指日可待的，是有盼头的，所以它能给思妇以信心和生活的勇气，说自己是"断肠"时，分明是要以此来更加打动丈夫的柔肠，而对"不相识"的"春风"无动于衷，当然是在表明自己的忠贞与坚定。所以尽管她在埋怨、在痛苦，但是她充满了希望与期待。而在他的另一首征妇诗《秋思》中，依然描绘的是春日的情景："春阳如昨日，碧树鸣黄鹂。芜然蕙草暮，飒尔凉风吹。天秋木叶下，月冷莎鸡悲。坐愁秋芳歇，白露凋华滋。"昨天好像还是春光明媚的艳阳天，怎么今天一转眼，就已是寒秋光景。不但树木已经叶落，就连秋花也都凋谢了。黄鹂那婉转欢快的春鸣，也变成了莎鸡凄凉哀怨的秋嘶。日子就在这无穷无尽的守望与期盼中，无声无息地过去了，闺中女子已经在守望中耗尽了自己的青春韶华。"望夫处，江悠悠，化为石，不回头。山头日日风复雨，行人归来石应语。"唐代王建的《望夫石》将征妇的守望表现得悲壮而凄凉。更为悲惨的是"可怜无定河边骨，犹是春归梦里人。"(唐·陈陶《陇

西行》)征夫已经丧生沙场，而闺中的女子依然在痴痴守望那永远也等不到的归人。

3. 愿为西南风，长逝入君怀：弃妇的守望

古代伦理道德对于女性有严格的约束，要求其"三从四德""从一而终"（《礼记·郊特性》）。所谓女子"一与之齐，终身不改"，一旦出嫁便"生是夫家人，死是夫家鬼"，在强大的社会舆论引导下，女性渐渐地也将此化为自己的价值取向，将丈夫视为人生的依靠。另一方面，对于男性来说，社会对其的规范却宽松得多，不但可以三妻四妾，而且如果不满意还有单方面休掉妻子的权利。因此，在某些男子看来，妻子便如衣服，旧的不去新的不来，弃妻的现象时有发生。由于时代和社会赋予女性的人身依附性，使得很多女子被丈夫抛弃之后不是独立自主地开始新的生活，而是一厢情愿地守望丈夫的回心转意。

《诗经》中《郡风·谷风》里的女子，自己任劳任怨，并无过错，但由于丈夫的喜新厌旧遭遇被遗弃的命运。为了挽留丈夫，她对于丈夫在感情上的故意疏离和折磨一忍再忍，不断让步，以至于丈夫又迎新入门，把她置于无可忍受的屈辱之中时，她还幻想丈夫改变主意；当最终她的希望破灭，走投无路不得不回娘家时，还故意走得很慢，仍然指望丈夫能来送行，哪怕是送出大门："行道迟迟，中心有违。不远伊迩，薄送我畿。"虽然事已至此，但在潜意识里她依然在守望丈夫的回心转意。《七哀诗》中的痴情女子，为漂泊在外的丈夫独守空闺十年，"君行逾十年，孤妾常独栖"，最终落得的依然是被弃的结局："君若清路尘，妾若浊水泥；浮沈各异势，会合何时谐？"面对自己悲惨的婚姻命运，这位弃妇没有反抗和愤慨，而是还怀着盼望夫君回心的一丝希望："愿为西南风，长逝入君怀。"刘兰芝在被婆家撵出之后，依然坚定"君即若见录，不久望君来"。因为她相信"君当如磐石，妾当如蒲苇，蒲苇韧如丝，磐石无转移"，所以她选择守望，不惜黄泉结伴。

(二) 政治意义上的守望

守望这一情节模式不仅常常用来表现人的情感追求，在中国古代文学作品中人生价值的追求也常常通过期待、守望或期待某一个人或某一类人的情境模式表现出来，抒发作者处于这种情境模式中的复杂情感和矛盾心态。

"玉在椟中求善价，钗于奁内待时飞"这类守望主体主要为男子。封建王朝的家国君臣体制使得男性人生理想的实现同样依赖于上级和皇帝的认可，而这种依赖又是单向度的。因次，他们以夫妇比君臣，不惜以臣妾自居，通过闺怨的形式来上通君王，表达自己的臣怨，以求博得君王的赏识，实现自己的理想。

男性文人写诗作文，描述"守望"现象的臣妾心态，源远流长。它最初始于秦汉，唐朝时得以形成，宋代以后得到进一步的发展。"秦汉时代，由于泱泱大国的统一以及封建王朝在政治和思想文化方面的专制，加上儒家'君臣之道造端于夫妇'的伦理观念的影响，从而在文人士大夫中，逐渐形成了一种臣妾心态。《周易·坤卦·文启一》中也说：'坤，地道也，妻道也，臣道也'。把臣子和妻妾的地位相提并论，可见这种观念由来已久。如果就作品而论，以西汉司马相如的《长门赋》首开其端。唐代以后，文人心态进一步软化，臣妾心态逐渐渗透到整个民族的心理之中。"由于儒家的理论奠定了中国传统文化的基调，处于此文化"场"中的文人深受其影响。在传统男权社会中，文人最初及最终的人生追求就是功成名就，最大限度实现个人的社会价值。而唐以来实行的科举取士制度，打破了之前的门第之分，给大批知识分子(尤其是中下层)提供了施展抱负的机会。"他们将孔子之道和'天下兴亡，匹夫有责'"的责任感，内化为他们把握自身存在的方式。但由于他们的入世愿望只有通过君王和朝廷才能实现，所以就不得不依赖统治集团。"他们是悲哀的，因为他们从来就不曾独立，不曾拥有完整的人格，而君主专制的局限又客观上造成了大批有识之士不能进入仕途或遭受仕途的坎坷。于是，内心美好的理想与惨淡的现实激烈碰撞产生的巨大落差使得他们一时之间找不到衡量自身价值的坐标。渐渐地，他们失去了主动进取的精神，感到在现实面前的无助，退而在被现实与理想隔绝的封闭空间中消极地守望。

而那些经过重重考验，终于踏进仕途的文人，依然要面对黯淡的现实，因为他们对君王的依赖还是不曾改变。即使为官做宰，表面上个体的身份、地位改变了，但在"家国"一体的体制中，臣子与君主的关系是畸形的。君王掌握生杀大权，甚至可能一时兴起，即便是琐屑小事也可置其于死地，所谓"伴君如伴虎"，文人处于纯然的被动地位。另一方面，由于个人的仕途兴衰与君王的宠信与否有着直接的关系，予还是夺，兴还是辱，很多时候只系于君王的一念之间。

因而，一旦踏上仕宦的这条道路，文人就时刻感受到悬于头上的两种威胁：生命是否持续的威胁和社会能否予以承认的威胁。而最致命的还在于在面对这两种威胁的时候，守望主体完全处于被动状态而无能为力，只能单向地表现出对君王的依恋，任凭君王来裁决自己的命运与仕途。因此，不管是居庙堂之高还是处江湖之远，古代文人总是处在守望中。

（三）伦理意义上的守望

不管是"多年的媳妇熬成婆"的忍耐，还是三十年河东三十年河西的期盼，抑或"不是不报，时候未到"的淡然，注重伦理道德的中国人始终在守望。

1. 对于身份认同的守望

"中国古代妇女的社会地位缺席，家庭是她们基本的生活天地，这就注定了思妇们别无选择的守望命运。男尊女卑的思想观念和纲常伦理规训着自愿和不自愿的守候者。从中国传统伦理对男女之间的关系提出了基本的价值定位，即男主女从。"传统观念认为在社会地位和家庭地位上男性始终处于主导地位，女性则只能处于从属地位，"妇人，从人者也"（《礼记·郊特性》），女性应当遵从"夫为妻纲"和"三从"原则。"三从"最先见于《仪礼·丧服传》："妇人有三从之义，无专用之道。故未嫁从父，既嫁从夫，夫死从子。"其作为一种传统标准"对我国传统女性的社会地位、家庭地位进行了规定。同时还规定了女性价值实现的衡量标准，即所谓的'夫贵妻荣''母以子贵'。女性价值的高低不在于自己对家庭和社会贡献的大小而在于丈夫、儿子社会地位的高低和价值的大小，夫与子的功绩成了衡量女子作为妻与母的价值标准。"

处于这样的伦理环境下，女性身份的认同和价值的实现，不得不通过守望，借助他人来完成。古人对于少女的形容往往会用"待字闺中"，一个"待"字形象地描绘了女子的生存状态。也就是说，这时的女子是在守望父母为自己安排一个如意郎君；嫁为人妇，她便要代丈夫服侍孝顺公婆，生儿育女，守望公婆作古，儿女成人，方能够取得在家庭里的身份认同。也只有等到丈夫功成名就，或儿子金榜题名，默默付出的女性才能从旁人的羡慕与夸赞中得到社会身份的认同，以此实现自己的人生价值。

"她是'守望'的受害者和'受惠'者——为了最终的'受惠'饱食守望之恶果，又因为早已深受其害而必须守望下去。"《红楼梦》里的李纨，便是这样的一位女性。"李纨，贾珠之妻。珠虽夭亡，幸存一子，取名贾兰，今方五岁，已入学攻书。这李氏亦系金陵名宦之女，父名李守中，曾为国子监祭酒，族中男女无有不诵诗读书者。至李守中继承以来，便说'女子无才便有德'，故生了李氏时，便不十分令其读书，只不过将些《女四书》《列女传》《贤媛集》等三四种书，使他认得几个字，记得前朝这几个贤女便罢了，却只以纺绩井臼为要，因取名为李纨，字宫裁。因此这李纨虽青春丧偶，居家处膏粱锦绣之中，竟如槁木死灰一般，一概无见无闻，唯知侍亲养子，外则陪侍小姑等针黹诵读而已，由此而赢得了长辈的认可和夸赞。"她的人生在她成为寡母的那一天就被定格，守望是她的全部生活期望和人生价值所在。

2. 道德层面的守望

古代中国一直是德治大于法治的国家，通过道德来规劝人们弃恶从善，而这种道德伦理又与佛教的善恶因果报应联系起来逐渐形成了善恶有报的道德意识。"中国的儒学伦理观有其深厚的历史底蕴，它对中国古代文化的长期浸润，在物质之外，为人之所以为人，提供了一种更为宝贵的精神上的支撑。在《荀子肴坐》中就讲孔子在去南方的途中，困于陈蔡之间，饥寒交迫，子路进而问之曰：'由闻之：为善者天报之以福：为不善者天报之以祸。"而佛教在道德上宣扬因果报应，揭示善恶必报的规诫处处可见，如《梅檀国王经》载佛一言："罪福响应，如影随形，未有为善不得福，为恶不受殃者"。《法句经》褐言："行恶得恶，如种苦种，恶自受罪，善自受福。习善得善，亦如种甜，自利利人，益而不费。"《果报》中的某书生，为人邪荡不检，一日无故生病，药之不愈。而且，目暴警，两手无故自折。某甲，占有三家之产而违背盟约，落得个剖腹流肠而死，而且儿子也无故而死，产业归人。因此，受到儒家的伦理道德和佛家的果报的双重影响的古人，在道德选择上，他们往往信奉的是人在做，天在看。"善有善报，恶有恶报，不是不报，时候不到。""善恶到头终有报，只争来早与来迟。"守望冥冥中的老天来主持公道。

在《喻世明言》(初名《古今小说》)中《蒋兴哥重会珍珠衫》一篇就体现了善恶自有报应的思想观念。小说大意是："商人陈大郎设计骗奸了蒋兴哥的妻子王三巧，从此噩运不断，先是财物被劫，继而自己重病身亡，妻子被迫改嫁，巧的是所嫁之人正是与王三巧离异的蒋兴哥，应验了恶有恶报。与陈大郎命运完全相反，蒋兴哥是善有善报。他识破了妻子奸情后，宽厚仁义，给了王三巧一条生路，结果在生死关头巧遇王氏，幸得救援，并且破镜重圆。"在这一系列的过程中，故事主人公没有刻意去行动和改变事态，但是，结果却似有一双大手在无形中操控全局，个人各得其所。所谓"殃祥果报无虚谬，咫尺青天莫远求"，正义的一方蒋兴哥在遭遇恶人的陷害时，并没有诉诸法律也没有与其对抗，但是在上天的安排下，却最终恶人得到报应好人取回善果，取得了道德的公平。因此，"虽然善恶终有报，实质是对普通民众的心理补偿和苦难人生的一种美好的愿望，是一种面对现实无可奈何之时的安慰"。但是，人们却宁愿去相信，去守望，如果现世得不到兑现，还有来世，就如《醒世姻缘传》所讲的一样，冥冥中正义审判的存在带给人们一个永恒的依赖和希望。

3. 亲情层面的守望

中国礼法尤其注重宗族亲情，讲求承欢膝下之孝。《诗经·小雅·蓼莪》中讲"父兮生我，母兮鞠我。拊我畜我，长我育我。顾我复我，出入腹我。欲报之德，昊天无极。"因此，便有"父母在，不远游"的说法。那么对于那些漂泊在外的游子来说，"或身役于他邦，或长幼而不归，父母怀载独之思，室人抱东山之哀，亲戚隔绝，闺门分离，无罪无辜，而一亡命是效"。亲情的守望与呼唤是他们孤寂旅途中永远化不去的心结。

古代中国是一个安土重迁的国度，《汉书·元帝纪》记载"安土重迁，黎民之性；骨肉相附，人情所愿也"；崔宴《政论》中指出"小人之情，安土重迁，宁就饥馁，无适乐土之虑'夕；汉代扬雄《连珠》也认为"安上乐业，民之乐也"。因此，大多数情况下，游子远游是一种无奈之选。"尤其是社会中下层的人物，要背井离乡总是有着不得已的原因，或者是躲避什么灾难，或者是为了寻求衣食或出路。在'行子'的心目中，总是把自己的出门看作不幸的事情。"因此，出门在外的游子总是"把君衫袖望垂杨，两行泪下思故乡"(李端《送客东归》)，守望归乡的那一天。

《诗经》的《小雅·小明》咏官吏久役思乡"昔我往矣，日月方奥。曷云其还，政事愈蹙""岂不怀归？畏此罪罟。"《小雅·四牡》也是用感情激越的设问口吻，呈示无可解脱的乡愁。"王事靡盬，不遑将(养)父(父母)"，于是"岂不怀归，是用作歌，将母来谂(思念)"。外在的政治压力和社会劳役之苦，限制了行役者享受亲情天伦的愿望实现，却阻止不了人们内心强烈的思乡骚动。像《小雅·北山》的"王事靡盬，忧我父母"一句就表现了士子因工役羁縻而远离父母时的怀归思亲之情。

在外为官的士人尚且怀归，更别说那些被抓去服役的劳苦之人了。《盐铁论·摇役》指出："今中国为一统，而方内不安，摇役远而外内烦也……近者数千里，远者过万里，历二期长于不还，父母愁忧，妻子咏叹，愤懑之恨发动于心，慕思之痛积于骨髓。"于是，《诗经·豳风·东山》中便唱出了征夫的"东山之哀"："我徂东山，寸慆焰不归。我来自东，零雨其濛。我东曰归，我心西悲……"表现游子的孤独无着，由此遥想家人的种种思念情态。便有了《汉乐府》中的"陇头流水，鸣声呜咽；遥望秦川，心肝断绝"，以"遥望"和"断绝"凸显出离家之遥和归心之切。

此外，怀归队伍里还有那些在外漂泊的失意游子。对于他们来说，理想无法实现，想要归去却又不愿落魄还家。现实和理想的巨大差异使得他们分外痛苦。夕阳西下，落日余晖，倦鸟归林，行人思归。此时此刻，身在异乡的游子，往往会产生最为强烈的思乡离愁，因此落日和余晖也就成为抒发离愁的最佳意象。元代马致远《天净沙·秋思》中就用"夕阳西下，断肠人在天涯"写尽了天涯断肠游子守望归乡却不得不面对"君问归期未有期"(唐·李商隐《夜雨寄北》)的无奈。宋代李觏的《乡思》中的"人言落日是天涯，望极天涯不见家"和《古诗十九首·涉江采芙蓉》中"还顾望旧乡，长路视浩浩"共同表达了一种独自无奈地承受有家归不得的伤痛。陈祚明说："客行有何乐？故一言乐者，一言虽乐亦不如归，况不乐乎！""朱摘说：'日月易逝，岁不我与，不如早还乡里……安可蹉跎岁月，徒羁他乡？无如欲归虽切，仍多羁绊，不能自主，奈何，奈何……"俗话讲落叶归根，是啊，"春风又绿江南岸，明月何时照我还"(王安石《泊船瓜洲》)，天涯游子终在守望归去。

4. 知己的守望(知音与知遇)

生命纯属偶然，遇见也是，每个生命都依恋另一个生命，相依为命，结伴而行。伏尔泰曾说过，人是脆弱的芦苇，它需要把另一枝芦苇想象成自己的根。作为群体性的动物，人终究是离不开同类的。无人分享的快乐算不上真正的快乐，而无人分担的痛苦则是最可怕的痛苦。所谓分享和分担，未必要有人在场或感同身受，但至少要有人知道。永远没有人知道，痛苦便会成为绝望；而快乐，同样也会变成绝望。于是，作为"前不见古人，后不见来者"的时空里的独行者，人需要另一颗灵魂的靠近、陪伴和注视，相互搀扶共同前行。因此，从古到今，对于知己的期待与渴求就从未停止。具体来说，可以归纳为对知音的守望和对知遇的守望。

关于知音之情最早的故事出现在《列子·汤问》中："伯牙善鼓琴，钟子期善听。伯牙鼓琴志在登高山。钟子期曰：'善哉！峨峨兮若泰山！'志在流水，钟子期曰：'善哉！洋洋兮若江河！'"伯牙所念，钟子期必得之！普通的琴声，钟子期从其中聆听到了伯牙的心声，体悟到了伯牙的情感，他可谓是伯牙内心的另一个灵魂。此后，这一"高山流水遇知音"的佳话典故便不断被称颂。《列子》中也有管仲和鲍叔的知己之交。管仲慨叹："生我者父母，知我者鲍叔也！"人生如若得一知己，那不仅仅是情感的寄托、心灵的交流，更是对自身价值的肯定！

从《诗经》中的"人生所贵在知己，四海相逢骨肉亲"到《诗经·小雅》中的"乐莫乐兮新相知"，对于知己的向往已在文学中初露端倪。是的，正如鲁迅所言，人生得一知己足矣，斯世当以同怀视之。"酒逢知己饮，诗向会人吟"(《增广贤文》)知己的相逢总是带着欣喜与幸运的，可谓"酒逢知己千杯少"。然而在现实生活中，"千金易得，知己难求"即便"相识满天下，知心能几人？"(《增广贤文》)等不到知音，只能感叹"摔碎瑶琴凤尾寒，子期不在对谁弹！春风满面皆朋友，欲觅知音难上难"。司马迁在《史记》中就曾感慨："仆诚已著此书，藏之名山，传之其人，通邑大都，则仆偿前辱之责，虽万被戮，岂有悔哉！然此可为智者道，难为俗人言也。"知己的可遇而不可求使得有识之士不得不选择退而守望。所谓"文为心声"，这种守望知音的意识也在中国古代文学作品中时有显现。"西北有高楼，上与浮云齐。交疏结绮窗，阿阁三重阶。上有弦歌声，音响一何悲。谁能为此曲？无乃杞梁妻！清商随风发，中曲正徘徊。一弹再三叹，慷慨有余哀。不惜歌者苦，但伤知音希。愿为双鸿鹄，奋翅起高飞。"

作者感慨不为理解，期待能找到知音，一起高飞。"圣代无隐者，英灵尽来归。遂令东山客，不得顾采薇。既至金门远，孰云吾道非？江淮度寒食，京洛缝春衣。置酒长安道，同心与我逢。行当浮桂掉，未几拂荆扉。远树带行客，孤城当落晖。吾谋适不用，勿谓知音稀。"连一向清心淡然喜欢独处的王维也在感慨知音之不遇。"花开不同赏，花落不同悲。欲问相思处，花开花落时。揽草结同心，将以遗知音。春愁正断绝，春鸟复哀吟。风花日将老，佳期犹渺渺。不结同心人，空结同心草。那堪花满枝，翻作两相思。玉著垂朝镜，春风知不知。"诗中人物"揽草结心"以求知音的光临。

二、守望主题在文学作品中的体现

(一) 在诗词中的体现

在守望主题中，"女子的守望坚贞而执着，凄美而悲凉，男子的守望悲壮而热烈，《庄子·盗跖》记载了中国最早的以'等人'为主题模式的故事：'尾生与女子期于梁下，女子不来，水至不去，抱梁柱而死。'涂山侯禹重在情，尾生之约重在义，二者开创了两个文化传统，即以女性守望为题材的相思离别和以男性守望为题材的知遇期待。"

从诗经中的《蒹葭》《子衿》到楚辞中的《离骚》《湘君》，从唐诗中春思秋怨的焦虑到宋词中高楼凝望的踟蹰，从望夫女望穿秋水的眺望到《红楼梦》中林黛玉痴情执着的守候，守望一直是中国古代文学作品中长久不衰的咏叹主题。

就诗歌来一说，《诗经·东门之杨》就处于"守望"这种典型的情境模式中：

"东门之杨，其叶牂牂。昏以为期，明星煌煌。东门之杨，其叶肺肺。昏以为期，明星哲哲。"诗中描述的是一种典型的候人情景。两人相约，一人不至，一人守望直到天亮。又如《楚辞·山鬼》表现山鬼在冷清、孤寂的高山之巅守望恋人时的怅惘："表独立兮山之上，云容容兮而在下。杳冥冥兮羌昼晦，东风飘兮神灵雨。留灵修兮憺忘归，岁既晏兮孰华予。"此外，曹王的《秋胡行》中"朝与佳人期，日夕殊不来"，李白的《待酒不至》中"玉壶系青丝，沽酒来何迟"。赵师秀的《约客》中"有约不来过夜半，闲敲棋子落灯花"等表现的都是守望。

就词而言，从"'百代词曲之祖'的李白到敦煌曲子词，从文人词的第一部总集《花间集》到宋元之际的遗民哀叹，作为守望者的女性形象几乎活跃于每一位作家笔下"。"暝色入高楼，有人楼上愁。玉阶空伫立，宿鸟归飞急"(李白《菩萨蛮》)；"独倚朱栏情不极，断魂终朝相忆"(孙光宪《河渎神》)；"泪眼倚楼频独语。双燕来时，陌上相逢否？"(冯延己《鹊踏枝》)；"曲栏杆外天如水，昨夜还曾倚。初将明月比佳期，长向月圆时候、望人归。"(晏几道《虞美人》)；"欲诉闲愁无论处。几过莺帘，听得间关语。昨夜月明香暗度。相思忽到梅花树。"(张炎《蝶恋花》)……类似词简直不胜枚举，很多这方面的作品已然成为文学史上的经典之作。这些词普遍传达了对女性守望者形象情不自禁的爱赏，也为我们提供了守望形象的感性印象：或登高或凭栏或倚楼的寂寞形象。这一形象甚至漫过派别的阻隔，出现在苏东坡、辛弃疾等放荡不拘的旷世文豪的笔下。如东坡之《虞美人》："冰肌自是生来瘦，那更纷飞后。日长廉幕望黄昏，及至黄昏时候、转消魂。"稼轩的《东坡引》"君如梁上燕，妾如手中扇，团团青影双双伴"等。其中"花间鼻祖"温庭筠之《梦江南》几成千古绝唱："梳洗罢，独倚望江楼。过尽千帆皆不是，斜晖脉脉水悠悠，肠断白蘋洲。"小令干净朴素，写尽了一位终日倚楼、阅尽千帆的守望者。"'过尽千帆皆不是'的眺望形象俨然定格为文学史上守望的'神女峰'。"

这些守望中的女性兼春花之灿烂与秋叶之静美，一样的痴情执着，一样的清丽绝俗，千载之下，读来犹有芬芳盈盈。

(二) 戏曲中的表现

在戏曲小说中的呈现关于守望的故事，最早出自《庄子·盗跖》："尾生与女子期于梁(桥)下，女子不来，水至不去，抱梁柱而死。"讲的是一个叫尾生的痴心男子和心爱的姑娘相约在桥下相见，尾生按时赴约而心上人却迟迟没来，不幸河水上涨，这个痴情男子为了信守诺言而坚持不肯离去，最后竟然抱柱溺亡。诗人洛夫在《爱的辩证》一诗中变相表达了尾生的心声："水来，我在水中等你；火来，我在灰烬中等你。"在之后的文学作品中，不管是情深意长的爱情故事，还是侠肝义胆的英雄传奇，抑或惩恶劝善的市井小说，都抹不去守望的影子。

　　《红楼梦》里心高气傲、执着追求爱情的黛玉，却不得不守望外祖母为自己做主，以换来和宝玉的爱情修成正果；温柔和顺，处事不惊的宝钗在暗暗守望有朝一日坐上宝二奶奶的宝座；青春丧夫，清心寡欲的李纨在守望儿子金榜题名以换来母以子贵的凤冠霞帔；处心积虑的赵姨娘在守望着贾府当权派凤姐的翻船。《寒窑记》里的王宝钏，"柳绿曲江年复年，七夕望断银河天。八月中秋月明见"，只为"久守寒窑等夫还"，用十八年的光阴来守望丈夫荣归故里。《西厢记》中的崔莺莺在与张生长亭别后，面对其"一春鱼雁无消息！"也是"眼底空留意，寻思起就里，险化做望夫石"，在忐忑和焦虑中无助地守望。《牡丹亭》中的杜丽娘，由梦而死又因梦而生，只为守望爱情的降临。《白蛇传》中白娘子不惜流光飞舞，千年守望，方与许仙再续前缘。"终日望夫夫不归，化为孤石苦相思。望来已是几千载，只似当时初望时。"(刘禹锡《望夫石》)为了早日见到丈夫，苦苦守望的孟姜女造就了望夫石，也留给了后人一个美丽凝望的背影。《水浒传》中，水泊梁山的一百单八好汉，虽个个身手不凡，除暴安良，幻想着另起炉灶，叫嚣着对抗朝廷，但是最终，他们守望以及守望他们的也是招安。《三国演义》里诸葛亮隐于隆中，也是在守望三顾茅庐，方可大展宏图。《窦娥冤》中含冤而亡的窦娥守望着老天"大旱三年，六月飞雪"来为自己洗清冤屈。《赵氏孤儿》中，即使对尽杀赵家老少的屠岸贾恨不得杀之而后快，程婴也不得不将此恨置于心中，潜于屠岸贾身边，经过二十年的守望，终换来长大成人的赵武报仇雪恨。"七月七日长生殿，夜半无人私语时。在天愿作比翼鸟，在地愿为连理枝。天长地久有时尽，此恨绵绵无绝期。"(白居易《长恨歌》)杨贵妃情逝马嵬坡，唐明皇日日思念却不得见，只能在感慨"活时难救，死时怎求？他生未就，此生顿休"之中守望梦里相会。

第二节　中国古代文学守望主题的审美分析

"作为守望者的主人公形象，他们看似具有静态特征，实质上正在进行着剧烈的精神探险，他们对认定价值坚持不懈，当守候变成一种长时间的坚守时，它本身就已经上升到了价值的高度。它使人把探索、体验世界的触觉伸向了人本身，所以它必然以感性的、诗意化的、唯美的美学特征呈现出来。"

一、时间易逝，变化沧桑

审美时间是审美主体对客观时间的主观感受。在中国古代文学作品中，处在守望这一过程中的审美主体对时间的态度是充满矛盾的。既然是在守望，由于守望主体的无所作为，审美时间在人主观感觉上被无形拉长，变得悠长起来，产生"一日三秋"的感觉，呈现出时日漫长难以消磨的情形；但是另一方面守望中主体的生命意识的不断显现又使得其对时间季节变化异常敏感，经常感叹"逝者如斯夫"，对逝去的时间又表示了无限的追忆和伤悲。两者相互补充，完整地表达了守望者实现不了理想却也解脱不掉希望的矛盾的审美体验。

在关于守望的文学作品中，作者把自身对时间的体验融入其中，注入了浓厚的主观感情，所以时间在人感觉上的维度增长，从而使其升华为文学中的审美意象。王昌龄的《西宫春怨》"西宫夜静百花香，欲卷珠帘春恨长。斜抱云和深见朦胧树色隐朝阳"。百花争艳的春天，原是美丽而短暂的，诗中的思妇因为在守望中，倒嫌恨起闹人的春天实在太长了。李益的《宫怨》中"似将海水添宫漏，共滴长门一夜长"用夸张的手法写守望的夜晚漫长而苦闷。"远别未几日，一日如三秋。犹疑望可见，日日上高楼。"一日三秋，客观的时间被主观的感受拉得很长，突出了守望中度日如年的伤悲。张仲素的《秋夜曲》"丁丁漏水夜，漫漫轻云露月光"。主体暗夜独卧，听着漏水的声音，简直觉得黑夜难耐之极，这时时间成为最沉重也最难打发的东西。

这种感受不仅仅存在于守候的恋人之间，友人之间的相互期待同样产生了这种时间漫长感："挑兮达兮，在城阙兮，一日不见，如三月兮。"(《诗经·子衿》)臣子也是在漫长的知遇期盼中，备受煎熬："南山矸，白石烂，生不逢尧与舜禅，短布单衣适至骭，从昏饭牛薄夜半，长夜漫漫何时旦？"(《饭牛歌》)

对于追求仕途理想的男性来说，也面临着同样的境遇与体验。他们要想实现"齐家，治国，平天下"的理想，只能借助仕途这一座"独木桥"。当这扇门被关闭的时候，他们就被动地处于百无聊赖的境遇之中，因而会产生厌倦和逃匿之心。"丰富多彩的事物能够加速和缩短每一个钟点，甚至是一整天，但整个，它们却充实了时间，使时间的流逝有了宽度和重量。而古代文人常常把建功立业看成生命价值的最大体现。如果这个理想不曾实现，那么即使生命本身的长度再长也是只能在孤独、抑郁中度过。面对现实，摆在他们面前的只有无尽的守望，守望明君贤臣能慧眼识珠，对其刮目相看；守望受到重用，实现抱负。在此过程中，他们体察到个体的无力感，感觉到对环境的无奈，体验到时间的悠长。"

而对于时间的恐慌则来自守望中生命意识的觉醒。柏格森认为，时间是自我意识的表现，只有人才拥有时间。自我不管是作为意识和生命都是一股不断持续变化的时间之流。而且"拥有时间的人是变动不居的，表面上日常生活的人在一定时期内是没有显著变化的，人们总是用婴儿、少年、青年、中年与老年来划分人的一生。而事实上，这只是表层自我或虚幻的自我，是人们的知性截流取波，然后又用人为的绳索把它们串联起来的结果，而真正的自我是瞬息万变的，每时每刻都处于永恒的变易中"。

因此，自我的生命在时间之流中不断变化。"当我们处于主动状态时，我们可能忘记时光的流逝，于是我们超越了时间；而当我们纯粹被动地守望时，我们将面对时间流逝本身。"守望中的主体纯粹而直接地体验着时光的流逝，因而更容易返回自身，体验到时间之流中的生命变化，从而产生对时间无情流逝的恐慌。

《古诗十九首》中《行行重行行》一篇描写的就是一个闺中守望的女子的心理感受："行行重行行，与君生别离。相去万余里，各在天一涯。道路阻且长，会面安可知？胡马依北风，越鸟巢南枝。相去日以远，衣带日已缓。浮云蔽白日，游子不顾反。思君令人老，岁月忽已晚。弃捐勿复道，努力加餐饭。"其中"思君令人老，岁月忽已晚"一句凸显了守望中的时间感——在日复一日的守候中，年华消逝，红颜尽老，人的生命也在一分一秒地走向消亡。"令人老""忽已晚"令人备感惆怅。清代吴淇在其《选诗定论》中评价这首诗曰："妙在'已晚'上着一'忽'字。彼衣带日缓曰'日已'，逐日抚骸，苦处在渐；岁月之晚曰'忽已'，兜然惊心，苦处在顿。"可谓精彩之论。一"渐"一"顿"，给人以强烈的时间飞逝之感。面对着这种对时间和生命流逝的恐慌，主人公只能以"努力加餐饭"来自我安慰。

主体守望中体会到的是宇宙时间、个体生命时间、守望时间三种时间互相交错。宇宙时间是过去、现在、未来的绵延不绝，在浩大的宇宙时间里，个体生命时间被无情地吞噬和淹没，为了与生命时间的短暂抗争，人只有增加个体生命的意义和分量。但这种对生命意义的追求却被陷入守望的泥沼而无法施展，无疑是生命的最大痛苦。因此那些期待建功立业而又不得施展的文人士子，也常会感到年华已去而功业未就，进而产生诸如"人生天地间，忽如远行客""人生寄一世，奄忽若飘尘""人生忽如寄，寿无金石固""人生非金石，岂能长寿考"之类的感慨。

总之，守望中的时间，由于守望主体的百无聊赖而显得悠长，却又因为主体的生命意识而变得短暂而易逝，这两种截然不同而又并存的意识杂糅在一起，衍生出别样的美学意味。

二、结局莫望，岁月静好

由于守望结果的不确定性，因而使得守望沦为一个过程。尼采认为："美不在于每一个瞬间，而在于全部的瞬间，每一瞬间都被否定却又因轮回而被肯定。酒神自身就是不断的否定肯定再否定的过程。沉醉是在不断的毁灭与新生中来达到酒神的幻像般的永恒，美就在此永恒中，在无数'当下'流淌成的河流中，美是这一整条河流。"因此，雪莱说"守望的过程是美的"。

如尼采所言，美，是一个过程。生命依赖此过程来肯定。过程自身的完满中充满着不完满，为不断地超越提供了可自走索的钢绳。"人之永恒就在于内部的超越，并且使自己成为桥梁，成为那无限悬线的一弧，并且随着超越而成为过程自己，在此过程中达到无终无始的永恒之美的救赎。"所以，面对日复一日推石头上

195

山的希绪弗斯，加缪说："爬上山顶所要做出的艰苦努力，就足以使一个人的心里感到充实，的确众神可以阻止西西弗成就一番伟业，却不能阻止他享受过程的精彩与欢娱。存在主义认为，人的存在过程决定人的本质，西西弗对无法摆脱的荒诞命运采取的反抗的人生态度体现了存在主义对人生道路的选择。在看似徒劳中完成了人生价值的获取，这种西西弗式的"徒劳"恰恰是人的存在、人生价值和快乐之所在。结果是空的，就像人难免一死，但人生并不因此而黯淡，把对人生意义的求证由'目的'转向了'过程'，便不会感觉虚无和生命的短暂。"

守望是一个漫长的过程，按照英语的文法，waiting 是一个动名词，是个静止的动态过程。守望的过程，是由不断绵延的时间来构成的。守望的对象未到，主体感受到的是悠长的时间；守望的对象走了，笼罩着守望主体的是空虚的时光。守望，因其有所希冀而令人兴奋，而又因守望的过程无所安排而使人百无聊赖。

所以，这样的守望的过程是混合了兴奋和无聊的一种心境。但是，即使守望的结果是渺茫的，过程也是有意义的，因为它见证了这一事件中守望主体的欣喜、焦虑、期待、希望、失望，是人的本质存在的象征。

第三节　中国古代文学守望主题的哲学分析

一、宿命论——天命观和知命观

君子不以在我者为命，而以不在我者为命。人并没有，而且也不可能自己选择让自己被生为这样的可能性。因为人之"生"必然先于人之一切可能的选择，所以此生本身即已为人之命。因此，所谓命，指的是自己不能决定，但却决定自己生死祸福、贵贱穷达的各种因素。

中国古人认为，人的命运先天注定，人力无法改变，一切人为的努力都是枉费心机。对于个体来说，命运是盲目的，造成命运盲目性的在于命令者的不在场，因此个体在双重意义上无法"复命"：个体既不能通过从一开始就明确拒绝命令而使自己不对命令者负任何责任，也不能通过向命令者报告命令的完成而结束自己由主动受命而来的责任。命令者的纯粹不在场使得一个命令成为既不能拒绝也无处交代者。因此，一个没有了命令者的但又对我具有强制力量的命令就成了我必须只能首先承受下来的"命运"。

命运说在古代十分流行，被称为"定数"。古人认为，凡事都有定数，命中不该得到的，费尽心机也是徒然，命中该得到的躲也躲不脱，最佳的办法是，任凭命运摆布，凡事不可强求。传统意义上，将这种命运观称为宿命论。

在我国，关于宿命的思想很早就在先民的思想中萌芽了。在商时就有天命不可移的说法，商封王死到临头仍认为"我生不有命在天？"（《尚书·西伯勘黎》）后来变为"天命靡常，唯德是辅"（《尚书》），大意是天命有变化的，只转给有德之人，但是转变依然是在天命存在的基础上进行的，而且最终的决定权还是在不可知的上天手里。

先秦时期的儒家、道家都主张有"命"，并把"命"看成人事的最后决定者，儒家提出"死生有命，富贵在天"（《论语·公冶长》）的观点。在他们看来天命是一种无法违抗和改变的必然性。孔子所谓"天生德于予，桓其如予何？"（《论语·述而》）孟子也说过"天与贤，则与贤；天与子，则与子"。对于天命的必然结果，任何人都是无能为力的。"子曰：道之将行也与，命也；道之将废也与，命也，公伯一其如命何？（《论语·宪问》）"，孟子则在《孟子·梁惠王下》中表达了相似的道理："行，或使之；止，或尼之。行止，非人所能也，吾之不遇鲁侯，天也。"人生的一切都由冥冥之中一种超自然的神秘力量所决定，因此主张乐天知命、逆来顺受。"不知命，无以为君子也……"

道家则从"天道自然"出发，认为人的形体，生老病死等所谓命之行，都是自然造就的。但就像工匠把铁炼成宝剑或菜刀或铁犁，这是纯粹出于工匠之偶然，铁不能自己做主，同样，人成为什么样的人甚至能否成为人都是无意识无目的的自然的偶然造化，人力难为，否定人对自然的一切作为。在《德充符》中有"死生存之，穷达富贵，贤与不肖，毁誉饥渴寒暑，是事之变，命之行也"；在《秋水》中借孔子之口表达"来，吾与汝。我讳穷久矣，而不免，命也"。"死生，命也；其有夜旦之常，天也；人之有所不得与，皆物之情也。"（《大宗师》）

因此主张"知其不可奈何而安之若命"(《人间世》)。他要求人们要安命处顺，即"达命之情者，不务(命)之所无奈何"(《达生》)，不以人力改变自然，不以意志改变命运，不勉强命中无可奈何之事，安于自己的命运和遭遇，而不要去做徒劳的反抗。

随着社会的发展，宿命论也在不断地发展着。汉代《淮南子》中"仁鄙在时不在行，利害在命不在智"的表述无疑站在了宿命论的立场；大哲学家杨雄也陷入宿命论的阵营。他在《法言》中也讲到"或问命，曰'命者，天之命也，非人为也，人为不为命……命不可避也'"。就连唯物主义大师王充也难出其列，王充在《论衡》中多次谈到命运的观念："凡人遇偶及遭累害，皆由命也。有死生寿夭之命，亦有贵贱贫富之命。自王公逮庶人，圣贤及下愚凡有首目之类，含血之属，莫不有命。"他还进一步论说"命当贫贱，虽富贵之，犹涉祸患矣；命当富贵，虽贫贱之，犹逢福善矣"。人生的贵贱祸福与神无关，也与个人品行无关，而是取决于命，即由处于母体时自然元气的厚薄所决定。虽然王充站在唯物主义的无神论立场上反对福善祸淫的神学目的论，具有积极意义，但他依然肯定了命运的不可知及不可变。

经过不断的宣扬与强调，宿命论的思想渐渐深入人们的思想，成为大家的一种人生观。这一观念会反映在文学作品中，如"人算不如天算""万事分已定，浮生空自忙"等。《初刻拍案惊奇》中《转运汉巧遇洞庭红，波期胡指破一龙壳》通过一个人先富后贫最后又富的故事说明贫富乃是天定，人力是不起作用的。作者在引子中说道："最是那痴呆僧懂，生来有福分的，随他文学低浅，也会发科发甲；随他武艺庸常，也会大请大受，真所谓时也，运也，命也。俗语有两句说的好：命若穷，掘得黄金化作铜；命若富，拾着白纸变成布。总来只听掌命司颠之倒之。"

不仅富贵是命定的，人再努力也是白搭，婚姻也是如此。关于婚姻，明清人皆认为命中注定，故流传俗语说"有缘千里来相会，无缘对面不相逢"。在《感神谋张得容遇虎，凑吉日裴越客乘龙》一文中作者讲道："每说婚姻是宿缘，定经月老把线牵。非徒配偶难差错，时日犹然不后先。""唐传奇《柳毅传》，写柳毅因科考未第外出游玩时，偶然遇见龙女，对龙女的遭遇悲痛不已，代她传书以后龙女被成功救回。可是中间安排了一个很好的插曲，龙王欲将龙女嫁与柳毅，柳毅坚决不肯，只得作罢。可奇怪的是，当柳毅回到家中之后，似乎'命犯克妻'，凡是嫁给她的女子无疑都要死去。最后，只有龙女嫁给他之后，夫妻结百年之好，这也是天命使然。"

由于相信宿命论可以让人将他人生旅途中所遭受到横逆、不幸和挫折归诸自己所无法掌握的"命"而减少自责、自疚和愤恨。就像《列子·力命》篇所说"怨天折者，不知命也；怨贫穷者，不知时也。当死不惧，在穷不戚，知名安时也"。所以，命运犹如一颗神秘的砝码，当一个人的心灵因种种原因而失去平衡时，无论将这颗砝码放在天平的哪一端，都能因"保自己颜面"或"灭他人威风"而使心理重新获得平衡，因此注重世俗和实用的中国人对此深信不疑。那么，既然命运不可变，人力无所为，那么作为人，最明智的选择就是守望。守望时来运转，守望金玉良缘，守望沉冤昭雪……于是，守望伴随了中国人祖祖辈辈的生活，也伸展到文学的每个角落。

二、因果报应，生死轮回说

轮回的思想在中国源于道家的"物化和转生"，道家认为世间万物是由气构成的。气聚则物生，气散则物死，但是气却并没有消灭而是在其他场所汇集成其他的物而转生。这种转生是多次反复发生的，因此必然变为使之永远重复下去的轮回。佛教的传入以及所宣称的灵魂不死、因果报应的思想与之前的轮回说共同作用于中国古人的人生观中，成为一种集体心理。面对厄运和痛苦，不去反抗而是守望着从因果报应及轮回中得到解脱。

中国固有生死轮回说，道家提出人死后会转生与物化，人"若化为物"即通过某种"物"的转生，作为人的这一"物"降生到这个世上来，不久通过对自己而言的"其所不知之化"，即通过经历未经验的死又变成他"物"而再生下去。后来道教及民间巫术信仰中，则认为人死后变为鬼，但鬼不会再变成人，生者与死者不能交替循环。佛教的传入，引入了生死因果轮回说，佛教认为，人的灵魂是不死的，消失的只是人的肉体。人死后变为鬼，人的灵魂将根据生前的行为下世或隔世再转生，或转为人或转为动物，只有罪因太重者才永远沉沦为鬼，遭受万世不竭之苦。所以,《醒世姻缘传》中就主要选择了"两世"恶姻缘,但从善恶业报思想读者可知道前生之前复前生,而今世以后又还有无数后世,他们几个人的情感纠葛还将无休止继续下去。《说岳全传》则更将"自造因果"这个主题演绎得完整精绝。宋徽宗为上界长眉大仙下一世,却在祭天表章上犯糊涂将"玉皇大帝"写作"王皇犬帝",玉帝恼曰:"王皇可恕,犬帝难饶。"于是命赤须龙下界托生为金兀术搅乱宋室江山,大鹏下界投胎为岳飞,秦桧夫妇也应缘而来。尘世中诸业既偿,大鹏复回灵山受教,护法佛顶。而赤须龙也归天界潜修,秦桧等奸人则俱贬地狱,历劫受罪。在不断的本土化过程中,这种因果轮回的思想与中国传统的善恶理论完美结合了起来,成为百姓生活中自我道德约束的准绳。

善恶有报的观念在中国古人心目中存在已久,在春秋时便有"福祸无门,唯人是招"说法,《左传·襄公二十三年》讲到"忠孝友悌"之类的善人"人皆敬之,天道佑之,福禄随之,众邪远之,神灵卫之"。《周易·坤卦·文言传》中则有"积善之家必有余庆,积恶之家必有余殃"的记载,而在《尚书·伊训》中则通过"惟上帝不常。作善降之百祥,作不善降之百殃"进一步佐证了这一事实。佛教传入后进一步丰富了这一说法,认为作恶之人不但生前会有所报应,而且死后会下地狱,遭受种种折磨,下世转生为人受苦受累或者转生为低贱而人人鞭笞的动物。行善之人则必然可以有善终,死后会到西方极乐世界安闲逍遥地生活,同时他们的善因还会惠及子孙后代。作为一种道德维护手段,主流意识形态也对这一观念加以提倡,因此在长期的耳濡目染中,善恶有报的观念逐渐深深扎根于人们的心中,并进一步影响他们的行为。

"善恶到头终有报,只争来早与来迟。劝君莫把欺心传,湛湛青天不可欺。"善恶报应的观念成为一种社会观念和社会心理。在小说戏曲等文学中,也多有反映。产生于宋元时期的《昙花记》《白兔记》《窦娥冤》《桃花扇》等作品中,不难找出这方面的例子。《窦娥冤》中窦娥上刑场前所唱的"莫不是前世烧香不到头,今世波生招祸尤。劝今人一早将来时修……"虽然窦娥自己并没有犯下恶行,但是面对自己所遭遇的不公平待遇,潜意识里,她只能把它归结于自己前世的修行不足的一种报应。《昙花记》中作者写到,春秋越国著名美女西施因妖媚吴主被转生为丑女；"力拔山兮气盖世"的一代英雄项羽因杀人如麻，被转生为病老头……

善恶观念在文学作品中的另一种表现就是不管故事如何曲折，过程如何悲惨，最后常是大团圆的结局。冤死的窦娥终于借助鬼神为自己申了冤，心狠手辣的张驴儿最后被就地正法；忠贞正直的岳飞死后变成了天神，而作恶多端的秦桧父子坠入十八层地狱忍受刀山火海的酷刑。

就是这种善恶轮回的观念，一方面在规范着中国人的道德观，另一方面也造就了中国古人的一种人生观，即"等"。所谓"举头三尺有神明""人在地上做，神在天上看"。既然人的一切所作所为都逃不过上天的眼睛，既然上天会根据人的善恶行为赋予相应的福祸，那么，人所要做的就是去守望上天的裁决。如果现世中没有得到相应的善恶报应，他们依然可以为自己的继续守望找到理由，"不是不报，时候未到"。因此继续等下去就对了，今天等不到还有明天，今生等不到还有来世，轮回的流转为他们提供了生生世世永远等下去的强大心理后盾。

三、隐忍思想

俗语讲，忍字心头一把刀，是的，已经心头插刀了还不反抗，形象地诠释了中国人的隐忍之道。"人在屋檐下，不得不低头""好汉不吃眼前亏"等社会现实，都无不贯穿着一个重要的道理——"忍"。习武者大都喜欢以"忍一时风平浪静，退一步海阔天空"来约束自己的行为举止；文人则大都喜欢以"君子与世无争"来化解很多不必要的纠纷和麻烦。古人云："富者能忍保家，贫者能忍免辱，父子能忍慈孝，兄弟能忍义笃，朋友能忍情长，夫妇能忍和睦。"人生在世，都离不开忍。成大业者要忍，保平安要忍，解困境要忍。"十年寒窗无人问"，男子想要在朝堂上争得一席之地，要忍；"多年的媳妇熬成婆"，女子想要在家中翻身做主，还要忍。

纵观中国历史，"忍"文化也贯穿其中。一代干将韩信，忍于胯下之辱；一代相才张良，忍于拾履之辱；会稽山上，越王勾践痛定沉思，卧薪尝胆，是忍；西北大漠，苏武持节牧羊三十年，是忍；宋王朝胜而赔款，退居一隅，还是忍。翻开文学作品也不难见到隐忍的影子。《左传》中认为："一容不忍，而终身惩乎。"《论语》中告诫："小不忍则乱大谋。"孟子推崇："天将降大任于斯人也，必先苦其心志，劳其筋骨，饿其体肤，空乏其身，行拂乱其所为，增益其所不能……"荀子指出"愤欲人与不忍，便见有德无德。"苏轼坚持"君子之所以取远者，则必有所持，所成就大，则必有所忍"；王安石建议"忍一时之气，免百日之忧，一切烦恼，皆从不忍生，莫之大祸，起于斯须不忍"；八十万禁军教头林冲，面对高衙内父子的迫害，一忍再忍，直到妻死家散，沦落为囚；《鸿门宴》中，连屠狗之辈樊哙也懂得"大行不顾细谨，大礼不辞小让"而去忍耐……从元朝起便有人编纂了《忍经》，更将隐忍上升到了一种哲学的高度。

从哲学层面讲，中国古人的隐忍，很大层面上源于意识形态的引导。儒家把"忍"作为一种韬光养晦、磨炼修养的处世哲学，儒家中心思想之一就是"和为贵"。孟子提出"五伦"之说，即"父子有亲，君臣有义，夫妇有别，长幼有序，朋友有信"。这就教导民众，作为一个社会成员，与人的相处要遵从既定的原则，而不可随心所欲。道家也强调"忍"和"避让"，在为人处世上，提倡打太极似的回旋策略；化解矛盾冲突时，经常强调退一步海阔天空。至于佛教，更是强调忍耐、宽恕，主张"慈悲为怀"，放下屠刀，方可立地成佛。儒学作为被封建统治者所推崇的主要价值规范，其有意的引导，使得忍的哲学深入民心。而儒、道、释的三教合流更使"隐忍"在百姓心中扎了根。在忍耐中守望似乎已经成了中国古人的集体无意识的民族心态。

如果说，以儒教为主的意识形态的引导是中国古人隐忍性格形成的思想因素，那么除此之外另一个更为实际的促使其存在的因素便是家族聚居制度。忍耐的特性是中华民族长期以来适应环境的结果，以农耕文明著称的中国先民，沿河而居，而农耕对土地和劳动力的要求使得人们必须固定地聚居。人口稠密、经济压迫使人民无回旋之余地，尤其是，封建社会长期家国同构的政治制度进一步促进了家族制度的巩固，家庭乃为中国社会之雏形。中国古人多以几世同堂为荣，试想，"一个大家庭，那儿有一大群媳妇舅子，老子和儿子，朝夕服习这种德行，竭力互相容耐，在大家庭中，即掩闳密谈，亦未免有忤逆之嫌，故绝无个人回旋之余地。人人从实际的需要以及父母的教训自幼受了训练使互相容忍，俾适合于人类的相互关系。深刻而徐进的日常渐渍之影响于个性是不可忽视的"。

第七章 中国古代文学哀怨主题

第一节 中国古代文学中哀怨思想的形成与发展

"怨"在中国古代文学中是一个与"悲"相关的非常重要、蕴含丰富的审美范畴，它涉及审美心理、艺术创作、美学风格、艺术鉴赏等各个环节，几乎贯穿了审美活动的全过程。许慎的《说文解字》训为："怨，患也，从心她声，于愿切。"而对其同义互训的"患"的解释则是：悉，恨也，从心圭声，于避切。可见怨乃患，患乃是恨，怨与恨意思相近。段玉裁《说文解字注·卷七上》对"怨"的声符训为：转卧也。注曰：谓转身卧也。诗曰：辗转反侧。凡九声字皆取委曲意。"沙青岩《说文大字典》训为：平声音鸳，仇也。王念孙《广雅疏证·卷第四上》亦云："怨，恨也。"《广雅疏证·补正》中有云："讥刺怨也，……怨亦谓讥刺也。"《辞源》云：郁劝切，音苑，愿韵又平声元韵义同。《礼》：外举不避怨。《论语》：劳而不怨。《荀子》：富有天下而无怨财。《现代汉语辞海》：①恨；②责怪。《现代汉语字典》把"怨"解释为："某种应该能够满足的愿望却没有满足。"综上，如《说文解字》云，"从心九声"，"怨"是人的内心到了"兜"的地步，为曲折郁结之态，是人的心灵受到压抑，情绪得不到宣泄时困顿无以释怀的样子。类似于中国学者对"怨"的解释，西方学者称为"心灵的堵塞"。19 世纪德国美学家特奥多尔·立普斯从心理学出发研究美学。其《悲剧性与"堵塞"法则》云："灾难加强价值感，是根据一个普通法则实现的，我寻常称之为'心理堵塞'法则：一个心理变化，一个表象系列，在它的自然发展中，如果受到遏制、障碍、隔断，那么，心理活动便被堵塞起来，即停滞不前，并且在发生遏制、障碍、隔断的地方，提高了它的程度。""怨"的心理状态就是心灵被堵塞的状态，就像顺流的河水被水闸挡住一样，水累积下来而使水位提高，到一定程度就会冲破闸门，倾泻而出。

人的心灵曲折郁结到了一定程度也会产生发泄的欲望。可见"怨"至少有三种含义，那就是：恨，责怪，讥刺。

中国古代文论里最早以评论形式提出哀怨的是季札。《左传·襄公二十九年》记载了吴国公子季札对鲁国为他演奏的《周南》以下的十五国风以及《雅》《颂》的议论，季札将乐曲歌词的评判直接上升到国家兴衰存亡的高度，他评价《周南》《召南》"勤而不怨"，《小雅》"怨而不言"。孔子是第一位提出哀怨说的思想家，在《论语·阳货》中他明确提出"小子何莫学夫《诗》？《诗》，可以兴，可以观，可以群，可以怨"的哀怨诗学命题。对这里的"怨"，朱熹注释为"怨而不怒"，孔国安注释为"怨刺上政"，指诗歌可以让人抒发不满、发泄情感。这也可以理解为孔子"怨"所包含的意义。比如在《论语·尧曰》中，孔子说："择可劳而劳之，又谁怨？"意即统治者如果能做到爱惜民力、使民以时，民就不会哀怨。其实，"凡是对现实的社会生活(政治风俗等)表示一种带有否定性的情感都属于'怨'"。在儒家经典著作《礼记》的《乐记》里，也有从怨怒角度的评价："治世之音安以乐，其政和；乱世之音怨以怒，其政乖；亡国之音哀以思，其民困。"

汉代文学评论家刘安在《离骚传》中说："《国风》好色而不淫。《小雅》怨诽而不乱，若《离骚》者，可谓兼之。"司马迁在《史记·屈原列传》中不仅引用刘安之言，而且发挥屈原《九章·惜诵》中"发愤以抒情"的文学思想，明确指出："屈平之作《离骚》，盖自怨生也。"不仅如此，他更进一步将楚辞产生于"怨愤"的思想普遍化为文学和有价值的学术著作产生的原因，从而提出"发愤"说。司马迁的"发愤"说其实就是"怨愤"说，在《任安书》里他说："盖文王拘而演《周易》；仲尼厄而作《春秋》；屈原放逐，乃赋《离骚》；左丘失明，厥有《国语》；孙子膑脚，《兵法》修列；不韦迁蜀，世传《吕览》；韩非囚秦，《说难》《孤愤》；《诗》三百篇，大抵圣贤发愤之所为作也。"司马迁强调文学产生于怨愤，既与本人遭遇有关，更与时代思潮相连。司马迁的"怨愤"说不仅是对孔子"哀怨"说的承接，而且是对庄子愤世嫉俗思想的发展。三国两晋南北朝时期，主要的两位文学批评家都在其评论中提到了"怨"：刘韶在《文心雕龙·时序》中评论建安七子时说："观其时文，雅好慷慨，良由世积乱离，风衰俗怨，并志深而笔长，故梗概而多气也。"钟嵘在《诗品·序》中明确提倡"怨"诗。

唐宋时期，李商隐在《献侍郎巨鹿公启》中评论唐诗时用"怨刺"概念："推李、杜则怨刺居多，效沈、宋则绮靡为甚。"李白崇尚屈原，提出"哀怨起骚人"的说法。白居易从"缘情"的文学观出发，认为怨情是人们感情一个不可忽视的方面。他说："诗者，根情，苗言，华声，实义。"情有哀怨，诗有感伤。韩愈在司马迁、钟嵘怨情说的基础上，着重从创作论的角度认识怨情同文学的关系，在中国古代文学批评史上有着重要的影响。欧阳修继承韩愈的说法，提出"诗穷而后工"的主张。宋明以后虽然没有普遍将怨恨作为一种批评的文学理论，但是怨恨却在各种体裁的文学作品尤其小说中大量存在。这是由于中国自宋朝开始已经逐渐产生了一个具有伟大历史意义的阶层即市民，到了明清时期，市民逐渐成为社会的一个越来越强大的力量并对文学产生了极大影响，文学作品中的哀怨因此开始变得普遍而且复杂。比如《金瓶梅》其实就是小市民对上层贵族腐朽、寄生、享乐生活的哀怨，《儒林外史》是市民阶层对科举制度与八股取士的哀怨，《红楼梦》是市民社会对整个封建社会压抑个性的哀怨。这一切哀怨都是由于市民社会发展壮大的结果。刘鹗在《老残游记·序》中则将中国文学史说成是一部"哭泣"史："《离骚》为屈大夫之哭泣，《庄子》为蒙叟之哭泣，《史记》为太史公之哭泣，《草堂诗集》为杜工部之哭泣；李后主以词哭，八大山人以画哭，王实甫寄哭于《西厢》，曹雪芹寄哭于《红楼》"。如果说"凡是对现实的社会生活(政治风俗等)表示一种带有否定性的情感都属于'怨'，那么刘鹗的哭泣说其实也是一种哀怨言说"。可见，自"兴观群怨"说与"怨愤"说到"不平则鸣"说与"童心"说再到"哭泣"说，中国古代的哀怨论从根本上没有脱离个人的情感体验与心理发泄。

第二节　中国古代文学哀怨体验的独特性及其表现

大体而言，中国古代文学的哀怨比较侧重于个人本能式的心理发泄，除了仕途碰壁的官人、爱发牢骚的诗人、孤寂难忍的宫女、生不逢时的文人、闺房闺居的佳人、惨遭遗弃的妇人、因征军与病亡等各种原因而守寡的烈女等官怨、宫怨、家怨、情怨、文怨、闺怨、弃怨以外，大多数下层劳动人民的哀怨其实就是对不公平待遇与严重被剥削被压迫的个人哀怨。即使是忧国忧民忧天下的古代知识分子的哀怨，也与其生不逢时、伯乐不遇、不被重用等被埋没、被排挤、被遮蔽、被压抑的个人情绪紧密相关。中国古代的哀怨是在古代性文化语境中的哀怨，是古代中国"天圆地方"式封闭世界中的哀怨。

一、由哀而怨

中国远古神话故事里就已经存在不同程度的哀怨因素。中国古代最早的诗歌总集《诗经》里有很多诗歌是劳动人民对痛苦生活的不满与哀怨，察其类约有四种：对奴隶主不劳而获、残酷剥削、疯狂压迫、奴役人民的哀怨，对各种繁重王事、徭役、兵役、行役、杂役等苛政的哀怨，对统治阶级荒淫无耻生活的哀怨，弃妇对被虐待被遗弃的哀怨。比如在《论语·尧曰》中，孔子说："择可劳而劳之，又谁怨？"意即统治者如果能做到爱惜民力、使民以时，民就不会哀怨；反之，如果统治者不爱惜，民就有理由哀怨了。《诗经》中收录的《伐檀》《硕鼠》等篇是表达这种怨的政治讽刺诗。《诗经》长于写情，写情多属怨情。《氓》写男女之情。《谷风》写新故之情。《燕燕》写离别之情："燕燕于飞，差池其羽，之子于归，远送于野，瞻望弗及，泣涕如雨。"《黍离》写感触之情："行迈靡靡，中心摇摇。知我者谓我心忧，不知我者，谓我何求。悠悠苍天，此何人哉。"《黄鸟》写死生之情："彼苍者天，歼我良人"。《白兮》写契阔之情："自伯之东，首如飞蓬，岂无膏沐，谁适为容。""其雨其雨，杲杲出日。愿言思伯，甘心首疾。"写怨妇之思。《君子于役》善于取境写哀怨："君子于役，不知其期。曷至哉。鸡栖于树，日之夕矣，羊牛下来。君子于役，如之何勿思。"忧死、忧劳、忧谗、忧位、忧国、忧弃、单恋与思归……它们不仅在《诗经》中凝聚成举足轻重的怨声一片，它演绎的是整个时代和社会的症结和苦闷，宣泄的是人性求索与挫败的悲怨。《楚辞》里到处充满"哀""悲""怨""愤"等字眼：屈原"信而见疑，忠而被谤"，发而为诗，只能是"惜诵以致怨兮，发愤以抒情"，充满了悲愤忧伤和哀怨之情。他的《离骚》与《天问》是对怀才不遇与昏庸暴君的哀怨；东方朔《怨世》里有"子推自割而饲君兮，德口忘而怨深"的怨愁，而《怨思》里有"悲不反余之所居兮，恨离余之故乡"的悲恨；刘向《怨思》里有"志隐隐而郁怫兮，愁独哀而冤结"的哀怨；王逸《怨上》里有"此国兮无良，媒女拙兮言连謰"的哀怨。汉乐府《古诗十九首》特别是《孔雀东南飞》是对破坏爱情与家庭的封建专制势力之哀怨的典型文本。南朝江淹的生平际遇与屈原很相似，其辞赋就以表现哀怨主题而著名：《恨赋》直言："有别必怨，有怨必盈…哀以情起，感以怨来…怨此愁抱，伤此秋期。"《恨赋》诉说："仆本恨人，心惊不已，直念古者，伏恨而死。"江淹的辞赋就以表现哀怨主题著名，"黯然销魂者，唯别而已矣"，江淹在《别赋》中的劈头一句便道出了离情别绪带给人的感伤情怀。

　　唐朝诗人大多怀着"济苍生""安社稷""致君尧舜上"(《奉赠韦左压丈二十二韵》)的理想，积极跻身仕途，期待在政治上一展才华，彪炳青史。但是一旦步入宦海，官场的黑暗现实往往使他们的理想大受挫折。初唐诗人陈子昂有"前不见古人，后不见来者；念天地之悠悠，独怆然而涕下！"的生之无比孤独的哀怨。李白胸怀"奋其智能，愿为辅弼，使寰区大定，海县清一"(《代寿山答孟少府移文书》)的政治抱负应召入京，却不料受权贵排挤，带着"安能摧眉折腰事权贵"(《梦游天姥吟留别》)的愤激之情离开朝廷；杜甫一向以"致君尧舜上，再使风俗淳"为最高理想，却一辈子担任卑微的官职，最后穷困潦倒、死于破船之上；他的大量诗歌都是对于生存之艰辛、人生之苦难、社会之黑暗的哀怨，比如"朱门酒肉臭，路有冻死骨""感时花溅泪，恨别鸟惊心""布衾多年冷似铁，娇儿恶卧踏里裂"。白居易进士及第封官授爵，却因直言上谏，被贬江州司马；他的"满面尘灰烟火色，两鬓苍苍十指黑"表现的是对于劳动人民悲惨生活的哀怨。李商隐进士及第步入宦途，却不幸卷入"牛李党争"，政治上屡受排挤。王昌龄、杜牧、王建、刘禹锡等诗人，无不在仕途上历经坎坷。正是这种独特的生活道路，使唐代诗人大都经历了从追求到失落的情感历程。愈是充满活力、积极进取的生命，面对挫折、失落，愈会爆发出悲愤、哀伤及愁怨的情绪，表现出对哀怨、悲愤情感的高度敏感。

　　柳宗元的《囚山赋》写出了他被拘囚在永州非人所居的深山牢笼之中的极度

痛苦，和迫切希望解脱而不可得的深沉悲怨。辛弃疾的《破阵子》道出了词人年老体衰却壮志未酬的无尽悲怨。范仲淹《苏幕遮》描述主人公因之苦借酒浇愁，却不料"酒入愁肠，化作相思泪"。也有宋代朱敦儒的《临江仙》"月解团圆星解聚，如何不见人归"的幽怨。宋词里婉约派内容上侧重写儿女风情，多写离思别情，闺情绮怨。宋代传奇也多写宫女、思妇、弃妇、寡妇、妓女的哀怨以及人民对统治阶级的哀怨。元代散曲也多写闺怨与民怨，如张养浩的《潼关怀古》就是历代百姓对统治阶级哀怨的绝唱。由于元代官府极为黑暗，所以元代杂剧在大批公案戏中有着极为强烈的哀怨，其中关汉卿《窦娥冤》里的哀怨已经达到惊天动地的程度："地也，你不分好歹何为地！天也，你错勘贤愚枉做天！"哀怨情结大量存在于明清时期各种体裁的文学作品尤其小说中，这是由于中国自宋朝开始已经逐渐产生了一个具有伟大历史意义的阶层即市民，到明清时期市民逐渐成为中国社会的强大力量并对文学产生了极大影响，文学作品中的哀怨因此开始变得普遍而复杂。明代戏曲《琵琶记》一书，纯是写怨，蔡母怨蔡公，蔡公怨儿子，赵氏怨夫婿，牛氏怨严亲，伯喈怨试、怨婚、怨及第，殆极乎怨之致矣。诗可以兴、可以观、可以群、可以怨，《琵琶》有焉！明代小说《金瓶梅》写出了市民对上层贵族腐朽寄生与享乐生活的哀怨，清代小说《儒林外史》写出了市民对科举制度与八股取士的哀怨，而《红楼梦》则道出了市民对整个封建社会压抑个性解放与婚姻自由的哀怨。这一切哀怨都是市民社会发展壮大的结果。

可见，从作品而言，虽然中国古代文学并不都是属于哀怨的文学——文天祥的诗歌"人生自古谁无死，留取丹心照汗青"表达的就是死而无怨，死而无恨。虽然古代中国文学的哀怨并不都是个人的哀怨——范仲淹讲究的仍然是"先天下之忧而忧，后天下之乐而乐"！但就整体从其主要倾向上看，古代中国文学的哀怨内容主要是属于个人意义的哀怨，至少是在很大程度上表达了个人哀怨，这种哀怨普遍产生于个人的狭小天地之中，针对的重心不是民族与国家，而是君王与他人。即使其中部分优秀作品也涉及了社会黑暗与人民疾苦，但往往却在根本上归结于命运的悲惨与人生的悲苦特别是个人的遭遇。即使一定程度上获得了中国现代性初步萌芽意识涌动的近代诗人龚自珍，其"金粉东南十五洲，万重恩怨属名流。牢盆侠客操全算，团扇才人踞上游"等诉说仍然没有脱离个人的发泄私愤。

二、怨而不恨

家国同构是宗法制度影响下中国传统社会结构的基本特征之一。由于深受小农经济的影响，中国的国家结构具有家族结构特点。因此，爱国可以化为爱家。自古以来中国人就有"叶落归根"的心态，所以漂泊在外的游子每当看到"无边落木萧萧下"的秋景，必然会激起其思乡念家之情。把这种羁旅行役、思乡怀归之情表达得淋漓尽致的要数马致远的《天净沙·秋思》：

枯藤老树昏鸦，小桥流水人家，古道西风瘦马。夕阳西下，断肠人在天涯。

王国维《人间词话删稿》云："一切景语皆情语也。"前四句写景，这些景语也是情语，藤是"枯"的、树是"老"的、鸦是"昏"的、马是"瘦"的，这些形容词使浓浓的秋色中饱含了无限凄凉悲苦的情调。而最后一句"断肠人在天涯"具有画龙点睛之效，使前四句之景成为人活动的环境，成为断肠人悲凉情感的触发物。前三句排列了九个意象来表达内心的羁旅之苦和悲秋之恨，使作品充满浓郁的诗情画意。后两句写夕阳西下，漂泊在天涯的游子思乡念家的悲苦情怀。这首散曲使得游子的羁旅行役之苦和相思怀归之情具有普遍的社会意义。

中国人有很强的"安土重迁"的家庭伦理观念，但古代文人又肩负着"立业"的重担，若非隐逸文人，他们都为了实现自己的理想而宦游在外。"春秋代序，阴阳惨叔，物色之动心亦摇焉。"当游子们看到"一年一度秋风劲""无边落木萧萧下"的肃杀凄怆的秋景时，不由自主地把物象的凋零和现实人生联系在一起，由此触发了悲秋的情绪。

《礼记·月令》中记载："立秋之日，天子亲帅三公、九卿、诸侯大夫以迎秋于西郊……天子乃命将帅选士厉兵，简练桀俊，专任有功以征不义……""沙场秋点兵"，在传统礼乐文化下，秋天就注定是征战沙场的季节。然而对于征夫来说，征战沙场就意味着与家人的生死离别，再加上塞外边关的恶劣气候，怎能不生发强烈的思乡之情？如范仲淹的《渔家傲》：

塞下秋来风景异，衡阳雁去无留意。四面边声连角起。千嶂里，长烟落日孤城闭。

浊酒一杯家万里，燕然未勒归无计。羌管悠悠霜满地。人不寐，将军白发征夫泪。

范仲淹的这首词以军事战争为题材，写边塞将士对家乡的怀念实则也充斥着一种宛如深闺怨妇一样对现实的哀叹和无助，但不同的是边关战士的这种哀叹外在的表现是保卫疆土、建功立业的悲壮。词的上阕侧重写景，边防凄凉的号角声和周围的狼嗥风啸声，使人心寒。最后一句"千嶂里，长烟落日孤城闭"勾画出边塞壮阔苍茫的黄昏景致。当然，写景是为了抒情。下阕中，远方的羌笛声幽怨绵长，搅得征夫难以入眠，苦苦思念着千里之外的家乡，"燕然未勒归无计"写出了戍边将士虽思念故乡，但更热爱祖国、矢志保卫祖国的深沉情感。

萧瑟的意象带给文人最强烈的感受便是失落和悲伤，这种悲伤不断发酵最终会形成一种浓浓的失落感和无力感，对家乡的思想和对亲人的眷念使边关地区的将士自然染上了一层怨念。当理想与现实相矛盾时，古代文人借助悲秋来感叹现实社会的不公，自己的仕途坎坷，或者羁旅在外，或者征战沙场，思念亲人。诚然，萧瑟的秋天意象也并不全代表文人理想的失落，它还显示了文人士大夫的高洁品质，如"采菊东篱下，悠然见南山"的陶渊明，"自古逢秋悲寂寥，我言秋日胜春朝"的刘禹锡等，但士人的悲秋心理在描写哀怨的文学作品中还是占主要地位。

第三节　中国文学中的哀怨主题类型

一、爱情的哀怨

爱情是人类最美的语言，自古以来，爱情便是文学永恒的主题。爱情这种产生于男女之间的精神和肉体的强烈爱慕之情，像一根斩不断的红丝线操纵着人们的情绪体验、生存方式。多少人为爱而死，为爱而生，为爱而不断地重塑、改造自己。爱可以使人消沉沮丧、一蹶不振，甚至变态失常。尽管有的人没有爱过异性，也没有得到过异性的爱，但恐怕没有人不曾向往过爱、思慕过爱。也许正因为如此，爱情才成为千百年来哲人、伦理学家、心理学家等历久常新的课题。成为作家及读者百写不厌、百读不厌的内容，成为文学发展中经久不衰的主题。

　　中国的爱情文学有着源远流长的历史，爱情文学几乎在文学产生的同时就产生了。我国的爱情文学在最早的诗歌总集《诗经》中即已具备了较为完善的形态。《诗经》长于写情，写情多属怨情，写怨妇之思。"国风"中相当数量的篇幅都是以婚姻恋爱为主题的，这些作品或反映恋爱的欢愉，或抒写愁恨的心曲，喜悦、忧思、怅惘无不形神毕现。从最早的《诗经》里我们就可以看到闺怨诗歌的代表作品。"《伯兮》被称为我国见诸文字的最早的闺怨诗。"这首诗是以一个居家妇女的口吻讲述对出征丈夫深切的思念，可以说是我国怨妇诗歌的发端。在《诗经·邶风》里有一首《绿衣》：

> 绿兮衣兮，绿衣黄里；
> 心之忧矣，曷维其已。
> 绿兮衣兮，绿衣黄裳；
> 心之忧矣，曷维其已。
> 绿兮衣兮，绿衣黄裳；
> 心之忧矣，曷维其亡。

　　这首诗歌通过描写女子无端的怨艾，活脱脱地勾勒出一个怨妇的心情。此诗是齐庄公的女儿、卫庄公的妻子庄姜所写，由于她没有生子，就得不到丈夫的宠爱。长期的失宠和寂寥使得她郁郁寡欢。但读她的诗句基本上还是温柔敦厚、怨而不怒的，这与她所处的时代和她的处境必然有一定关系。一个毫无作为的女子，又无生养能力，除了隐约地发泄个人的怨愁还能如何？

　　同样在《诗经》里有《白舟》一诗，这首诗歌据说是古墉地女子所作。她真挚、坦率、勇敢、大胆，不仅向人们公开了自己的秘密，直言不讳地袒露心底的抉择，而且进一步发誓："之死矢靡他！"她发誓到死也绝不嫁给别人，说明她对爱情的专一和忠贞。作者抗议包办婚姻，哀怨自己母亲不理解，也不体谅自己的爱情。这样的情感、这样的忠贞放到当代社会也是令人感佩的。

中国古代文学中还存在着大量从女性的角度或以女性为对象创作的闺怨诗、宫怨诗。在一定程度上，宫怨诗与抒发闺情怨绪的闺怨诗同属爱情诗歌范畴，均集中抒写由男女之间的感情纠葛而产生的丰富复杂的情感，表现女子柔弱多情、以爱情为最高追求的性别意识：宫女们虽然依附属于皇帝，但她们对爱情的渴望有时又不仅指归于皇帝而是执着于与其他女子对爱情归属的寻觅。这些诗有一个共同的主题：怨，但细分析这些怨又有所不同。这些怨包括对长年戍边不归的离人之怨，有对负心男人的背叛之怨，有因欲望生爱而不得之怨。而宫怨诗词中的怨声主要来自以下几种情况：因在宫廷斗争中失宠被弃，因年老色衰而伤神，因进宫后长年枯守而无望。

在金昌绪的《春怨》一诗里：

> 打起黄莺儿，莫教枝上啼。
> 啼时惊妾梦，不得到辽西。

开元诗人的这首诗歌写尽一个春闺里的怨妇，思念和春心荡漾的情态，其幽怨的成分里更多的是牵挂和留恋，而且真情流露十分难得。比起宫怨诗歌这里抒发得更真切，也没有那么多压抑的情怀。

在白居易的《寒闺怨》里，他写道："寒月沉沉洞房静，真珠帘外梧桐影。秋霜欲下手先知，灯底裁缝剪刀冷。"把一个寒冷中的孤单无助的女子在洞房内的凄楚表现得淋漓尽致。这里的幽怨没有说，但洞房的冷，寒夜中还要给远方的新郎做寒衣的辛苦都凸显出少妇的怨声。而新郎不归在古代经常有几种普遍的情况：一种是新郎被征兵去了边关，一种是新郎是商人，移情在别处。而长久的离别得不到关怀，怨妇情绪自然要生。

孟郊的《古怨》："试妾与君泪，两处滴池水。看取芙蓉花，今年为谁死？"这首古诗一直以来为众人称道的是它的构思奇特：一奇在，将自己的思念和丈夫的思念比作两处滴水的池塘，比比谁因为思念流下的泪多。二奇在，想象两人因为思念而滴的泪水进了池塘，看谁的泪多会将芙蓉花淹死。的确奇特。而最值得称道的是，这首诗歌里更多地表现的是怨艾之气，即一个充满真情的女子对男人的誓言，而这誓言分明表现出对爱的大胆和炽烈，以及坦诚的胸襟，读来荡气回肠。更有李清照的《声声慢》，词中灌注了对国破家亡的情思，使得这首闺怨诗歌超过了以往闺怨诗歌的境界，有了更为开阔的自然风格。在《春宫曲》里，王昌龄道："昨夜风开露井桃，未央前殿月轮高。平阳歌舞新承宠，帘外春寒赐锦袍。"作者描写的是一个失宠的女子伤神地回忆过去的幸福时光，而对眼前凄凉的处境顾影自怜。词中借别人得到皇帝宠爱的描写表达的是自己深深的失落和幽怨。

无论是宫怨诗歌还是闺怨诗歌，它们中的怨妇都有一个共同的形象特征：郁郁不得志，导致她们这样的原因几乎都是：个人对丈夫或者男性的依赖，个人对自身前途的无法把握。她们的共同方式：无论如何不能让丈夫遗弃，无论如何不能没有男人，如果没有那么一切都完了。所以，可以说：她们全都围绕着男性，以男性作为自己行为的中心。这恰好符合了夫权宗法制度的需要。

唐宋时期的文学作品中，白居易的《琵琶行》可以算是哀怨凄切的杰出代表了。全诗的景物描写，如寒江明月、黄芦苦竹、杜鹃啼、猿哀鸣等，都无不渲染着这种愁闷、凄清之情。"转轴拨弦三两声，未成曲调先有情。"这种欲言又止、止又欲言的哀怨之势如同江河中的幽怨之水即将一泻千里。

"别有幽愁暗恨生，此时无声胜有声。""门前冷落鞍马稀，老大嫁作商人妇。商人重利轻别离，前月浮梁买茶去。""去来江口守空船，绕船月明江水寒。夜深忽梦少年事，梦啼妆泪红阑干"。"住近湓江地低湿，黄芦苦竹绕宅生。其间旦暮闻何物，杜鹃啼血猿哀鸣"。琵琶女(或诗人)选弹的两首琵琶大曲《霓裳羽衣曲》和《六幺》，一首曲调欢快幽雅，一首曲调高亢、节奏繁密，两者结合，正是琵琶女和诗人抚今思昔的复杂心绪的最好写照，如今年老色衰而流落江湖的琵琶女被冷落，独守空船，在夜深人静之际，独对寒气逼人的江水和无声的冷月，这与当年才貌出众、门庭若市、欢宴不绝的盛况相比，更加突出了琵琶女的凄苦哀怨处境。

此外，诸如陈陶的《陇西行》、崔国辅的《怨词》、王建的《宫词》一百首、李白的《长相思》、沈期的《独不见》、李商隐的《凉思》、孟郊的《怨诗》、陆游和唐婉的两首《钗头凤》、李清照的《醉花阴》以及温韦为代表的《花间集》等大量唐宋诗词中都可以找到一份凄婉和哀怨，只是各家表现的手法不尽相同。

从《诗经》《楚辞》到汉、魏晋的赋作再到唐宋诗词，纵观上下，不乏怨情之作。受时代的影响，封建社会，女性长期被排在权力中心之外，读书习文的机会要远远少于男性。故而，这些作品大多出自男性文人之手(当然也有部分杰出的女文人)，从屈原的《离骚》到司马相如的《长门赋》再到之后的各个朝代，都不乏这种以男子之笔写闺阁哀怨的作品，纵然其间不乏隐喻男子自我仕途遭遇的寓意，但终究都是以传达哀怨为媒介的。这些作品不曾因为这种代言、拟写而少半分的细腻、体贴。千百年来，中国女性忍受过贫穷、离弃、飘零等种种苦难；千百年来，中国文人也时刻关怀、感慨着这些女性的不幸遭遇。他们感同身受，或借女性怨情寄托君臣之意，或代为广大悲苦的女性立言倾诉，鞭挞时弊，至情创作。这才锻铸了我国古代篇目浩瀚、感人至深的怨情诗词艺术，成为唐宋诗词中魅力恒久、耐人寻味的重要组成部分。哀怨美，也自此成为中国艺术中有别于豪放、阳刚的另一种中国式的审美价值取向。

二、仕途的哀怨

宋玉在中国文学史上第一个确立了影响深远的"悲秋"主题，但在《九辨》中宋玉企图塑造的是一个想要实现自己人生价值的形象，借秋天抒发这种人生价值无法实现的悲愁："坎廪兮贫士失职而志不平，廓落兮羁旅而无友生，惆怅兮而私自怜。"此后，文人士大夫在表达个人"不遇"之情时，多借"悲秋"来抒发。

中国古代文人大都把"致君尧舜上，再使风俗淳"的治国平天下的政治理想作为自己的人生追求，所以他们大多积极入世，把仕途之路当成实现个人理想的通道。但有时官场黑暗、皇帝昏庸，他们建功立业的抱负未能实现，甚至生活的贫困、生存的艰难，也使文人在那萧瑟凄冷的秋风秋雨中备感人生的凄凉。如柳永的《戚氏》：

晚秋天，一霎微雨洒庭轩。槛菊萧疏，井梧零乱，惹残烟。凄然，望江关，飞云黯淡夕阳闲。当时宋玉悲感，向此临水与登山。远道迢递，行人凄楚，倦听陇水潺湲。正蝉吟败叶，蛩响衰草，相应喧喧。

孤馆度日如年，风露渐变，悄悄至更阑。长天净，绛河清浅，皓月婵娟，思绵绵。夜永对景，那堪屈指，暗想从前，未名未禄，绮陌红楼，往往经岁迁延。

帝里风光好，当年少日，暮宴朝欢。况有狂朋怪侣，遇当歌、对酒竞留连。别来迅景如梭，旧游似梦，烟水程何限。念利名、(或作为"名利")憔悴长萦绊。追往事、空惨愁颜。漏箭移、稍觉轻寒。渐呜咽、画角数声残。对闲窗畔，停灯向晓，抱影无眠。

词的上片写的是雨过天晴、夕阳西下的情景。"萧疏""零落""残烟""凄然"与"蝉鸣""蛩响"融情于景，表现出作者内心的凄凉之感。中片写日斜到日暮再致更阑的景色，虚实结合刻画此时的心理状态。下片今昔对比，昔日的暮宴朝欢和今日的未名未禄相对照，揭示了今日"空惨愁颜"的原因是"念利名憔悴长萦绊"。这首词将作者希望跻身仕途的理想和现实中的羁旅情愁、身世之感相对比，进一步抒发了"士不遇"的悲慨。像此类悲秋的诗词还有很多，如辛弃疾的《水龙吟·登建康赏心亭》、杜甫的《登高》、李煜的《相见欢》等。他们通过对秋景的描绘来抒发内心郁积的悲情。

李白的《行路难》三首，"行路难"显然不是普通意义上的行路难，也不是宽泛地形容人生之路难行。"行路难"明确地象征行政治之路之难。为什么如此说？看其中的诗句便知。

第一首"闲来垂钓碧溪上，忽复乘舟梦日边。"显然是以姜子牙自居了。"梦日边"就是"长相思，在长安"的意思。"欲渡黄河冰塞川，将登太行雪满山。"不就是"上有青冥之高天，下有渌水之波澜。天长路远魂飞苦，梦魂不到关山难"吗？

第二首更是异常之明显。"大道如青天，我独不得出。羞逐长安社中儿，赤鸡白雉赌梨栗。弹剑作歌奏苦声，曳裾王门不称情。淮阴市井笑韩信，汉朝公卿忌贾生。君不见昔时燕家重郭隗，拥簪折节无嫌猜。剧辛乐毅感恩分，输肝剖胆效英才。昭王白骨萦蔓草，谁人更扫黄金台。行路难，归去来。""昭王白骨萦蔓草，谁人更扫黄金台。"昭王已死，世无伯乐，诗人无人赏识，只能效仿陶渊明"归去来"了。但是李白的政治理想真的就化灰了吗？并没有。只是失意的惆怅语罢了。

第三首，历数前代死于政治的人物，然后慨叹"君不见吴中张翰称达生，秋风忽忆江东行。且乐生前一杯酒，何须身后千载名。"李白真的想当隐逸的张翰吗？显然不是。不过是通过陈述政治的凶险，以自我安慰在政治上的失意。这是心理上的"二律背反"。通过贬低自己渴望的东西，来满足自己欲望的不满。第三首诗直接继承第二首的"行路难，归去来"。但是，显然诗人并不想归去来。比如《天马歌》。表面上是写天马，实际上是自喻而已。"天马来处月支窟"李白不就是出生于碎叶城吗？月支窟显然是指代碎叶城。"请君赎献穆天子，犹堪弄影舞瑶池。"李白依然是存在政治幻想的。

我很怀疑《天马歌》是写在李白被唐玄宗赐金放还之后。因为诗中提到"曾陪时龙蹑天衢"。"时龙"可能暗喻唐玄宗，"天衢"便是暗指朝廷了。"伯乐翦拂中道遗，少尽其力老弃之。愿逢田子方，恻然为我悲。""少尽其力老弃之"很可能是对自己被放还的怨言。

李白"怀才不遇"的哀怨主题比比皆是。许多看似迥然不同的意象和句子，实际上表达的是同一意思。人间和文学的主题，是有限的，但是表达主题的方式是无限的。

参 考 文 献

[1]罗耀松. 武当历散文集注[M]. 武汉：华中师范大学出版社，2015.

[2]周积寅. 中国历代画论[M]. 南京：江苏美术出版社，2013.

[3]陈世杰. 诗趣美[M]. 郑州：河南人民出版社，2012.

[4](明) 顾起元. 客座赘语[M]. 上海：上海古籍出版社，2012.

[5]钱锺书. 谈艺录[M]. 北京：商务印书馆，2011.

[6]鲁枢元. 文学的跨界研究[M]. 上海：学林出版社，2011.

[7]彭玉平. 人间词话[M]. 北京：中华书局，2010.

[8]汪文学. 贵州古近代文学理论辑释[M]. 北京：民族出版社，2009.

[9]卢忠仁. 石上清泉[M]. 广州：花城出版社，2009.

[10](清) 黄宗会. 缩斋诗文集[M]. 上海：华东师范大学出版社，2009.

[11]傅斯年. 中国古代文学史讲义. 上海：上海古籍出版社，2012.

[12]葛晓音. 唐宋散文. 上海：上海古籍出版社，2011.

[13]葛晓音. 先秦汉魏六朝诗歌体式研究. 北京：北京大学出版社，2012.

[14]郭英德，过常宝. 中国古代文学史. 北京：中国人民大学出版社，2012.

[15]郭预衡. 中国古代文学史：简编. 上海：上海古籍出版社，2013.

[16]韩传达，隋慧娟. 中国古代文学基础. 北京：北京大学出版社，2006.

[17]黄拔荆. 中国词史. 福州：福建人民出版社，2003.

[18]姜光斗. 中国古代文学（第三版）. 上海：华东师范大学出版社，2009.

[19]金宁芬. 明代戏曲史. 北京：社会科学文献出版社，2007.

[20]李丰楙. 最神奇的上古地理书——山海经. 北京：中国友谊出版社，2013.

[21]李汉秋，胡益民. 清代小说. 合肥：安徽教育出版社，2009.

[22]廖奔，刘彦君. 中国戏曲发展简史. 太原：山西教育出版社，2009.

[23]叶嘉莹. 迦陵论诗丛稿[M]. 北京：北京大学出版社，2014.

[24]周振甫．文心雕龙今译[M]．北京：中华书局，，2013．

[25 (南朝宋) 刘义庆．世说新语[M]．北京：中华书局，2011．

[26](南朝梁) 钟嵘．诗品[M]．郑州：中州古籍出版社，2009．

[27]吴中胜．原始思维与中国文化的诗性智慧[M]．北京：中国社会科学出版社，2008．

[28]李建中．中国古代文论诗性特征研究[M]．武汉：武汉大学出版，2007．

[29]刁克利．诗性的拯救[M]．北京：昆仑出版社，2006．

[30]李建中．古代文论的诗性空间[M]．武汉：湖北人民出版社，2005．

[31]蔡镇楚．中国文学批评史[M]．北京：中华书局，2005．

[32]马大康．诗性语言研究[M]．北京：中国社会科学出版社，2005．

[33]葛晓音．杜诗艺术与辨体[M]．北京：北京大学出版社，2018．

[34]程千帆．唐诗课[M]．北京：人民文学出版社，2018．

[35]冯友兰．中国哲学小史[M]．北京：当代中国出版社，2016．

[36](唐) 刘知几．史通[M]．上海：上海古籍出版社，2008．

[37](北宋)欧阳修，欧阳修全集[M]．北京：中华书局，2001．

[38](清)陆以恬．冷庐杂识[M]．北京：中华书局，1984．

[39](清) 郭庆藩．庄子集释[M]．北京：中华书局，2012．

[40](魏)王弼注．老子道德经注校释[M]．北京：中华书局，2008．

[41]王树人．回归原创之思[M]．南京：江苏人民出版社，2005．

[42]黄寿祺，张善文．周易译注[M]．上海：上海古籍出版社，2001．

[45]王利器．颜氏家训集解[M]．北京：中华书局，1993．

[46](清)章学诚．文史通义校注[M]．北京：中华书局，1985．

[47]丁福保．历代诗话续编[M]．北京：中华书局，1983．